古典文獻研究輯刊

三十編

第 12 冊

孫覿詩文研究

楊朝闊 著

國家圖書館出版品預行編目資料

孫覿詩文研究／楊朝閣 著 -- 初版 -- 新北市：花木蘭文化事
業有限公司，2024〔民113〕
目 2+178 面；19×26 公分
（古典文學研究輯刊 三十編；第 12 冊）
ISBN 978-626-344-911-4（精裝）
1.CST：（宋）孫覿 2.CST：宋代文學 3.CST：文學評論
820.8   113009666

ISBN-978-626-344-911-4

9 786263 449114

古典文學研究輯刊
三十編 第十二冊   ISBN：978-626-344-911-4

孫覿詩文研究

作　　者　楊朝閣
總 編 輯　杜潔祥
副總編輯　楊嘉樂
編輯主任　許郁翎
編　　輯　潘玟靜、蔡正宣　美術編輯　陳逸婷
出　　版　花木蘭文化事業有限公司
發 行 人　高小娟
聯絡地址　235 新北市中和區中安街七二號十三樓
　　　　　電話：02-2923-1455／傳真：02-2923-1452
網　　址　http://www.huamulan.tw 信箱 service@huamulans.com
印　　刷　普羅文化出版廣告事業
初　　版　2024 年 9 月
定　　價　三十編 20 冊（精裝）新台幣 50,000 元　　
版權所有・請勿翻印

孫覿詩文研究

楊朝閎　著

作者簡介

楊朝閔，國立臺灣師範大學國文學系學士、國立臺灣大學中國文學系碩士畢業，現就讀國立臺灣師範大學國文學系博士班，主要研究領域為宋代詩文及歷史，曾發表〈興託高遠與忿世疾邪之間：論黃庭堅不怨之怨的詩學實踐〉、〈無畏黨爭──論晁說之墓誌碑銘的「元祐意識」〉等若干論文。

提　　要

　　本論文旨在掘發孫覿（1081～1169）的文學成就，分從詩、四六文、記體文、墓誌銘四個面向闡釋。研究發現，在歐陽脩、蘇軾、黃庭堅等北宋詩文大家相繼逝世後，詩文漸有「形式化」的弊病，如：詩歌創作特別講究句律，忽略性情；四六文流行謹守法度，記體文和墓誌銘也逐漸形成套式，但孫覿卻能有所突破。首先，孫覿詩以「清麗曠達」為主調，又長於營造「新奇宏肆」的詩境，並常有「波瀾跌宕」的詩意轉折，凡此皆與蘇軾類近，對比宗法黃庭堅身為詩壇主流的江西詩派，孫覿選擇了另一條創作徑路。其次，孫覿四六文除能實踐「精工」的屬對外，又能寫出具「雄博」風格的篇章，並不時有「奇傑」的造語，繼承蘇軾「雄深浩博」的文風，有別於當時多學王安石「謹守法度」之四六文作家。再者，孫覿記體文好使「駢語」、好用「成語」，迥異於歐陽脩以來記體文多用散語書寫的傳統，另孫覿記體文有記錄「奇事」的偏好，亦罕見於其他作家。最後，孫覿墓誌銘常將角色置諸「大背景」下定位，擅形塑人物「懷奇負氣」的個性，又多強調墓主「突兀神奇」的死亡，亦不同於當時許多平板的墓誌銘書寫。如將孫覿詩文置諸兩宋之際的文壇脈絡中檢視，可發現孫覿詩文「雄奇」的創作風格，避免了彼時「形式化」和「冗弱」的弊病，在宋代文學史上具一定意義。

目

次

第一章　緒　論

第一節　研究動機與目的

　　孫覿（1081～1169），字仲益，號鴻慶居士，常州晉陵（今江蘇武進）人。
〔註1〕《四庫全書總目》曰：

> 覿所為詩文頗工，尤長於四六，與汪藻、洪邁、周必大聲價相埒，
> 必大為作集序稱其名章雋句，晚而愈精，亦所謂孔雀雖有毒，不能
> 掩文章也。流傳藝苑已數百年。〔註2〕

靖康元年（1126），孫覿隨宋欽宗入金營被困，而代草降表。馬伸抨擊孫覿「受
金人女樂，草表媚之，極其筆力，乃負國之賊」〔註3〕，而朱熹更指責孫覿擬
降表「一揮而就」、「以媚虜人」，以致「虜人大喜，至以大宗城鹵獲婦餉之」。
〔註4〕此外，好諛墓、抨擊李綱及岳飛等忠良之行徑，〔註5〕亦讓孫覿屢被世

〔註1〕孫覿，大觀三年（1109）二十九歲中進士。政和四年（1114）中詞學兼茂科第
　　　一，同年任秘書省校書郎。靖康元年（1126）由國子司業擢升侍御史，彈劾蔡
　　　京，因論太學生伏闕事差知和州，復召試中書舍人，入金營草擬降表。其後，
　　　自認為不被秦檜所喜，乃引疾提舉江州太平觀，後遭李光以貪贓罪彈奏而羈管
　　　象州，雖放還，然感於秦檜專權，不久隱居太湖馬跡山二十餘年。紹興二十六
　　　年（1156）秦檜死，復任左朝奉郎，直到紹興三十一年（1161）以敷文閣待制
　　　致仕。乾道五年（1169）卒於晉陵。以上資料整理自王曉慶：《孫覿年譜》（南
　　　寧：廣西民族大學，中國古典文獻學碩士論文，2018年）。
〔註2〕【清】永瑢等：《四庫全書總目》（北京：中華書局，1965年），卷157，頁1356。
〔註3〕【元】脫脫等：《宋史》（北京：中華書局，1985年），卷214，頁13366。
〔註4〕曾棗莊、劉琳主編：《全宋文》（上海：上海辭書出版社、合肥：安徽教育出版
　　　社，2006年），第252冊，卷5650，頁2。
〔註5〕「覿遂於所不快者，如李綱等，率加誣辭，邀遽信之，載於欽宗實錄。其後朱

人詬病。即使如此，四庫館臣仍曰「孔雀雖有毒，不能掩文章也」，意謂孫覿人品上有重大瑕疵，但不可否認孫覿「詩文頗工」、「流傳藝苑已數百年」。令人感興趣者，究竟是如何崇高的詩文成就，讓孫覿突破中國文學向來流行的「文如其人」、「作品即人品」的批評傳統？

如果說前述乃聚焦孫覿作品的質量而言，於作品的數量上孫覿亦顯示出一定的研究價值。

或因為紛亂的政治背景，或由於後世作品傳播時的各式因緣，很遺憾的是，和孫覿同時代的作家能留下大量作品或完整文集者，〔註6〕著實不多，名家如：慕容彥逢（1067～1117）詩約 96 首、文約 793 篇；唐庚（1071～1121）詩約 319 首、文約 155 篇；葉夢得（1077～1148）詩約 141 首、文約 343 篇；程俱（1078～1144）詩約 735 首、文約 558 篇；汪藻（1079～1154）詩約 338 首、文約 816 篇；呂本中（1084～1145）詩約 1344 首、文卻只約 20 篇；陳與義（1090～1138）詩約 644 首，文卻只約 29 篇。相較之下，孫覿詩約 722 首、文約 2117 篇，明顯高於眾人。〔註7〕更難能可貴者，孫覿和其子孫介宗編纂的《鴻慶居士集》近乎完好地留存至今，即使仍有散佚的作品，依然能確保孫覿作品不是零散的集佚，而是較有系統地呈現，如此更能窺知一位作家的完整風貌。

綜言之，孫覿作品之「質量」與「數量」俱佳，惟人們即使有此認知，有關孫覿文學的研究依然十分匱乏。鑒此，本文擬探究孫覿的文學成就，掘發其與眾不同之處，並定位孫覿在宋代文學史上的意義，乃選取孫覿的詩、四六文、記體文、墓誌銘為論述焦點，正如《四庫全書總目》和許多評論者指出孫覿工於「詩」和「四六文」，故知二者應具研究價值，另由於「詩」和「四六文」形式特徵鮮明，詩講究押韻，四六文講究對仗，故分別獨立一章討論。

反觀孫覿「散文」歷來少有學者論述，礙於散文形式上較無一定規準，篇

子與人言及，每以為恨」、「趙與峕《賓退錄》復摘其作莫开墓誌，極論屈體求金之是，倡言復讎之非。又摘其作韓忠武墓誌，極詆岳飛。作万俟卨墓誌，極表其殺飛一事。為顛倒悖繆，則覿之怙惡不悛，當時已人人鄙之矣」、「岳珂《桯史》亦曰：孫仲益鴻慶集大半誌銘，蓋諛墓之常，不足詫」，《四庫全書總目》，卷 157，頁 1355～1356。

〔註 6〕孫覿生於 1081 年，「同時代作家」指相差約一代（20 年）的作家，範圍在 1061 ～1101 年之間。

〔註 7〕較諸孫覿，兩宋之際的作家中大抵只釋惠洪詩約 1816 首、文約 548 篇；李綱詩約 1608 首、文約 1206 篇，差可媲美。

章涵蓋範圍甚廣，各文體間差距極大而難以統攝，惟南宋人葉適（1150～1223）嘗云：「韓愈以來，相承以碑誌、序、記為文章家大典冊。」〔註8〕是知在「文」的領域中，文學價值較高的應是碑誌、序、記，惜綜覽孫覿的序未見顯著特色，故本文乃致力探討孫覿「記體文」及「墓誌銘」之文學成就。〔註9〕

第二節　文獻回顧與討論

　　有關孫覿的研究成果回顧，先劃分專書、學位論文、單篇論文三大類，依序綜述孫覿的「生平與心態」、「作品考證與文集編纂」、「詩文創作」之研究，最後提出總結，明晰本文研究方向。〔註10〕

（一）專書

　　2006年由孫覿子孫籌組的孫覿紀年館編輯之《孫覿研究文集》問世。〔註11〕本書扣除序文，主文共573頁，69篇文章，由19位作者執筆，論述上可析為四個部分：一是討論孫覿的生平思想；二是討論孫覿的文集編纂；三是討論孫覿的文學作品；四是謄錄孫覿的詩並簡編孫覿年譜。全書篇帙浩瀚，內容眾多，解讀上基本無太大錯誤，可惜書中內容泰半缺乏嚴謹的論述，又充斥許多個人的主觀感受，或者流於文章的資料整理，故整體而言本書於研究上的助益不大。然書中仍有一篇文章極具價值，乃陳曉蘭〈孫覿生平及其文集詳考〉。

　　陳曉蘭耗費極大心力詳細考述孫覿生平，有助人們對孫覿有更深一層的瞭解外，另一貢獻在於孫覿文集的考證。陳曉蘭指出目前傳世的孫覿文集有三種，分別為：五十七卷本、四十二卷本、七十卷本。

　　五十七卷本，今存宋刻殘本三十三卷。五十七卷本卷次雖多，然所收詩文遠較四十二卷本少，又編次隨意、刊刻不精，故陳曉蘭推測其可能是孫覿之子孫介宗在〈鴻慶集跋〉中提及的「今閩中有鏤版者，多訛舛」的本子，而其付

〔註8〕【宋】葉適：《習學記言序目》（北京：中華書局，1977年），卷49，頁733。
〔註9〕「碑誌」一詞涵義甚廣，概指鐫刻於石上或建築物上的文字，舉凡廟碑、刻文、紀功碑、墓誌銘等皆屬之。惟泛覽中國散文發展，紀錄往生者事蹟之碑誌文數量幾佔九成以上，韓愈文集中亦屬此類碑誌最多，是知葉適所云的碑誌應大抵指此，而孫覿文集中又以命名為「墓誌銘」者數量最豐，故以下乃選用「墓誌銘」一詞泛指墓表、墓誌銘、神道碑、塔銘、墓記等為亡者所撰作品。
〔註10〕部分較不具嚴謹學術論文架構的文化普及類文章，從略。又其他只稍提及孫覿，未見系統性論述者，亦從略。
〔註11〕孫覿紀年館編：《孫覿研究文集》（上海：上海古籍出版社，2006年）。

梓的時間當在孝宗時期。

四十二卷本，經過孫覿本人和其子孫介宗整理編秩，體例統一，內容可信。惟宋刻本已然無存，明清的各家鈔本，脫漏甚多，其中光緒二十一年武進盛氏思惠齋所刊《常州先哲遺書》收的《鴻慶居士集》底本為影宋抄本，是比四庫本好的本子。

七十卷本，今存最早的本子為王鏊家藏的明初抄本，以後的清抄本都據此本抄出。七十卷本所收詩文數量遠超過四十二卷本，多出的篇目「帖」佔了絕大多數，很可能是孫覿的後人或者門人根據孫覿的詩文手稿匯集而成，成書在四十二卷本後，惟編次較為隨意。〔註12〕

準上，陳曉蘭對孫覿文集版本的研究成果，爾後乃成為《全宋詩》和《全宋文》校對的重要依據。

（二）學位論文

有關孫覿之生平及人際關係，徐力恆（Lik Hang Tsui）以孫覿文集中的五篇書信為論述中心，旨在探討墓誌銘「請銘」與「撰銘」之互動過程，指出其間的談判和表達，以凸顯宋代士人信息交流的複雜性；〔註13〕王曉慶《孫覿年譜》詳細考證並分析了孫覿的一生，包括人生行跡、仕宦履歷、生平交游等，〔註14〕二篇文獻著力於史料的整理，為孫覿研究奠定良好的基礎。

在文學方面，吳迪分析孫覿的生平及文學思想，其次對孫覿詩歌分門討論，最後論述孫覿詩歌的藝術特色。吳迪指出孫覿詩很少涉及時政，多是關於山水寺院及唱和贈答的作品，又常書寫一己的閒適之情和失落之意。就藝術層面而言，孫覿詩主要有「清」和「沉鬱」二種風格。〔註15〕吳迪的論述對本文有關孫覿詩的研究甚具啟發，可惜的是其涉及的議題過於廣博，故有些地方言之過簡，例如吳迪花費許多篇幅在討論孫覿的生平和詩歌內容，致其後對於孫

〔註12〕陳曉蘭：〈孫覿生平及其文集詳考〉，原為作者1993年之碩士論文，後收入孫覿紀年館編：《孫覿研究文集》，頁52～91。

〔註13〕徐力恆（Lik-hang Tsui）, Writing Letters in Song China（960～1279）: A Study of its Political, Social, and Cultural Uses,（PhD Dissertation, unpublished, University of Oxford, 2015）, Chapter Three: "Letters as Communication about Life and Death: Epitaph Writing and Other Requests in Sun Di's Letters", pp. 67～101.

〔註14〕王曉慶：《孫覿年譜》（南寧：廣西民族大學，中國古典文獻學碩士論文，2018年）。

〔註15〕吳迪：《孫覿及其詩歌研究》（濟南：山東師範大學中國古代文學碩士論文，2014年）。

覿詩歌的風格討論，比較輕描淡寫，像是吳迪指出孫覿的詩具有「清」的特色，但意義何在，則未見更深刻的闡發。因此，關於孫覿詩的風格及意義，將是本文討論的重點。

王懿以孫覿表、啟文為論述對象，認為表、啟文中孫覿時時洋溢真情，可見孫覿的仕途起伏和人際往來，和其中透顯的參政精神和進退皆憂的仕宦心態。其次，孫覿表啟文的藝術特徵為好用典故、類比的形象化筆法，呈現跌宕多姿、氣勢宏闊的風格。〔註16〕然而，如何定位孫覿四六文於宋代文學發展史中的意義，王懿在這方面少有深入剖析，此將是本論文擬著力闡發者。

王慧選取汪藻、孫覿、胡寅為代表，分析南宋初期駢文的發展概況。王慧認為胡寅制書滿懷個人風骨，而顯得簡嚴質實，多告誡之語。汪藻、孫覿謹遵代言之體，以辭章的藻飾表達忠君之意。對於仕途的失意，汪藻多陳明貶謫生活的悲涼，孫覿多傳達被小人毀謗的怨憤，胡寅則對南宋混亂的政治生態十分鄙夷。再者，汪藻駢文用典精巧、通俗易懂，有流麗典重之態；孫覿駢文用事博贍、鋪張渲染、有閎麗精深之姿；胡寅平淡簡樸、典雅精切，有平正典重之勢。〔註17〕蓋王慧提供了一個很好的比較基準點，但稍嫌可惜的是，其研究對象過多，舉例偏少，對孫覿的論述亦少，又王慧大多重在內容的討論，未針對孫覿風格及其文學史意義詳細分析。

陳琳梳理孫覿生平、家世、仕宦經歷，並且考察《鴻慶居士集》版本源流，探討孫覿交游活動，最後論述孫覿墓誌與四六文創作特色。〔註18〕該論文為孫覿其人及文學成就的綜合分析，對孫覿的貶謫路線及相關作品有詳盡的考述，此方面價值較高，惟其他部分則較為簡略，如有關孫覿墓誌與四六文創作，只略舉少數例證兼引述前人說法泛言之，未能突出孫覿於文學史上之意義。

（三）單篇論文

首先，於孫覿生平與心態研究上，蔡涵墨（Charles Hartman）交叉比對各種史料，指出孫覿被人們視為收受金人女樂並草擬降表一揮而就的無恥賣國賊，應是朱熹刻意扭曲的結果。參諸李心傳《建炎以來繫年要錄》、徐夢莘《三

〔註16〕王懿：《孫覿表啟文研究》（長沙：湖南師範大學中國古代文學碩士論文，2016年）。

〔註17〕王慧：《南宋初期駢文研究——以汪藻、孫覿、胡寅為中心》（臨汾：山西師範大學中國古代文學碩士論文，2018年）。

〔註18〕陳琳《孫覿《鴻慶居士集》研究》（杭州：杭州師範大學中國古典文獻學碩士論文，2020年）。

朝北盟會編》之記載，孫覿係迫於情勢而不得不答應代草降表。朱熹所以如此嚴厲地指責孫覿，係為削弱李燾《續資治通鑑長編》的權威性，又欲替李綱導致北宋覆滅的結果卸責，有意打造北宋覆滅的道學解釋，將李綱形塑成道學家的道德典範。〔註19〕綜言之，此乃論述堅實的翻案研究，推翻人們過去受朱熹影響，認為孫覿是無恥賣國賊的觀點，在孫覿其人其事的研究上，有劃時代的意義，且該文發表於 2003 年幾乎能謂第一篇對孫覿作系統性研究的文章。殊為可惜者，或因作者文章初始用英文寫成，約至 2016 年才翻譯成中文正式結集出版，又可能是印刷數量稀少的緣故，十餘年來蔡涵墨的研究幾未被任何以孫覿為主要研究對象的文獻引述。其實，無論在孫覿抑或南宋史學的研究上，該文皆有一定的啟發性，必須重視。

周揚波負責編寫《宋才子傳箋證·北宋後期卷·孫覿傳》，除對孫覿生平有清晰整理外，最重要的貢獻在指出《孫覿研究文集》所收的汪應辰〈鴻慶公家傳〉與周必大〈左朝奉郎龍圖閣待制孫公墓誌銘〉「體例既不合」、「紀事又多誤」，應是偽作，警醒學者審慎使用二則材料，其說甚確。〔註20〕

戈春源旨在梳理孫覿與蘇州佛教的關係，如孫覿詩文中所描繪的蘇州寺院景貌，及孫覿與蘇州寺僧的交往情形等。〔註21〕孫覿一生篤信佛教，與佛教人士密切往來，留有不少與佛教相關詩作，也受託創作許多佛寺文，但少有學者深入分析，戈春源的論文指引人們另一重要的研究面向。

郭慶財比較李綱和孫覿面對謫宦的心態，指李綱表現出退則樂、進則憂的情懷，反觀孫覿適意的背後則是憂讒畏譏的悲涼，二人可以說是宋高宗朝謫宦士人北歸心態的縮影。〔註22〕本文并論李綱與孫覿，切入點頗特別，惜用以佐證孫覿「優哉游哉的適意之樂」的背後實暗含「憂讒畏譏的悲涼心態」，只舉孫覿〈思樂堂記〉和〈與万俟參政書〉二文中的幾段文字，論述不免失之簡陋，難令人信服。針對此，本文將在第二章第一節中回應之，指出孫覿面對謫宦時，亦有表現出「曠達」心態的詩作且佔多數。

〔註19〕蔡涵墨：《歷史的嚴妝：解讀道學陰影下的南宋史學》（北京：中華書局，2016年），頁 217～267。

〔註20〕傅璇琮、張劍等編：《宋才子傳箋證·北宋後期卷》（瀋陽：遼海出版社，2011年），頁 675～688。

〔註21〕戈春源：〈孫覿與南宋初年的蘇州佛教〉，第七屆寒山寺文化論壇——名人名寺·和合緣融，2013 年 9 月。

〔註22〕郭慶財：〈論宋高宗朝謫宦的北歸心態——以李綱、孫覿為中心〉，《貴州師範大學學報（社會科學版）》（2013 年 12 月），頁 105～110。

　　劉麗發現孫覿被眾人定位為怙惡不悛的壞人，但孫覿詩中書寫自我卻蘊含「感時傷懷、憂國憂民之形象」、「羈旅坎坷，遁世歸隱之形象」、「哀傷往事，追悔年華之形象」、「寄情山水，性情高潔之形象」。劉麗解釋此矛盾產生的原因係孫覿刻意迴避關於自己的歷史事件，而另方面人們只關注孫覿特定事蹟的結果。〔註23〕然此種他人與自我評價的矛盾，應是普遍存在的現象，在許多作者身上皆可見，是以如何進一步探究矛盾生成的機制，及個人調解矛盾的過程等，理當思考。

　　朱銘堅（Ming-Kin Chu）通過分析1132～1135年孫覿謫象州期間的信件，發現孫覿與貶謫途中的地方官員友好，一定程度上緩解了本應艱苦的異地生活，又孫覿身為文學家的聲望，吸引許多人請託其撰寫文章，亦有助於其累積社會資本。〔註24〕再者，朱銘堅又研究孫覿與高級官員之書信網絡，指出孫覿經常祝賀官員晉升，並表達對國政的建議，如應消除冗員兼嚴懲腐敗的官員，並且孫覿常申明對政治不感興趣，然這只是修辭手法，旨在將自身形塑為符合儒家風範的君子。〔註25〕

　　在孫覿作品考證方面，吳在慶〈再談《楓橋再泊》的作者為孫覿〉糾正了1994年的訛傳，彼時袁文、張勇發表文章以為張繼除作有〈楓橋夜泊〉外，又有〈楓橋再泊〉，然吳在慶考證〈楓橋再泊〉應是孫覿作品。〔註26〕

　　有關孫覿詩文創作之研究，朱迎平〈南宋散文四十家述評〉認為四六文之外，孫覿的古文創作亦值得留意。縱孫覿記體文中多有繁縟而簡潔不足的弊病，但〈滁州重建醉翁亭記〉、〈思樂齋記〉、〈魏彥成湖山記〉等作品，在情懷的表述或事物的記敘上，皆有可稱道之處。此外，朱迎平指出孫覿將歐陽脩、王安石、蘇軾、曾鞏的古文傳統作了明確概括，算是南宋文人中較早的一位。〔註27〕該文雖係朱迎平對南宋散文發展的整體性綜述，故諸多地方不暇細論，

〔註23〕劉麗：〈論歷史與自我書寫中孫覿形象的矛盾性〉，《現代語文（學術綜合版）》第10期（2016年10月），頁34～36。

〔註24〕朱銘堅（Ming-Kin Chu），"Life of an Exile: Sun Di's（1081～1169）Letters Pertaining to His Banishment to Xiangzhou", Journal of the American Oriental Society, Vol.141 No.3（Sep. 2021），pp.521～538.

〔註25〕朱銘堅（Ming-Kin Chu），Realizing the "Outwardly Regal" Vision in the Midst of Political Inactivity: A Study of the Epistolary Networks of Li Gang 李綱（1083～1140）and Sun Di 孫覿（1081～1169），Religions 2023, 14(3), 389, pp. 1～22.

〔註26〕吳在慶：〈再談《楓橋再泊》的作者為孫覿〉，《廣東技術師範學院學報》第1期（2010年2月），頁82～83。

〔註27〕朱迎平：《宋文論稿》（上海：上海財經大學出版社，2003年），頁202～204。

於孫覿散文的評述上約 800 字而已，然不可否認其仍為眾文獻中較早分析孫覿散文者，具一定價值。

挨諸前述，有關孫覿之研究，學者們選題多樣，惟主要聚焦於孫覿生平和文集編纂上，僅少數論及孫覿之思想及心態，而前揭研究與本文論題縱無顯著關係，仍豐富了本文於細節上之論述，並有助深化人們對孫覿的瞭解。

至若，有關孫覿文學成就之研究，論述則多集中於詩與四六文，而學者即使已有討論，惟依然存在諸多尚待掘發之議題，例如：孫覿詩如何有別於當時的創作潮流？孫覿四六文如何回應歐陽脩等人對四六文的改創？此外，幾乎未有學者研究孫覿的記體文及墓誌銘，又表現出什麼有別於前人或同代人之書寫？凡此種種，皆值得進一步研析。

第三節　研究方法與範圍

本論文採文本分析方法，以作品的內容或形式為觀察重點，將孫覿置諸文學史的脈絡中分析，經由與其他作家歷時性及共時性比較，掘發孫覿於文學史之意義。於論述安排上，參照《鴻慶居士集》編排的順序，依次分析孫覿的詩、四六文、記體文、墓誌銘的特色。〔註28〕材料以《全宋詩》和《全宋文》收錄的孫覿詩文為主，因二書乃目前校對最完善的本子。〔註29〕有關各材料性質的說解如下：

第一，孫覿的詩現存約 722 首，體裁方面包含五律、七律、五絕、七絕、排律、古體，惟以五律和古體最多，各約 200 首。類型方面，舉凡酬唱詩、詠

〔註28〕《鴻慶居士集》卷 1～6 為詩；卷 7 為挽詞；卷 8～9 為表狀；卷 10～12 為書；卷 13～20 為啟；卷 21～23 為記；卷 24～26 為外制；卷 27 為札子；卷 28～29 為四六雜文；卷 30～31 為序；卷 32 為書、跋、銘、贊；卷 33～40 為墓誌銘；卷 41 為墓表；卷 42 為行狀、傳。雖卷 21～23 的記體文之前或之後皆有四六文，但鑒於孫覿四六文主要集中在卷 8～9 的表狀及卷 13～20 的啟，故在論述安排上，仍將四六文置於記體文之前。

〔註29〕相關文集版本可參考【宋】孫覿：《鴻慶居士集》，【清】紀昀等：《文瀾閣欽定四庫全書》第 1166 冊（杭州：杭州出版社，2015 年）。【宋】孫覿：《孫尚書大全文集》，宋刻本；《南蘭陵孫尚書大全文集》，明鈔本；【宋】孫覿，李祖堯注：《新刊李學士新註孫尚書內簡尺牘》，宋刻本，四川大學古籍整理研究所編：《宋集珍本叢刊》第 35、36 冊（北京：線裝書局，2004 年）。稍可補充者，現存《孫尚書大全文集》、《新刊李學士新註孫尚書內簡尺牘》留有部分小注，未收入《全宋詩》和《全宋文》，表示孫覿文集仍待有志之士進一步整理。

物詩、寫景詩、送別詩、行旅詩等皆有，然以酬唱詩和寫景詩最多，各約 200 餘首。〔註30〕

　　第二，孫覿的四六文創作集中於制、表、啟、疏語上。「制」約 136 篇，「表」包括謝表、賀表約 45 篇，「啟」有謝啟、賀啟等約 240 篇。其他還有像「上梁文」、「樂語」、「青詞」、「疏語」，及部分「尺牘」等約 60 篇。

　　第三，孫覿的記體文共 41 篇，其中建物記 29 篇、遊記 1 篇、器物記 1 篇、人事雜事 10 篇。其中，建物記又可概分為祠堂記 2 篇，廳壁記 1 篇、亭臺樓閣記 4 篇、堂記 5 篇、佛寺記 9 篇、齋記 4 篇、學記 3 篇、墓記 1 篇。

　　第四，孫覿的墓誌銘共 57 篇，其中墓誌銘 47 篇、墓表 5 篇〔註31〕、塔銘 3 篇、神道碑 1 篇、墓記 1 篇。再依據墓主身分可區劃為三大類：曾任官職者 34 篇；未有官職者 10 篇；女性 10 篇；僧人 3 篇。

　　上揭材料皆是本論文披閱範圍，惟為聚焦孫覿之文學成就，故擬抽繹其詩、四六文、記體文、墓誌銘與眾不同之特色，故一些較無特色或有特色但篇章稀少、不具代表性的作品則不納入論述，例如，孫覿寫有約 95 首的挽詞，主要表達孫覿對死者的讚揚與悼念之意，數量雖多，但大致未形成顯著特色；另孫覿撰有 3 篇塔銘，不論內容抑或寫法，基本上和過去的塔銘相差無幾；又若，孫覿文集中有幾篇諧謔詩，〔註32〕於孫覿的作品中，雖稍顯特殊，然數量過少，難以彰顯孫覿的文學成就，故凡此情形者皆不會是論述焦點。

　　質言之，以下論述乃綜合考量孫覿詩文「獨特性」和「代表性」之結果。「獨特性」是經由與其他作者比較，所確認的孫覿詩文特色。「代表性」是以「獨特性」為基準，所擇取的足供代表孫覿詩文總體特色者。希冀如此安排，能在最簡練的篇幅中，闡發孫覿詩文的精華。

〔註30〕吳迪《孫覿及其詩歌研究》，頁 23。

〔註31〕《全宋文》編者指出：「墓誌文與上文〈宋故何碩人孫氏墓表〉同，故不錄。」鑒於一般墓表只有序，沒有銘文，故推斷該文應屬「墓誌銘」，參《全宋文》第 161 冊，卷 3497，頁 150。

〔註32〕例如〈何嘉會以侍兒歸彭生小詩戲之〉、〈讀類說二首〉，北京大學古籍所編：《全宋詩》（北京：北京大學出版社，1998 年），第 26 冊，卷 1482、1486，頁 16927、16979。

第二章　詩

　　學者陳植鍔將宋詩發展劃分為六個時期：一為沿襲期，由太祖建隆元年
（960）至仁宗天聖八年（1030），風格大抵沿襲唐人，主要有白體、晚唐體、
西崑體流派。二為復古期，由仁宗天聖九年（1031）至嘉祐五年（1060），梅堯
臣、歐陽脩、蘇舜欽等人崛起，反對過於講求形式的西崑體和晚唐體，呼籲回
復古道，注重思想內容。三為創新期，由仁宗嘉祐六年（1061）至徽宗建中靖
國元年（1101），王安石、蘇軾、黃庭堅開拓意境，錘鍊語言，展現「工」、「新」、
「奇」的特色。四為凝定期，由徽宗建中靖國二年（1102）至南宋高宗紹興三
十一年（1162），江西詩派風行，以黃庭堅和陳師道為宗主，於句法、典故上苦
苦琢磨，原本創新的詩體走向僵化，即使南渡之際呂本中、曾幾等人試圖糾弊，
這一期的詩人最終仍未掙脫束縛。五為中興期，由高宗紹興三十二年（1162）
至寧宗慶元六年（1200），陸游、范成大、尤袤、楊萬里號中興四大詩人，逐漸
掙脫江西詩派迷戀書本的行徑，轉而面對生活，創作方法和題材趨於多樣。六
為飄零期，由寧宗嘉泰元年（1201）至元初，永嘉四靈和江湖詩派是這一期的
代表，特色是學宗晚唐，不免落入唐人窠臼，每況愈下淪入飄零。〔註1〕

　　孫覿生於元豐四年（1081），卒於乾道五年（1169），若以弱冠成年為人生
起點，則孫覿主要活動的時間應在建中靖國元年（1101）之後，而根據陳植鍔
和各家宋詩分期說，孫覿乃身處江西詩派興盛的時期，〔註2〕所謂「近時學詩

〔註1〕本段資料整理自陳植鍔：〈宋詩的分期及其標準〉，張高評編著，《宋詩綜論叢
　　　　稿》（高雄：麗文化事業股份有限公司，1995年），頁149～170。
〔註2〕許總：《唐宋詩體派論》（南昌：江西人民出版社，2008年），頁276～293。另
　　　　有關宋詩分期說的綜合討論，可參考張遠林、王兆鵬：〈宋詩分期問題研究述
　　　　評〉，《陰山學刊》第15卷第4期，2002年8月，頁9～14。

者,率宗江西」〔註3〕。莫礪鋒直截了當地說:「江西詩派的影響在南、北宋之際已經非常顯著,當時有不少詩人雖然沒有被看成是詩派的成員,但是在創作上也受到黃庭堅和陳師道較大的影響。」〔註4〕然即使如此,仍有少部分詩人能自外於江西詩派,如錢鍾書云:

> 北宋末南宋初的詩壇差不多是黃庭堅的世界,蘇軾的兒子蘇過以外,像孫覿、葉夢得等不捲入江西派的風氣裏而傾向於蘇軾的名家,寥寥可數。〔註5〕

此外,錢鍾書亦嘗言:「仲益詩學東坡,筆力頗健。」〔註6〕足見孫覿詩自有可觀之處,而過去雖然有學者研究孫覿詩,然至為可惜者,大多未明確指出孫覿如何有別於江西詩派,又未闡釋孫覿在哪些方面近於蘇軾,鑒此以下將分別從「清麗曠達的詩調」、「新奇宏肆的詩境」、「波瀾跌宕的詩意」三個角度剖析之。

第一節　清麗曠達的詩調

　　關於孫覿的詩,評論者向來以「清」形容,四庫館臣曰「清詞麗句」〔註7〕,翁方綱曰「清峻」〔註8〕,程杰曰「清妙」〔註9〕。至於,孫覿自身亦嘗稱讚他人「字畫清麗」〔註10〕、「詩益清婉」〔註11〕、「句法清麗」〔註12〕、「文章清麗有典則」〔註13〕、「清醇溫麗」〔註14〕、「句似琢冰清」〔註15〕,而孫覿詩之「清」主要體現於其著重書寫清麗詩境,及抒發清曠之情。

〔註3〕【宋】胡仔:《苕溪漁隱叢話前集》(北京:人民文學出版社,1962年),卷49,頁332。

〔註4〕莫礪鋒:《江西詩派研究》(山東:齊魯書社,1986年),頁2。

〔註5〕錢鍾書:《宋詩選註》(台北:書林出版有限公司,1990年),頁172。

〔註6〕錢鍾書:《錢鍾書手稿集‧容安館札記》(北京:商務印書館,2003年)。

〔註7〕《四庫全書總目》,卷157,頁1356。

〔註8〕【清】翁方綱:《石洲詩話》(北京:中華書局,1985年),卷4,頁65。

〔註9〕程杰:《宋詩學導論》(天津:天津人民出版社,1999年),頁254。

〔註10〕〈與江壽卿帖二〉,《全宋文》第159冊,卷3446,頁326。

〔註11〕〈送刪定姪歸南安序〉,《全宋文》第160冊,卷3475,頁297。

〔註12〕〈曾公卷文集序〉,《全宋文》第160冊,卷3475,頁305。

〔註13〕〈耘業齋銘〉,《全宋文》第160冊,卷3484,頁426。

〔註14〕〈宋故左朝散大夫直秘閣致仕王公墓志銘〉,《全宋文》第161冊,卷3488,頁5。

〔註15〕〈讀劉方叔詩卷二首　其二〉,《全宋詩》第26冊,卷1486,頁16984。

第一，「清」的本義是水清，落實至文學創作，作為一種審美風格，常表現在「明晰省淨」的語言使用。〔註16〕孫覿書寫事物時常褪去華美的形容，選擇以白描的方式細緻點染，又在畫面的組構上，偏好廣闊的全景，不侷限於窄仄的邊景，避免瘦硬的創作風格，體現「清麗」的特質。

例如〈遊金沙寺寺有陸希聲侍郎讀書堂在頤山上二首 其二〉並不著意新警的狀寫，而是嘗試營造和諧的風貌：

> 綠笋遺苞半出籬，清溪一曲翠相迷。古苔稱意壞牆滿，好鳥盡情深
> 樹啼。〔註17〕

前二句先作微觀細察，以「半出籬」三字清省地描摹笋子靜中含動的生長過程，及發而未發生機勃勃的景態，爾後將視野拉遠到「清溪」，用「一曲」寫溪的蜿蜒綿長，而簇擁在溪旁的林樹，則以「翠相迷」形容，直指大地全然青翠，無半點雜色。在此，孫覿並未動用穠麗的修辭，而旨在突顯山之清、水之清。

又如果說前二句尚重在對「物」的客觀摹寫，那麼後二句孫覿便把物擬人化，以「稱意」寫苔的蔓生，賦予物有情的生命。另就語序言，本應作「滿壞牆」，但這畢竟只是一般陳述，「壞牆滿」著實較佳，因「滿」作為動詞置於後頭更有強調之效，更能將牆上滿滿的古苔、綠意繪出。至若，鳥亦非單純啼叫，而是躲在樹叢中「盡情」啼叫，從「盡情」二字可感受到鳥聲的清澈。若此，由一個植物、一個動物，從局部而觀整體，誠可窺見諧順的自然之美，而二句中的「壞牆」、「深樹」其實亦直指山的清幽，所謂山無人語響，鳥鳴山更幽。又可注意者，詩中孫覿未嘗語及「山」字，而是組構「綠」、「笋」、「翠」、「苔」、「樹」字，以白描方式，不斷點染山之「青」。再者，「清」、「溪」、「古」、「鳥」字則持續營造山之「幽」。可以說，全詩乃以近→遠→近→遠的視角轉換，層層鋪展山的清幽。孫覿〈題硤江蕭氏庵二首 其一〉亦採近似的手法：

> 雪屋清如洗，雲崖翠作堆。破扉風自掩，敗壁雨先頹。野色初還柳，
> 林香尚有梅。滄江千萬頃，一鳥鏡中回。〔註18〕

上詩旨在狀寫冬末春初時蕭氏庵周遭的景物。首聯「雪屋」用以指代高尚之士

〔註16〕 蔣寅：〈清：詩美學的核心範疇——詩美學的一個考察〉，收入氏著：《古典詩學的現代詮釋》（北京：中華書局，2003 年），頁 49。

〔註17〕 《全宋詩》第 26 冊，卷 1485，頁 16965。

〔註18〕 《全宋詩》第 26 冊，卷 1483，頁 16930。

的住所，雪的潔白予人清新之感，而孫覿以「清如洗」形容，言雪屋彷彿洗過了一般，則又更加凸顯其清淨的特質。下句「雲崖」指入雲般的聳峻山崖，以「翠作堆」言其上堆滿翠綠，視野遼闊，生意盎然，同樣可見天地清朗。到了頷聯則轉入小空間的觀察，曰扉曰壁，由小即大明指屋的破敗，但在破敗的屋子之外，卻含藏優美的景色。到了頸聯，孫覿將焦距拉到野外，「野色」和「林香」一視覺一嗅覺，設計精巧，「初還柳」淡淡拈出大地甫春回的情景，「尚有梅」則又反扣冬天實未嘗褪盡。孫覿把時間凝滯在冬季尚未遠、春天猶未到的季節交替階段，未若固著於特定季節的單調，清省有味。到了尾聯，孫覿又蕩開一筆以「千萬頃」帶出滄江之浩瀚，且言「一鳥」迴旋在如鏡的江水上，將渺小微物擺置在廣闊之景中，營造清空，以之收煞，尤顯裊裊餘韻。總體而言，全詩用語省淨，由遠→近→遠→更遠，層次分明，刻劃景物清新之餘，甚且也帶出屋主人格的清高。

再像〈遊東塔雨中夜歸二首 其二〉：

> 山色凌寒春尚瘦，潭影涵空清可漱。漠漠雲行紫竹間，斑斑雨溼黃昏後。火炬穿林鳥出巢，人語闔門狗窺竇。杖藜有興會重來，更待黃鸝咿晴晝。〔註19〕

用「凌寒」二字寫山色清冷，再以「瘦」形容春，直指春天尚未全然來到，萬物尚且處在蕭條的狀態，著一字意境全出。然孫覿並不因此神傷，反倒注意湖潭映照天空所顯露的清澈，也即在這一池明淨的潭水邊，孫覿目睹漠漠雲朵飄行在紫竹間，感受黃昏後斑斑雨水的落下。在此，所有景物恍若一幅畫，包括山色的清寒、潭水的清澈，雲朵的清閒，雨水的清淨等，都被孫覿輕輕牽合，共同形塑清暢的氛圍。

又時間推移至黃昏後，孫覿歸返提著火炬穿過森林，因火的光明使群鳥誤以為白日而紛紛出巢，隨孫覿腳步的挪移，方聽聞門後人語，見到狗的殷勤窺視，以上皆縈繞一股清幽的氣息，此可從二個層面觀察：一就物件選擇而言，「林」、「鳥」、「狗」皆屬自然景物，本即清新可喜，而「人語闔門」對比此前的靜景，則有以動襯靜之效，更彰顯天地清靜。二就詩句組織而言，孫覿採四個「主語+述語+賓語」的結構，寫火炬僅淡淡地言其「穿林」，寫鳥只輕輕地言其「出巢」，寫人語惟淺淺地言其「闔門」，寫狗獨微微地言其「窺竇」，一連數物皆止於輕省的形容，使文章清簡，足堪玩味。另黃鸝的啼叫向來備受詩

〔註19〕《全宋詩》第 26 冊，卷 1481，頁 16913。

人吟詠，如梅堯臣（1002～1060）〈鶯〉：「綠柳陰猶薄，黃鸝囀已清。」[註20]
劉錡（1098～1162）〈題村舍呈德瞻友 其三〉：「清風葉葉映黃鸝，綠暗紅稀半
掩扉。」[註21]由此見，黃鸝一詞時常與「清」連結，自有突出詩歌「清」的
功效。再如〈罨畫谿行四首 其二〉：

> 蜨趁花飛爭入坐，倚空百尺遊絲墮。亂山銜日半船明，斷雲載雨前
> 村過。蕨芽戴土小兒拳，漁市人歸柳貫鮮。罨畫溪頭人語好，烹魚
> 煮蕨餉春田。[註22]

上詩旨在寫田園的景致。前四句言罨畫谿邊的自然風光，「爭入坐」三字看似
是激烈的動作，然而用在蝴蝶之上，反倒傳神地刻畫出蝴蝶在花叢間簇擁紛飛
的情景。其後，述天空中墮落下來的游絲綿延百尺，令人想見游絲隨風自在飄
飛的樣子，很好地帶出天地之清寂。再下，孫覿將空間延展至遠方，用一字「銜」
連結亂山與夕日組構廣闊的空間；一字「明」形容夕陽照耀到船上一派澄明；
一字「載」點出斷雲負載雨水的情形；一字「過」寫出斷雲輕輕滑過前村的景
狀。凡此皆見，詩中採全景的視角觀看周邊的一景一物，所營造出的靜定和諧
風貌。後四句則轉寫田間的日常，把蕨類新生的幼芽比喻為小兒的拳頭，寫人
們用柳條穿魚成串，皆深具畫面感，後指出「罨畫溪頭人語好」，人們「烹魚
煮蕨餉春田」過著悠閒的生活。綜觀全詩文字清省，未嘗使用穠麗的修辭，僅
用淡筆點染，細緻描繪田園的風光與日常。

　　而以下詩作同樣可見孫覿詩「清麗」的風格：

> 津樹正青青，水拍兩岸平。千章雲外合，一勺煙中橫。葉密翳鳥語，
> 波清見魚行。灣碕雨初乾，陂露雪正晴。誰來聽山公，著屐過橋聲。
> [註23]

> 老牸挽犁泥沒膝，剗剗青秧鍼水出。大麥登場小麥黃，桑柘葉大蠶
> 滿筐。猿鳥初呼聚儔侶，繅絲百箔聞好語。此時物色不可孤，勸君
> 沽酒提壺盧。[註24]

> 莽莽原野迴，練練沙水清。邏封面苔滑，樹陰風籟鳴。小立聽鳥語，

[註20]　《全宋詩》第 5 冊，卷 257，頁 3185。
[註21]　《全宋詩》第 33 冊，卷 1876，頁 21031。
[註22]　《全宋詩》第 26 冊，卷 1485，頁 16961。
[註23]　〈寄題洪巨濟中大鄱陽園亭四詠 綠楊橋〉，《全宋詩》第 26 冊，卷 1486，頁
　　　　16982。
[註24]　〈分宜道中〉，《全宋詩》26 冊，卷 1483，頁 16933。

深尋見魚行。夕陽紅未斂，彷彿見參橫。〔註25〕

樹的綠是「青青」，濃密的樹葉底下含藏「鳥語」，水波清澈可以見「魚行」，田間的老牛「挽犁」，泥土「沒膝」，田野上的秧苗閃亮地「鍼水」而出，原野迴闊，沙水清澈等，誠見孫覿描繪出的清麗圖景。

第二，除了寫景上的清麗外，孫覿詩亦表現出清曠通達的情懷，較無滿溢的情感抒發，如〈宿太湖口二首〉孫覿這樣面對貶謫：

誰令醉尉怒，端是丞相嗔。交疏白眼見，愁絕翠眉顰。遲暮仍三黜，驚窺有四鄰。還將萬里眼，笑索嶺梅春。

白首對瀧吏，駢汗愧逐臣。溪山不改色，風雨解留人。坎壈知天意，漂浮任此身。紛紛小兒女，何必浪〔註26〕沾巾。〔註27〕

紹興元年（1131）孫覿因自知「不為呂頤浩、秦檜所喜」，乃引疾提舉江州太平觀，〔註28〕詎料猶不能免除厄運，紹興二年（1132）孫覿遭李光彈劾任臨安府時「贓汙不法」，孫覿因此被除名，判羈管象州（今廣西壯族自治區），而以上二首組詩乃作於孫覿甫獲消息，宿太湖口之時。

第一首詩，「醉尉」源自《史記・李將軍傳》李廣征討匈奴失敗後，退隱於藍田南山中，某次打獵至霸陵驛亭，遭喝醉的霸陵廷尉呵斥之典故，用以形容失意時仍受他人凌辱。〔註29〕本詩「醉尉」應有指代李光之意，而其下「醉尉怒」的緣由則歸因於「丞相嗔」，此時任「丞相」者正是秦檜。申言之，孫覿於開首時陳述了自己乃如李廣般是一位忠君愛國的君子，但現今卻被奸人李光、秦檜所害。那些與孫覿交情淡薄的人們一聽聞孫覿被羈管象州，立刻白眼相對，然即使在遲暮之年遭遇第三次貶黜，孫覿猶未意志消沉，反倒指出自己猶有四鄰可交談，〔註30〕一字「驚」道出其忽有所悟的喜悅，乃豪邁地吟哦「還將萬里眼，笑索嶺梅春」，顯示面對宦途一波三折，孫覿仍能發覺人世之

〔註25〕〈臨安道中二首 其一〉，《全宋詩》第 26 冊，卷 1485，頁 16967。

〔註26〕明抄本、四庫文淵閣本作「淚」，惟不論「浪」或「淚」皆通，指不必為人生境遇流淚難過。

〔註27〕《全宋詩》第 26 冊，卷 1481，頁 16904～16905。

〔註28〕【宋】李心傳：《建炎以來繫年要錄》（北京：中華書局，1988 年），頁 855。

〔註29〕「嘗夜從一騎出，從人田間飲。還至霸陵亭，霸陵尉醉，呵止廣。」【漢】司馬遷撰，【南朝宋】裴駰集解，【唐】司馬貞索隱，【唐】張守節正義：《史記》（北京：中華書局，1982 年），卷 109，頁 2871。

〔註30〕孫覿「驚窺有四鄰」應反用自杜甫〈無家別〉：「四鄰何所有，一二老寡妻。」【清】彭定求編：《全唐詩》（北京：中華書局，1960 年），卷 217，頁 2284。

美好，並且勉勵自己以「笑」相待，把貶謫的悲傷轉化為對嶺南風光的期待。

　　第二首詩，同樣可見孫覿清曠的心境，彼時孫覿已五十二歲，年老遭遇貶謫，對身心勢必帶來極大衝擊，故孫覿指出自己與瀧吏相對而駢汗直冒，感到非常羞愧。不過，孫覿亦領悟到無論世事如何變化，溪水與群山依舊不會「改色」，又風雨仍然善體人意，彷彿能理解自己此刻的心情。其後，孫覿更言自己從不順遂四處漂泊的「坎壈」遭遇中體悟到「天意」，更呼籲「紛紛小兒女」不必為自己的處境感到難過。在孫覿看來，人生許多事情乃「天意」，是人們不可預見者，那麼何不既來之則安之。

　　綜觀二詩，孫覿面對人生困境時，仍可保持一片清曠之心，不作過分控訴，心情不致過於沉鬱，而能提醒自己坦然面對。孫覿甫入象州所寫的〈入象州界〉，也可以見到孫覿並未因時間的推移，而改變初心，詩云：

　　　須賈之罪髮可數，張儀之辨舌空存。以身藏怨今如此，不死投荒感
　　　上恩。殊俗若為投緩急，故交何處問寒溫。多情烏鵲真幽伴，莫遣
　　　張羅翟尉門。〔註31〕

來到象州界，意謂正式進入羈管生涯，不免使孫覿回思過往和近來種種。第一句援用《史記·范雎蔡澤傳》須賈向范雎細數自己的過錯繁多如髮的典故。〔註32〕第二句援用《史記·張儀列傳》張儀被楚相鞭打，回家後趕緊問妻子舌頭還在不在的典故。〔註33〕合觀第三、四句可知孫覿慨歎無能為自己的罪狀辯解，才會落得被判罪羈管象州的下場，但如今能免除死罪，而投荒至此，其實也應該感謝皇上的恩賜，擴而言之，也可以說是感謝天意。其後，孫覿指陳自己對往後生活的想像，以「若為」反問，指出象州風俗特異，沒有自己的容身之所，而遭遇困窘時，象州人也不會施予援手，又令孫覿覺得憂傷的是象州覓不著昔日故友的噓寒問暖。然而，在如此惡劣的情境中，孫覿依舊能以清曠的心情面對人事的諸般不順，以為「多情烏鵲真幽伴」，並發出「莫遣張羅翟尉門」的叮嚀，提醒烏鵲朋友勿深陷羅網中。申言之，孫覿認為當世間找不到任何一人可以陪伴自己時，人們仍能與萬物為友，在自然中尋得心靈的安定。

　　至象州以後，孫覿又作〈到象州寓行衙太守陳容德攜酒見過二首〉：

〔註31〕　《全宋詩》第 26 冊，卷 1483，頁 16939。

〔註32〕　「范雎曰：『汝罪有幾？』曰：『擢賈之髮以續賈之罪，尚未足。』」《史記》，
　　　　　卷 79，頁 2414。

〔註33〕　「張儀謂其妻曰：『視吾舌尚在不？』其妻笑曰：『舌在也。』儀曰：『足矣。』」
　　　　　《史記》，卷 70，頁 2279。

> 萬里南來亦偶然，一杯相屬豈非天。直從尺五城南社，行盡潮南陽路八千。三夜故人應入夢，五漿客舍有誰先。使君遙簇花間馬，欲伴愁人到酒邊。

> 飣坐黃甘噀手香，堆盤丹荔照人光。莫辭蜑酒一尊赤，會壓瘴茅千里黃。未省讒言遭薏苡，直將空腹傲檳榔。酒醒夢覺知何處，樹影參差月滿廊。〔註34〕

第一首詩，和〈宿太湖口二首 其二〉只略略提及「坎壈知天意」相較，可見孫覿豁達的心境不只未嘗消退，猶且對於自身的命運有更寬廣的體認。遭遇遷謫南來象州的際遇，或許是天意的「必然」，但換個角度而言，何嘗不是一次「偶然」。既然如此，不妨盡情享受這次南來的「偶然」，孫覿乃言「一杯相屬豈非天」道出此難道不是上天最好的安排。

　　爾後，孫覿轉而援用長安俗諺「城南韋杜，去天尺五」〔註35〕回顧自己也曾如京兆韋氏與杜氏兩大家族，距離天上尺五，臨近權力核心，詎料如今卻也同韓愈般「夕貶潮陽路八千」〔註36〕，遭放逐至荒地。然來到象州，卻也結交了知心好友陳容德，孫覿自述能和陳容德一同飲酒，乃是自己魂思夢縈的嚮往。於此，孫覿轉化杜甫「三夜頻夢君」、「故人入我夢」之詩句，把二人的情誼比擬為杜甫與李白，尤見感情之深。孫覿又轉化《列子‧皇帝》〔註37〕的典故，自問有誰先準備豐富的食物熱情款待自己，引帶太守陳容德「遙簇花間馬」，並且「欲伴愁人到酒邊」的情深意重。鑒此，孫覿並未自溺於貶謫的喪沮中，而能以正面的態度面對生活，縱令貶謫令人沮喪，但不妨當作一場遊歷，更且因為貶謫，才能結交到知心好友。

　　第二首詩，前四句極力形容宴飲的豐盛，有「黃甘噀手香」，有「丹荔照人光」，有「蜑酒一尊赤」，有「瘴茅千里黃」，惟也就在繁盛的宴會中，孫覿念及自己「遭薏苡」的際遇，即自己未收受賄賂卻遭他人毀謗，〔註38〕孫覿云

〔註34〕《全宋詩》第 26 冊，卷 1483，頁 16939～16940。

〔註35〕杜甫〈贈韋七贊善〉原注，《全唐詩》，卷 233，頁 2578。

〔註36〕〈左遷至藍關示姪孫湘〉，《全唐詩》，卷 344，頁 3860。

〔註37〕「子列子之齊，中道而反，遇伯昏瞀人。伯昏瞀人曰：『奚方而反？』曰：『吾驚焉。』『惡乎驚？』『吾食於十漿，而五漿先饋。』」楊伯峻：《列子集釋》（上海：龍門聯合書局，1958 年），卷 2，頁 76。

〔註38〕「南方薏苡實大。援欲以為種，軍還，載之一車。……及卒後，有上書譖之者，以為前所載還，皆明珠文犀。」【南朝宋】范曄撰，【唐】李賢等注：《後漢書‧馬援傳》（北京：中華書局，1965 年），卷 24，頁 846。

「直將空腹傲檳榔」，一方面指今後不會再接受他人的餽贈，避免瓜田李下的嫌疑，〔註39〕二方面從「傲」字也可見孫覿對現今自己能安於所處的自詡。最後孫覿藉書寫參差的樹影和滿布的月光，把無限感懷寄寓於自然景物，不憤懑、不傷感，清麗之景的背後實則透露一派清曠之心。

另其餘詩篇雖不見得與貶謫相關，然同樣可見孫覿曠達的心胸，如：

> 歸鳥破煙沒，飛泉隔隴分。松門挂疏雨，樵路躡行雲。獨往隨漫興，高談遺世紛。悠然一杯酒，可以傲人羣。〔註40〕

> 移山老翁愚，埋盆小兒嬉。高蹈遺世紛，幽欣可人意。倚樹看蜂銜，挑燈照花睡。樂哉何所憂，俛仰可卒歲。〔註41〕

> 野寺知名久，歸鞍試一尋。亂山迎晚眺，萬木拱春臨。逸想超神界，安禪見佛心。時參鼻端白，趺坐息深深。〔註42〕

第一首詩，孫覿行旅崑山，未有人生行路何時了的感傷，反而能漫興遊賞，觀覽美景，而有「悠然一杯酒，可以傲人羣」的表白。

第二首詩，寫庭園景觀的營造，孫覿調侃自己累石作山恍如愚公移山，但眼看周遭欣欣向榮的樹、蜂、花，乃有一份自得之情，因此道出「樂哉何所憂，俛仰可卒歲」的豪邁之語。

第三首詩，「鼻端白」乃佛教修行法，出自《楞嚴經》指人諦觀鼻端，過久則見鼻息成白，意謂「心開漏盡，諸出入息化為光明，照十方界，得阿羅漢」〔註43〕，而「趺坐」指兩腿交叉而坐，亦是佛教修行法，又「息深深」則為《莊子‧大宗師》古之真人的境界。〔註44〕由此見，孫覿對佛家、道家的熟悉，並嘗試會通二家思想安頓身心，保持達觀心情。

綜言之，觀察上舉諸詩，頗能窺見孫覿詩善於狀寫「清麗」之景。孫覿常透過白描的方式，用字清省，筆法清婉，栩栩繪出清麗的圖像。孫覿曾云「詩

〔註39〕「彼人以為貴，婚族客，必先進。若邂逅不設，用相嫌恨。」【晉】嵇含：《南方草木狀》（北京：商務印書館，1955年），卷下，頁11。

〔註40〕〈崑山道中二首　其一〉，《全宋詩》第26冊，卷1485，頁16970。

〔註41〕〈累石作小山鑿池引水注之〉，《全宋詩》第26冊，卷1486，頁16986。

〔註42〕〈宿善法寺二首　其一〉，《全宋詩》第26冊，卷1483，頁16931。

〔註43〕【唐】般剌密諦譯，【明】真鑑：《大佛頂首楞嚴經正脈疏》（上海：商務印書館，1936年），卷23，頁630。

〔註44〕「古之真人，其寢不夢，其覺無憂，其食不甘，其息深深，真人之息以踵，眾人之息以喉。」【清】王先謙：《莊子集解》（北京：中華書局，1987年），卷2，頁55。

工傳巧妙，不數畫師能」〔註45〕、「小詩若圖畫，彷彿見飛樂」〔註46〕、「空濛水雲裏，端生畫屏中」〔註47〕見孫覿推慕「詩中有畫，畫中有詩」的創作觀，並能在具體創作中實踐之，而與蘇軾「新詩如玉屑，出語便清警」〔註48〕、「詩畫本一律，天工與清新」〔註49〕的創作主張相呼應。

反觀黃庭堅雖亦嘗告人「句法俊逸清新」〔註50〕、「見君詩與字俱清」〔註51〕，然此較屬黃庭堅對不同詩風的欣賞包容，黃庭堅個人的創作風格仍傾向「瘦硬執拗」。黃庭堅詩的特色在於好議論、好用僻典，情景書寫上亦如韓經太指出的常「因景裁情」，亦即「傾向於在某種意趣的指導下來安排客觀景象」，〔註52〕所以「黃詩景象便是層折型的，層折型的景象不能不打破渾成自然的透視時空，從而也就難有『詩中有畫』之感了」〔註53〕。申言之，黃庭堅詩常過分以「意」剪裁，不旨在營造如畫的詩境，故風格「瘦硬」。迄後，江西詩派奉行之「奪胎換骨」、「點鐵成金」亦正是以「意」為主「因景裁情」的方法。再者，梁昆亦嘗云：「江西不甚喜點綴景物，每以事意相高，所謂擺脫浮華，故不得不用事也。」〔註54〕而今綜觀孫覿文集，以清麗之筆寫清麗之景的詩作繁多，正是其異於江西詩派之處。

〔註45〕〈宜春臺呈太守陳次明〉，《全宋詩》第 26 冊，卷 1483，頁 16942。

〔註46〕〈讀李光遠詩卷次韻二首 泗州南山〉，《全宋詩》第 26 冊，卷 1482，頁16920。

〔註47〕〈寄題虞陽山周氏隱居五詠 柳堂漁舍〉，《全宋詩》第 26 冊，卷 1485，頁16969。

〔註48〕〈送參寥師〉，《全宋詩》第 14 冊，卷 800，頁 9272。

〔註49〕〈書鄢陵王主簿所畫折枝二首〉，《全宋詩》第 14 冊，卷 812，頁 9395。

〔註50〕〈再用前韻贈子勉四首 其三〉，《全宋詩》第 17 冊，卷 994，頁 11419。

〔註51〕〈病來十日不舉酒二首 其一〉，《全宋詩》第 17 冊，卷 996，頁 11429。

〔註52〕韓經太舉黃庭堅的〈寄黃幾復〉、〈病起荊江即事〉二詩，指出：「前者以「春風桃李」和「江湖夜雨」之景象的組合暗示出苦樂參融的複雜意態，而這種意態又通過『一杯酒』和『十年燈』之情事的組合再度強化了。至於後者，若單就『時有歸牛浮鼻過』一句來看，亦確是如畫之境，然而，當它與『近人積水無鷗鷺』組合為一聯時，虛象與實境的交織、對比便產生了特殊的意味。這於是就說明了，黃庭堅詩中的景象，往往是一種富於隱喻意義的景象。」參氏著：〈蘇黃比較論〉，《宋代詩歌史論》（長春：吉林教育出版社，1995 年），頁220。

〔註53〕韓經太云：「正是在這個意義上，我們可以完全說，蘇軾詩可以被視為宋詩企希于詩話交融的典型，而黃庭堅不能。」〈蘇黃比較論〉，《宋代詩歌史論》，頁225～226。

〔註54〕梁昆：《宋詩派別論》（臺北：東昇出版事業有限公司，1980 年），頁 106。

再就個人心境而言，孫覿詩亦在在表現「清曠」的胸襟。孫覿一身貶謫連連，晚年回思往事之時，自陳：

> 某聞命就道，省愆念咎，布衣蔬食，無所怨尤。每讀書傳，見昔人被讒得罪，死於刀鋸鼎鑊者，則欣然以得此生為幸。時有感寓，作詩自娛，無怨懟一詞。〔註55〕

相較之下，黃庭堅與孫覿著實有別，汪應辰稱：「聞之前輩，魯直疏通樂易，而其中所守，毅然不可奪。」〔註56〕黃庭堅這種對操守的執著，自關聯到他的詩歌表現，同韓經太指出黃庭堅詩歌世界的抒情主體可以用「執拗」概括，「其思想境界每展開在艱難探詢之間，詩歌世界所表現出來的便多是思考過程中曲折反覆的那種凝重心境」，不同於蘇軾詩的「通脫」。〔註57〕莫礪鋒亦云黃庭堅「仕途多舛」，世界觀「充滿了矛盾」，所以詩的「情調比較低沉」。〔註58〕總結之，黃庭堅詩較多呈現「孤高兀傲」的人格，蘇軾詩則多有「開朗豁達」的一面。迄後，江西詩派與黃庭堅氣味相合，如伍曉蔓評江西詩派「詩文剛健挺立」、「是狷士」，〔註59〕許總曰「在江西派詩人的作品中，淡泊名利、貧寒自守是其最根本的精神，糞土功名、鄙棄流俗則是其最常見的主題」。〔註60〕是故，張毅言「蘇詩的不俗本於清曠瀟灑的性情氣質，以才氣縱橫為勝」，至於「黃詩的不俗以內省的觀照和造語的好奇尚硬為特點」，是以黃詩較「符合困頓不得志的士人潔身自好的內斂心理的需要，故能風行一時，蔚為宗派」。〔註61〕申言之，孫覿詩以「清麗曠達」為主調，〔註62〕實迥異於黃庭堅、江西詩派的「瘦硬執拗」，而與蘇軾詩類近。

〔註55〕〈與侍御書〉，《全宋文》第 159 冊，卷 3428，頁 34。

〔註56〕〈書張士節字敘〉，《全宋文》第 215 冊，卷 4777，頁 191～192。

〔註57〕韓經太：〈蘇黃比較論〉，《宋代詩歌史論》，頁 238。

〔註58〕莫礪鋒：《江西詩派研究》，頁 34。

〔註59〕伍曉蔓：《江西宗派研究》（成都：巴蜀書社，2005 年），頁 122。稍可補充者，黃庭堅和江西詩派此性格的形成，和彼時黨爭的背景，及他們思想上多與理學契合，頗有關係，詳細論述可參伍曉蔓：《江西宗派研究》，頁 26～178。

〔註60〕許總：《唐宋詩體派論》，頁 286。

〔註61〕張毅：《宋代文學思想史》（北京：中華書局，2006 年），頁 119。

〔註62〕吳迪：《孫覿及其詩歌研究》，頁 40～41。吳迪雖指出孫覿詩猶有「沉鬱的風格特徵」，然所舉的多是感慨國事、書寫民生疾苦的作品。惟面對他人的不幸而心情沉鬱，實是自然反應，與孫覿清曠的詩調並不衝突。至於，吳迪提到的幾首抒發羈旅不安的作品，畢竟少數，不能以此框定孫覿詩的主調。

第二節　新奇宏肆的詩境

　　承如前述，孫覿詩具有「清」的特質，而其除可指涉「清麗曠達」外，也易與「新奇」連結，而催生出「清新」、「清奇」的創作。蓋「清」的本義是「水清」，與「濁」對比，有高潔超脫凡俗之意，而凡俗對應於詩歌創作即「爛熟」，和「新奇」相反，故方回說：「清矣，又有所謂新焉。」〔註63〕顧起元云：「清奇澹宕，不染世淄氛。」〔註64〕

　　孫覿詩的「新奇」乃植基於超凡的想像，這主要可從兩方面觀察：一是孫覿常使用新穎的比喻與生動的轉化修辭；二是孫覿常營造宏肆的詩境。

　　第一，孫覿常站在「人」的角度看待「物」，如〈楓橋璨書記出示近賦長句為詩答之〉將山水譬喻為人：

　　　白氈青鞋竹杖隨，伏犀插腦看魁奇。水如說法翻千偈，山似哦詩蹙兩眉。率爾扣門依佛寶，欣然命駕有心期。匆匆班草河橋上，幾日重臨慰所思。〔註65〕

用「翻水」一詞指才思敏捷，最早用例應是韓愈「文如翻水成，初不用意為」〔註66〕，迄後蘇軾言「機鋒不可觸，千偈如翻水」〔註67〕，孫覿詩明顯轉化自此，然特殊的是孫覿反用之，以「翻千偈」形容水波一道又一道的皺摺，像和尚說法翻閱偈文一頁接著一頁。其下，「蹙兩眉」則指四周的山稜看起來像聚攏兩眉吟哦詩歌。孫覿將水面比喻為僧人說法翻偈文，而山比喻為詩人吟哦詩篇，這新奇的書寫一方面形容明媚的風光，二方面也揭示出孫覿將欲拜訪的人，是一位「詩僧」，是那位伏犀插腦〔註68〕的「魁奇」之士，故云「率爾扣門依佛寶，欣然命駕有心期」表露欲拜訪友人的企盼，並期待有朝一日能在班草河橋上「重臨慰所思」。由此乃見，孫覿不只能創發新奇造語，在詩意的串接上亦能渾成自然。

　　再又，孫覿猶會將自然景物擬人化，強調宦海的波折，像〈自崇仁趨新淦

〔註63〕〈馮伯田詩集序〉，李修生編：《全元文》（南京：鳳凰出版社，1998年），卷211，頁79。

〔註64〕【清】陳田輯：《明詩紀事》（上海：上海古籍出版社，1993年），頁2334。

〔註65〕《全宋詩》第26冊，卷1486，頁16980。

〔註66〕〈寄崔二十六立之〉，《全唐詩》，卷340，頁3816。

〔註67〕〈金山妙高臺〉，【宋】蘇軾著，【清】王文誥輯注：《蘇軾詩集》（北京：中華書局，1982年），卷26，頁1369。

〔註68〕指鼻子的伏犀骨延伸到髮際，命相家認為是一種大貴之相。

凡四夕乃至一寓道觀三止僧舍皆留一夕而去賦小詩記之三山寺二首 其二〉：

> 異縣久為客，窮途飽所更。對牀雲伴宿，曳杖月同行。到處身如寄，
> 看山眼暫明。平生飲中趣，酒賤且頻傾。〔註69〕

面對「到處身如寄」的處境，孫覿不免心生感慨。特別的是，孫覿透過雲和月的移動表現四海為客的焦慮。「雲伴宿」形容每每對牀時，雲朵總會來相伴，「雲」的性質乃不斷聚了又散，散了又聚，隨處漂泊，孫覿寫雲時時環繞身邊，其實也寄寓自己流浪的生涯。其下的「月同行」更添增了移動感，孫覿指不論行走到何處，「月」都會緊緊跟隨，彷彿不斷提醒自己正處於羈旅的道途。進一步言，如果說「雲」只是「對牀」時來「伴宿」，那麼「月」則是每當自己「曳杖」行走時主動「同行」，孫覿乃藉「月」象徵一種頑強的揮之不去難以抵抗的漂泊宿命。

此外，〈天長寺〉亦可見孫覿擅以擬人的角度思維景物：

> 江行蕭家峽，路入天長寺。眈眈千步廊，植杖聊一憩。山對逐客愁，
> 花濺寒食淚。提壺苦勸人，何物關汝事。〔註70〕

在此，「山」不單只是無生命的「山」，「山」猶會「對逐客愁」，而「花」亦非無生命的「花」，「花」猶會「濺寒食淚」，又且提壺也依稀知曉人意般會「苦勸人」，要人別多管閒事。再次證明，孫覿詩善於賦予物「人的性質」，使文章飽含新奇。

又孫覿尚會將物形象化，如〈送陳令解印赴闕三首 其三〉：

> 亂山環合水邊村，楚些誰招九死魂。鳥語邊枝黃葉□，蝸涎粘壁古
> 苔昏。禾困屢出將軍指，菜把空懷地主恩。落日秋風滿山色，盡驅
> 離恨入清罇。〔註71〕

陳令即將赴闕任官，孫覿作詩相贈。詩中構築出一派和諧優美的景致，指出地點是亂山環抱的水邊村落，並點出「鳥語」、「黃葉」、「蝸涎」、「古苔」等周遭景致，再到「屢出將軍指」和「空懷地主恩」則表述人民對陳令的思念。值得注意者，詩末最後的警句，落日、秋風被形象化，變成可以驅趕離恨的事物，又離恨亦被形象化，變成可以被落日、秋風驅趕進清罇的事物。孫覿一方面指出送別陳令，乃落日秋風滿山色的時節，二方面也有滿山的落日秋風皆欲與陳

〔註69〕《全宋詩》第 26 冊，卷 1482，頁 16925。
〔註70〕《全宋詩》第 26 冊，卷 1483，頁 16931。
〔註71〕《全宋詩》第 26 冊，卷 1488，頁 17011。

令作別之意，得見想像鮮活，畫面盛大，新奇非常。

其餘例子如：

> 碧瘦峨千疊，清深漲一篙。紅輕花似肉，綠細柳如繰。句好無強對，
> 神超有獨遨。葦間青篛笠，彷彿見秦逃。〔註72〕

> 幽絕小蓬壺，參差見畫圖。亂青山四出，一碧水平鋪。洲蕊紅相照，
> 沙茸細欲無。蓮房駢百子，橘圃聚千奴。布穀休催種，提壺且勸酤。
> 楚腰飛燕燕，秦缶和烏烏。便旋驚回雪，連娟引貫珠。西風催畫鷁，
> 落日詠驪駒。浩蕩川原隔，驚呼歲月徂。寥寥清夜夢，直擬控摶扶。
> 〔註73〕

> 歲晚驚呼身已老，天涯流落首空回。便將酒力推愁去，且放春光入
> 眼來。人語嘻嘻爭鬥草，宮花閃閃艷妝梅。雪消水暖春江動，綠漲
> 葡萄萬斛醅。〔註74〕

第一首詩，狀寫谷隱的景色，就語意邏輯而言應為「紅花輕似肉，綠柳細如繰」
或者「花紅輕似肉，柳綠細如繰」，然如此書寫畢竟是尋常句子，韻味幾無，
故孫覿調換語序言「紅輕」、「綠細」，較諸一般用以形容顏色的「淡」與「淺」，
「輕」和「細」一則就重量而言，一則就尺寸而言，透過性質的轉換，形象化
顏色，使人彷彿能感受到紅的輕盈，綠的纖細，體驗陌生化的美感。

第二首詩，記述在洞庭善慶堂置酒時的所見所感，「布穀休催種，提壺且
勸酤」運用諧音雙關，將禽鳥擬人化，前句是孫覿對布穀說話，請求牠勿一直
催種而壞了自己喝酒的興致，後句是提壺蘆不斷勸自己買酒，一反一正，既可
見自然界生機勃勃的景致，也可見人與自然親密的互動。除此，「畫鷁」為船
的別稱，〔註75〕言「西風催畫鷁」且將西風形象化，一字「催」生動地帶出眾
船在水上受西風吹拂航行而前的壯闊景致。其下，「驪駒」本義是「黑馬」，後
用來象徵離別，〔註76〕而原本應是人詠驪駒，孫覿卻言「落日詠驪駒」一字

〔註72〕〈題谷隱二首 其一〉，《全宋詩》第 26 冊，卷 1484，頁 16949。

〔註73〕〈洞庭善慶堂置酒小詩寄之〉，《全宋詩》第 26 冊，卷 1484，頁 16952。

〔註74〕〈次韻王子欽立春二首 其二〉，《全宋詩》第 26 冊，卷 1481，頁 16912。

〔註75〕「龍舟鷁首，浮吹以娛，此遁於水也；鷁鵝，雁類。一曰：鳳之別類。龍舟，
大舟也，刻為龍文。鷁，大鳥也，畫其像著船頭，故曰鷁首。」【漢】劉安編，
何寧整理：《淮南子集釋·本經訓》（北京：中華書局，1998 年），卷 8，頁 592。

〔註76〕「至江公著孝經說，心嫉式，謂歌吹諸生曰：『歌驪駒。』式曰：『聞之於師：
客歌驪駒，主人歌客毋庸歸。今日諸君為主人，日尚早，未可也。』」【漢】班
固：《漢書·儒林傳》（北京：中華書局，1962 年），卷 88，頁 3610。

「詠」賦予了落日人的動作，彷彿落日亦會向人揮手告別。

　　第三首詩，述說於歲晚時分在剎那間領悟到己身已老的事實，不由得頻頻回首過去流落天涯的歲月，在此「愁緒」和「春光」被形象化，孫覿寫用酒力把「愁緒」推去，釋放「春光」進來，於一去一來間，鮮活呈顯自我的適意之餘，也開啟下文對春日艷麗風光的狀寫，得見孫覿詩比喻的新穎和轉化的生動。

　　第二，宏肆詩境所以新奇的原因，乃由於詩人不只將眼界平放在尋常的時空中，詩人尚且馳騁豐富的想像，希冀連結更寬廣的時空，組構出與流俗不同的世界，試觀〈德清龜谿亭遇大雨〉：

> 崩雲四合千嶂重，奔電一掣十里紅。土囊吸噏萬竅風，江翻石走昏相蒙。疾雷破柱鞭老龍，百賈顛沛市井空。銀河倒傾千丈磧，魚鱉欲取山為宮。洪濤舂天怒相攻，大舸吹簸如飛蓬。醉臥掀舞一葉中，洗我雲夢芥蔕胸。忽然變滅何匆匆，雷公收聲電改容。霞舒霧卷縈長虹，紺碧萬頃磨青銅。溪邊結網南巷翁，白髮黃馘射兩瞳。赤鱗騰出無留蹤，刻舟求劍何時逢。〔註77〕

本詩旨在狀寫下大雨的情景。以「崩雲四合」形容烏雲從四面八方聚集到千嶂之上，有力地帶出天空的騷動。再者，孫覿寫閃電迅掣閃耀使十里染紅，強風呼嘯洞穴，讓江水翻騰岩石飛走，而天地一片晦暗。凡此皆生動地描繪出雨水欲來的情景，一種即將發生大事的氛圍。

　　其次，孫覿運使想像，說疾雷逕直劈打下來，鞭打老龍，讓雨水一股腦兒地傾瀉下來，有如千丈般的洪水，使人們紛紛走避，而魚鱉乃放肆地想取山為宮。於此，孫覿翻轉常人思維，換位思考，從魚鱉佔領山頭的角度，狀寫水的繁盛，更凸顯天地水滿為患的情況，尤是新奇。

　　爾後，孫覿組構「春天」、「大舸」、「雲夢」等空間，展現一幅宏肆的畫面。波濤洶湧到可以直擊天上，並讓船舸顛簸如飄飛的蓬草，但面對雷雨滂沱的情境，孫覿並不感到害怕，只是醉臥舟中，甚且以為雨水的顛狂，猶能洗淨心中的芥蔕。孫覿從外在劇烈的現象變化，寫到自我澄澈的心境，運用對比手法，乃更突出了自身的不俗。

　　又下，雷雨忽歇，彩霞縈繞長虹邊，天空一片紺碧清澈。孫覿寫道南巷翁想去捕撈赤鯉，彷彿船隻駛過，而想利用船上的刻痕去找劍，終將徒勞無功。

〔註77〕《全宋詩》第 26 冊，卷 1481，頁 16904。

孫覿巧妙活用「刻舟求劍」的典故,描繪一場大雨過後的景致和尋常百姓心急
捕魚的行徑,誠開拓了詩境的呈現。總之,全詩傾力描摹暴雨將臨→暴雨來臨
→暴雨遠去,氣象萬千,新奇頻頻。

　　有時只是一顆石頭,亦能催生孫覿無窮的想像,如〈石碧在宜黃縣之南二
十五里義泉寺寺旁有磴道高里許循山而西少北忽有石梁數十丈橫絕兩崖之間
中空無柱高出雲表神剜鬼刻不可名狀真洞心駭目之觀而僻在一隅遊客無所為
而至乃賦詩一篇以告喜遊而不知者〉:

> 何人手執造化關,投此虹蜺跨兩間。烏鵲填成天上路,鬼神鞭出海
> 中山。飄飄尻駕凌空舉,側身下瞰千峰雨。河漢泅泅聲西流,風雹
> 相鏜齊萬弩。始信通天有一門,便欲晞髮扶桑根。乘槎忽逢支機石,
> 拄杖直到洗頭盆。賞俊誇雄兩奇絕,邂逅一聲如電掣。冥冥滄海會
> 揚塵,大字磨崖書歲月。〔註78〕

劈頭即氣焰澎湃地質問究竟是「何人手執造化關」,把虹蜺投擲在兩崖之間,
營造雄闊詩境。孫覿繼續渲染,極盡想像和誇飾,用「烏鵲」和「鬼神」指稱
石碧的生成乃源於神奇造化,而「填成」與「鞭出」力道十足,又「天上路」
及「海中山」乃呈顯空間的闊遠,前揭讓詩境愈發宏肆。孫覿暢遊其上,覺得
自己好似被凌空舉起,可以往下俯視到千峰上的雨,並指出耳畔盡聞河漢泅泅
的水聲,又風雹的吹拂則被想像為「萬弩」發射,層層鋪排石碧的偉壯,彷彿
具備千鈞氣勢。

　　爾後,孫覿述寫自己亟欲「晞髮扶桑根」,並從「忽逢支機石」至「直到
洗頭盆」將石碧的坐落處形容為仙境。全詩利用「烏鵲」、「鬼神」、「通天門」、
「扶桑根」、「支機石」〔註79〕、「洗頭盆」〔註80〕等詞語,試圖將石碧與仙界
連結,意境高遠,見孫覿想像力的奔放,所催生出的新奇感。

　　此外,即使是對他人致謝的應酬之作,孫覿亦能創發宏肆的詩境,如〈吳
益先攜文見過以詩為謝〉:

〔註78〕《全宋詩》第 26 冊,卷 1482,頁 16921。

〔註79〕「《集林》曰:『昔有一人,尋河源見婦人浣紗以問之,曰:『此天河也。』乃
　　　　與一石而歸,問嚴君平,云:『此織女支機石也。』【宋】李昉等編:《太平御
　　　　覽》(北京:中華書局,1960 年),卷 8,頁 42。

〔註80〕「明星玉女者,居華山,服玉漿,白日昇天。山頂石龜,其廣數畝,高三仞。
　　　　其側有梯磴,遠皆見。玉女祠前有五石臼,號曰玉女洗頭盆。其中水色,碧綠
　　　　澄澈,雨不加溢,旱不減耗,祠內有玉石馬一匹焉。出《集仙錄》。」【宋】李
　　　　昉等編:《太平廣記》(北京:中華書局,1961 年),卷 59,頁 362。

千里之馬初服輈，風駿霧鬣跨九州。駕鹽挽磨三千秋，俯首尚與駑
駘遊。吳郎人中第一流，文采絢爛珊瑚鈎。陽春白雪和者少，夜光
明月暗中投。魯人不貴東家丘，吾聲凜凜青兩眸。搣金戛玉聲相求，
屬鏤雙蟠九地幽。有氣夜出干斗牛，忽然化作長黃虯。睚眦之怨何
足讎，一麾立斷樓蘭頭。〔註81〕

　　首先，孫覿把吳益先比作千里馬。「初服輈」言吳益先初次拿文章給自己過目，
而孫覿一讀之下乃驚為天人，以為吳益先的才氣彷彿「風駿霧鬣」可以橫跨九
州。其下「駕鹽挽磨」乃化用《戰國策・楚策》讓駿馬駕鹽車的典故，〔註82〕
歎息吳益先大才小用。千里馬的比喻雖常見，然孫覿善用誇飾和映襯的手法，
寫來氣勢磅礡，亦屬難得。另本詩末四句，先是連結天上的星體，指吳益先如
屬鏤寶劍的才氣在夜晚時汩汩湧動足以「干斗牛」，又續言此氣「忽然化作長
黃虯」，把空間抬升至天上，而不論是「斗牛」或「黃虯」皆是傳說中可以上
達天聽的動物。孫覿更以戰事形容之，言吳益先筆勢驚人，足以「一麾立斷樓
蘭頭」，往後必能一雪受人歧視之恥，盡見孫覿雄奇的想像。

　　又如〈右丞相張公達明營別墅于汝川記可遊者九處繪而為圖貽書屬晉陵
孫某賦之蝦蟆石〉：

天公磔蛙死，墮地化為石。魁然此江郊，面滯蒼煙色。葱蘢一拳青，
凝湛半蒿碧。猶疑老蟾窟，尚吐月中液。我來蹈其背，坐睨倚天壁。
鼓吹不復鳴，煙雨空寂歷。〔註83〕

以「天公」二字破題，一開始便將書寫空間抬升至天上，指出蝦蟆石的由來
乃天公將月亮上的蛙宰割後，蛙墮落凡間化而為石，這時書寫空間又迅速降
落到地面，短短十字，層次豐富，想像恢奇。之後孫覿形容江邊的風光，特
別強調景物的顏色如「蒼煙色」、「一拳青」、「半蒿碧」，營造開闊的視界。面
對佳妙景致，不由令孫覿心生懷疑，以為是老蟾「尚吐月中液」，才處處可見
蓬勃的生氣。孫覿云「我來蹈其背」傳達出對蝦蟆石仍活著的期待，然而卻
「鼓吹不復鳴」，僅剩一片寂靜空曠的煙雨，把落空的嚮往寄寓於自然景物
中。總體而言，詩境從天上的月亮，跌降到地下的石頭，最後以煙雨作收，

〔註81〕《全宋詩》第 26 冊，卷 1482，頁 16919。
〔註82〕「汗明曰：『君亦聞驥乎？夫驥之齒至矣，服鹽車而上太行。蹄申膝折，尾湛
　　　　胕潰，漉汁洒地，白汗交流，中阪遷延，負轅不能上。」何建章注釋：《戰國
　　　　策》（北京：中華書局，1990 年），卷 17，頁 590。
〔註83〕《全宋詩》第 26 冊，卷 1484，頁 16954。

尤見詩境之豐富。

除此，其餘詩作如：

> 黃蘆吹雪滿汀洲，萬里煙波接素秋。數點征帆天上落，一輪斜日水
> 中流。長橋蹋月隨君伴，小閣浮天賦遠遊。便買一舟為泛宅，此生
> 何必老菟裘。〔註84〕千尺銀山屹嵩華，浪涌雲屯天一罅。榜舟夜傍
> 黿鼉窟，杖藜曉入雞豚社。處處人家橘柚垂，竹籬茅屋青黃亞。臺
> 殿青紅墜半山，兩腋清風策高駕。牛羊出沒怪石走，蛟蛇起伏蒼藤
> 掛。饑鼠窺燈佛帳寒，華鯨吼粥僧趺下。世味飽諳真嚼蠟，老境得
> 閑如啗蔗。山靈知我欲歸耕，一夜筑垣應繞舍。〔註85〕

> 三椽容膝地，一枕曲肱眠。手把故人畫，起行夢相牽。明河天上落，
> 一派墮我前。溶溶注銀海，浩浩瀉玉川。老眼眩欲迷，今在第幾天。
> 堂堂通德門，種德今百年。齋房九莖芝，岳井十丈蓮。連枝挺奇秀，
> 見此兩謫仙。詩成粲珠玉，紙落生雲煙。一飛看昂霄，雲中雁行連。
> 〔註86〕

第一首詩，先平面概述水邊景色，以「吹雪」比喻黃蘆果實纍纍迎風飄飛，又
一字「滿」繪出黃蘆蔓生汀州的樣子，與再下的「萬里煙波」共同營造浩瀚景
緻。其後，「數點征帆天上落，一輪斜日水中流」則巧妙地連結了天上、水上、
水下三度空間，再次將視界拉廣拉遠，創生新奇詩境，並呼應「浮天閣」的命
名旨趣。

第二首詩，「天一罅」、「黿鼉窟」、「蛟蛇起伏」、「華鯨吼粥」等詞語的運
用，誠見孫覿恢弘的想像力，尤其是「山靈知我欲歸耕，一夜筑垣應繞舍」
之語，換位思考，溝通人鬼，設想山靈的作為，表露己身歸耕的願望，鮮活
自然。

第三首詩，「明河天上落，一派墮我前。溶溶注銀海，浩浩瀉玉川」言水
自「天上」再到「我前」又至「銀海」和「玉川」的情景，澎湃十足。最後，
孫覿以「一飛看昂霄，雲中雁行連」收結，將詩境抬升至天上，稱揚鄭惇老、
謙老的才情，滿溢豪情。

凡此種種，乃見孫覿非凡的想像力，所營造出的宏肆詩境。相較之下，黃

〔註84〕〈朧庵浮天閣〉，《全宋詩》第 26 冊，卷 1485，頁 16966。
〔註85〕〈過洞庭〉，《全宋詩》第 26 冊，卷 1488，頁 17005。
〔註86〕〈鄭惇老謙老寄示四賦小詩為謝〉，《全宋詩》第 26 冊，卷 1484，頁 16958。

庭堅詩的「新奇」則多用心於形式，嘗言「寧律不諧而不使句弱，用字不工不使語俗」〔註87〕，乃特別講究句法、聲律，喜用拗句，故魏泰評「句雖新奇，而氣乏渾厚」，〔註88〕呂本中言「有太尖新、太巧處」〔註89〕，方東樹曰「於音節尤別創一種兀傲奇崛之響」〔註90〕。關於蘇黃的差異，王若虛云：

> 山谷之詩，有奇而無妙，有斬絕而無橫放，鋪張學問以為富，點化陳腐以為新，而渾然天成，如肺腑中流出者，不足也。此所以力追東坡而不及歟！〔註91〕

可見黃詩人工雕琢較深，故蔣凡說黃詩「矜奇炫怪，有違自然」，而蘇詩所以「勝於黃者，正在其自然恣肆」，〔註92〕莫礪鋒亦曰蘇詩「生而不澀，新而不怪」，黃詩常「奇險、生硬、不夠自然」。〔註93〕

迄後，江西詩派多師法黃庭堅之「新奇」，且有變本加厲的跡象，如陳巖肖云：「近時學其詩者，或未得其妙處，每有所作，必使聲韻拗捩，詞語艱澀，曰『江西格』也。」〔註94〕陸游說：「琢彫自是文章病，奇險尤傷氣骨多。」〔註95〕劉壎曰：「山谷負脩能，倡古律，事寧核毋疏，意寧苦毋俗，句寧拙毋

〔註87〕全段文字為：「寧律不諧而不使句弱，用字不工不使語俗，此庾開府之所長也。然有意於為詩也。至於淵明，則所謂不煩繩削而自合者。雖然，巧於斧斤者，多疑其拙；審於檢括者，輒病其放。孔子曰：『寧武子，其智可及也，其愚不可及也。』淵明之拙與放，豈可為不知者道哉？」細觀上文，可知「寧律不諧而不使句弱，用字不工不使語俗」為次要境界，黃庭堅心中最高境界乃「不煩繩削而自合者」。即使如此，難以否認黃庭堅的許多詩作仍和陶淵明相去甚遠，處處能見到黃庭堅對格律和用字的苦心孤詣，這向來也被視為黃庭堅詩的特色，其後的江西詩派亦偏重此。〈題意可詩後〉，《全宋文》第106冊，卷2309，頁187。

〔註88〕【宋】魏泰：《臨漢隱居詩話》，【清】何文煥輯：《歷代詩話》（北京：中華書局，2004年），頁327。

〔註89〕【宋】呂本中：《童蒙詩訓》，《宋詩話輯佚》（北京：中華書局，1980年），頁591。

〔註90〕【清】方東樹：《昭昧詹言》（北京：人民文學出版社，2006年），卷10，頁225。

〔註91〕【金】王若虛著，胡傳志、李定乾校注：《滹南遺老集校注》（瀋陽：遼海出版社，2006年），卷39，頁463。

〔註92〕蔣凡：〈南宋詩文批評〉，收於《中國文學批評通史》（上海：上海古籍出版社，1996年），頁256。

〔註93〕莫礪鋒《唐宋詩論稿》（南京：鳳凰出版社，2007年），頁287。

〔註94〕【宋】陳巖肖：《庚溪詩話》，卷下，丁福保輯：《歷代詩話續編》（北京：中華書局，2006年），頁182。

〔註95〕〈讀近人詩〉，【宋】陸游著，錢仲聯、馬亞中主編：《陸游全集校注》（杭州：浙江教育出版社，2011年），第8冊，卷78，頁44。

弱，一時號江西宗派。」〔註96〕

綜觀孫覿之文學思想，其嘗稱讚他人作品「體質自然，不見刀尺」〔註97〕、「自然成文，不見刀尺」〔註98〕、「可以窺見自然與聲俱生之妙」〔註99〕、「文從字順，體質渾然，不見刻畫」〔註100〕又十分推崇蘇軾「辭達」的思想，嘗云「辭達而已矣」〔註101〕。結合上述分析，可見孫覿詩的「新奇」屬內容方面，較與形式無涉，主要體現在靈活的用語和想像上，雖新奇但仍以「自然」為原則，符合常人之思，與蘇軾詩類近，不若黃庭堅、江西詩派的「奇崛尖新」。

此外，黃庭堅與江西派詩人「鋪張學問以為富」的特點，亦使其人文意象較強，多寫書、筆、硯、紙等內容，〔註102〕治心養氣等理學思想也較濃厚，〔註103〕常固著於「理」，重視虛字虛句，寫意者多。反觀蘇軾和孫覿詩則較不沾染書卷氣，〔註104〕少有理學色彩，不乏以實字實句寫景者。〔註105〕質言之，

〔註96〕 傅璇琮編：《黃庭堅和江西詩派資料彙編》（北京：中華書局，1978 年），頁 454～455。

〔註97〕 〈送刪定姪倅越序〉，《全宋文》第 160 冊，卷 3475，頁 300。

〔註98〕 〈西山老文集序〉，《全宋文》第 160 冊，卷 3476，頁 318。

〔註99〕 〈切韻類例序〉，《全宋文》第 160 冊，卷 3476，頁 312。

〔註100〕 〈浮溪集序〉，《全宋文》第 160 冊，卷 3476，頁 309。

〔註101〕 〈參政兄內外制序〉，《全宋文》第 160 冊，卷 3476，頁 310。另外，〈與曾端伯書〉：「白公詩所謂辭達，大抵能道意之所欲言者。」《全宋文》第 159 冊，卷 3429，頁 55。〈翰林莫公內外制序〉：「世固有心能知之而不能傳之以言，口能傳之而不能應之以手。心能知之，口能傳之，而手又能應之，夫是之謂辭達。」《全宋文》第 160 冊，頁 317。

〔註102〕 白政民：「統計黃庭堅詩歌的高頻意象，可以發現其詩歌意象的主要特色是意象的人文化。這主要體現在三個方面：其一，詩人在創作過程中，較多的運用來自人文生活的意象並賦予其與時代精神相合拍的文化含意；其二，賦予自然意象以濃郁的人文色彩和象徵意味；其三，大量使用典籍意象，開闢人文意象新天地。」又根據白政民統計，「黃詩人文意象群中『書』意象最多，有 263 處。」參氏著：《黃庭堅詩歌研究》（銀川：寧夏人民出版社，2000 年），頁 211。

〔註103〕 馬積高：「他們的共同點是把詩看作吟詠性情、涵養道德的工具。」參氏著：《宋明理學與文學》（長沙：湖南師範大學出版社，1989 年），頁 55。

〔註104〕 趙翼云：「山谷則書卷比坡更多數倍。」【清】趙翼：《甌北詩話》，卷 11，收入郭紹虞：《清詩話續編》（上海：人民文學出版社，1983 年），頁 1331。另綜觀孫覿詩，也確實少語及書卷，用典亦不深澀。

〔註105〕 好用虛字虛句者，乃方回對江西詩派詩歌的總結。相關論述可參考，張健：《知識與抒情——宋代詩學研究》（北京：北京大學出版社，2015 年），頁 206～228。

黃庭堅與江西派詩人過分強調學問，不免限縮想像力，格局偏小，少有新穎的比喻與轉化修辭，整體而言詩境不若蘇軾和孫覿般豐富。

第三節　波瀾跌宕的詩意

　　如前所述，孫覿詩的基調為「清麗」，但若一味追求「清麗」，整部詩集都是「清麗」的作品亦非上策，正如蔣寅云：「清直接給人的感覺就是弱。」〔註106〕易言之，「清」由於在寫景述情上率皆淺淡，故難免柔弱，不能含帶更深邃的內容。

　　不過，於「清麗」之外，孫覿詩猶有「波瀾富」的特色，此可從兩點分析：一是孫覿記述事物時才思浩瀚，語意轉折跌宕如波瀾；二是孫覿所抒發的情感常一層推一層遞進起伏如波瀾。

　　第一，試觀孫覿如何連貫詩句，讓詩意轉折頻頻，如以記述社會實況的詩為例，〈安仁縣有大第一區官兵縱暴主人谷氏避不敢居三年矣縣尹常館過客於第中賦主人避地二首　其二〉：

> 華榱翠栱刻蛟螭，蒿艾不薙與戶齊。野鼠羣行晝躡壁，山鬼一腳夜
> 撼扉。胡騎掃迹今已非，官兵縱暴來無時。千炷眈眈四壁立，主人
> 避地何時歸。〔註107〕

孫覿首先描繪屋宇的形貌，「華榱翠栱」為雕刻精美的屋椽，其上刻有蛟螭的圖畫，象徵谷氏屋宇的富麗。然下句立刻轉折，言如此精美的房屋外頭，卻不修野草，任憑蒿艾長滿而與門戶齊高。進一步，視角由房屋的外頭移動至內部，說「野鼠」、「山鬼」不斷來侵擾屋宇或「躡壁」或「撼扉」，再次強調房屋久無人居。至第五、六句，孫覿方拈出屋宇所以荒廢的理由，不是因為「胡騎掃迹」，而是「官兵縱暴」。蓋孫覿乃透過對比方式，直指官兵的殘暴更甚於胡騎，對社會實況做出嚴厲的批判。最末，孫覿將書寫重點轉回到屋宇上，以「千炷眈眈」形容屋宇的輝煌，然緊接在後的「四壁立」則帶出無人居住的空寂，孫覿不禁叩問「主人避地何時歸」，又轉折諷刺官兵對人民的迫害。全詩轉銜繁多，酣暢淋漓，波瀾自現。

　　其次，孫覿寫景詠物的詩篇亦可見劇烈轉折所掀起的「波瀾」，像是〈右丞

〔註106〕蔣寅：〈清：詩美學的核心範疇——詩美學的一個考察〉，頁52。
〔註107〕《全宋詩》第26冊，卷1483，頁16933。

相張公達明營別墅于汝川記可遊者九處繪而為圖貽書屬晉陵孫某賦之梅仙潭〉：

> 潭潭雲幕垂，杪樹秋磬發。飛仙駕青鸞，通籍在金闕。遙見切雲冠，
> 尚想凌波襪。殷勤小梅花，獨照黃昏月。生綃濕香霧，翠袖卷煙雪。
> 忽然東風惡，一夜吹石裂。〔註108〕

本詩首先書寫寬廣的情境，如「潭潭」乃深邃之意，形容雲幕低垂的樣子，而杪樹邊傳出禪寺秋磬的聲響，更加深曠遠的情調。之後第一轉，從廣闊的自然之景，寫到「青鸞」、「金闕」、「切雲冠」鋪排別墅的偉壯。又一轉說「尚想凌波襪」，「凌波襪」原指美人的襪子，並可用來形容步伐飄逸，然在此則有代指「梅仙潭」之意，也即有高聳的建築猶且不足，仍需搭配上一池潭水，才稱得上盡善盡美，而既名為「梅仙潭」，可想而知該處應栽滿梅花，故孫覿用「生綃濕香霧，翠袖卷煙雪」書寫梅花綽約的風姿。詎料，最末孫覿忽又颺起一個大波瀾，寫道「忽然東風惡，一夜吹石裂」，翻轉了前十句一路下來營造的優美情調，呈顯天地陡然變化的情景，催生雄博之風。〔註109〕

此外，〈弋陽縣古葛陂也縣有古剎臨大溪相傳云佛圖澄浣腸故地〉亦可見孫覿寫景狀物上的波瀾變化：

> 古道陰森翠柏行，長鞭搖曳紫游韁。佩鳴蒼玉傾瑤席，地布黃金列
> 寶坊。仙客杖飛龍有角，胡僧腸浣水生光。兩朝人物空冥寞，百代
> 風流競淼茫。松骨倚天增老氣，鴛毛著水渡微香。鴉啼鵲噪秋風外，
> 千丈藤蘿掛夕陽。〔註110〕

寫搖曳長鞭穿梭在古道翠柏之中，起句即豪蕩。爾後，孫覿轉而將視線延展到遠方，記述滿布「佩鳴」、「蒼玉」、「黃金」的情景，形容寺院的偉盛，並點出該地歷史典故，乃胡僧浣腸的處所，而時光飛逝，人物盡皆「冥寞」，「百代風流」競逐於淼茫的溪水間，引人悽愴。在此，句意完足，全詩若於此處收束，營造悠悠餘味亦差可，惟孫覿顯然不安於此，其又把視域拉廣，寫到溪旁倚天的松樹和著水的野菜，最末則由原本湖畔的平面空間，躍升至天上，組構立體的三維空間，寫天邊的鴉鵲在秋風中啼躁，千丈藤蘿懸掛夕陽的光輝，見孫覿

〔註108〕《全宋詩》第 26 冊，卷 1484，頁 16955。

〔註109〕孫覿「忽然東風惡，一夜吹石裂」雖轉化自蘇軾〈梅花二首 其一〉：「春來幽谷水潺潺，的皪梅花草棘間。一夜東風吹石裂，半隨飛雪度關山。」但蘇軾詩因屬絕句，句數較少，較乏鋪排，故不若孫覿詩橫生波瀾。質言之，孫覿縱化用蘇軾的句子，然仍無礙於孫覿詩波瀾特色的呈現。

〔註110〕《全宋詩》第 26 冊，卷 1481，頁 16907。

筆下景物鋪排細緻，非單調呈顯，而是不斷騰挪變化，轉折層層。

又如〈遊鍾石寺問名寺之因緣老僧指門旁石如覆鍾狀賦詩一首邀何襲明登仕同賦〉運用多樣典故，上下古今空間，營造波瀾：

> 月斧琢矓朧，圍欒覆石鍾。連絡青雲根，點注碧蘚封。補天記女媧，
> 移山詫愚公。當年偶遺漏，墮此草莽中。奇礒久淪蟄，化出金仙宮。
> 老僧慣見之，笑視瓦礫同。礦角戲烏犍，迸火敲青童。摩挲問亡恙，
> 千歲今一逢。堂堂張茂先，扣以蜀井桐。噌吰振林莽，叱吸萬竅風。
> 潨洞眾壑滿，吼徹九地通。狂奔竄幽魅，驚怒拔老龍。豐山霜露零，
> 彭蠡波浪春。一鳴固有待，寸筳那得攻。水曹筆五色，東序羅笙鏞。
> 辟易四坐傾，蹴躍萬馬空。偉茲抱奇音，伴我窺靈蹤。賦詩乃不如，
> 露草號秋蟲。〔註111〕

第一部分，寫月光照在石鍾上，石鍾與青雲接攘，並被苔蘚覆蓋，營造一派孤寂的景象，恍若亙古以來，無人注意到石鍾。再後，孫覿蕩開一筆化用女媧補天和愚公移山的典故，認為石鍾是當年偶然遺漏下來的物件，而墮落草莽之中。惟石鍾雖像奇礒石〔註112〕，可惜的是久被埋沒，但意想不到者，石鍾後來被拿來建造鍾石寺，幻化出金仙宮的輝煌。

第二部分，從「老僧慣見之，笑視瓦礫同」開始，孫覿調轉筆墨，寫鍾石歷經歲月的摧殘，自己終於得見。這裡用「烏犍礦角」和「青童迸火」一物一人，側面狀寫時光的飛逝和鍾石的磨損，讓書寫不只停留在直面陳述，尤見巧思。

第三部分，就各個面向極力鋪排石鍾撞擊的聲音，例如援用張華取蜀桐扣擊的典故，形容石鍾聲聞千里，又聲音壯闊到可以搖振林莽，而鍾石萬竅生風，瀰漫山間眾壑，吼徹天地，甚至可以讓幽魅奔竄、老龍拔起，四坐退避，恍如萬馬蹴躍，而面對如此曠世奇音，孫覿一層又一層逐步堆高，最後轉而說自己再怎麼賦詩也無法摹狀，彷彿露草邊的叫號的秋蟲，完全不能比擬，以己身的渺小再次對比出石鍾的壯闊。

總括而言，孫覿上詩中頻用女媧、愚公、張華等典故連貫古今，又由多個

〔註111〕《全宋詩》第 26 冊，卷 1482，頁 16928。
〔註112〕「漑第居近淮水，齋前山池有奇礒石，長一丈六尺，帝戲與賭之，并《禮記》一部，漑并輸焉……石即迎置華林園宴殿前。移石之日，都下傾城縱觀，所謂到公石也。」〈到漑傳〉，【唐】李延壽：《南史》（北京：中華書局，1975 年），卷 25，頁 679。

角度突出石鍾的形貌和聲響，可謂波瀾十足。

　　除卻上述，以下詩作亦可見孫覿詩在記述上的「波瀾」，如：

> 蕩沃波瀾大，憑陵意氣粗。射潮鮫鱷怒，鞭石鬼神驅。雲斷千崖立，
> 風行萬壑趨。檣烏朝共起，水鳥夜仍呼。灩灩紅升曉，霏霏翠撲膚。
> 浮楂臥泥滓，狼藉滿街衢。〔註113〕

> 雲根癢滔天，萬疊如連環。峨峨一鏡中，綰結十二鬟。壇殿歲月古，
> 敝石蒼苔斑。毛公已仙去，故物尚人間。羣胡射漢月，獵火燄百蠻。
> 安知橘中樂，避世真商山。英英東陽孫，高情寄人寰。誅茅擇地勝，
> 斬崖破天慳。開軒疊蒼玉，亂峰刻屏顏。循除繞羅帶，淺溜鳴游潺。
> 意行雲共出，地坐草可班。興至亦乘桴，一簑臥滄灣。〔註114〕

> 古縣水山國，萬室蟠其中。環成千嶂合，並合不泉通。我公擅一壑，
> 曾雲生盪胸。放神八極外，坐駕兩腋風。峨峨十二環，半出簾幕重。
> 修眉畫新就，一抹翠掃空。欣對愜平生，似為悅己容。百金置酒地，
> 窗戶浮青紅。高陵挂笏見，採菊籬下逢。坡陀邅千丈，橫絕垂天雄。
> 日麗鶯谷晚，沙喧燕泥融。悠然命巾車，往往載客從。大句琢天巧，
> 朱絃奏三終。溪山久寂寥，高辭擅無窮。天王駕羣英，長轡係九戎。
> 安知橫山下，一榻似老龍。功名方鼎來，龜祥兆飛熊。勒石誦中興，
> 梧臺兩穹崇。西州歸謝傅，東海表太公。千年丁令威，騎鶴還故宮。
> 〔註115〕

第一首詩，從一開始的「蕩沃波瀾大」到「鮫鱷」、「鬼神」、「千崖」、「萬壑」
等字眼，一遍遍渲染水勢的壯闊，詩境愈發雄渾，惟其下轉言「檣烏」、「水鳥」、
「紅升曉」、「翠撲膚」，以側筆寫水勢退去，天地忽而一片光明，詩境愈趨開
闊。特別的是，最後二句孫覿又將鏡頭調換至街上，語「浮楂臥泥滓，狼藉滿
街衢」繪出民生的窘迫。蓋全詩層層鋪展自然之景於水漲水退時的前後變化，
而最後以和諧的風光襯托人世的凌亂作結，形成反差，波瀾頻頻。

　　第二首詩，前八句描繪洞庭周邊峨峨群山，並拈出毛公壇歷史，〔註116〕之

〔註113〕〈水退〉，《全宋詩》第26冊，卷1481，頁16905。

〔註114〕〈洞庭沈氏園亭〉，《全宋詩》第26冊，卷1484，頁16952。

〔註115〕〈寄題胡茂老樞密橫山堂〉，《全宋詩》第26冊，卷1484，頁16948。

〔註116〕「毛公壇，即毛公壇福地，在洞庭山中，漢劉根得道處也。根既仙，身生綠
　　　　毛，人或見之，故名毛公，今有石壇在觀旁，猶漢物也。」【宋】范成大：《吳
　　　　郡志》（上海：商務印書館，1960年），卷9，頁73。

後第九至十二句轉以「射漢月」、「獵火」強調時局的動盪，生出波瀾，其後指出沈氏園亭宛如世外桃源能遠離紛爭之難得，又一波瀾。到了第十三至二十二句既用「破天慳」、「刻屚顏」彰顯雄偉，且以「雲共出」、「草可班」彰顯清幽，述說沈氏園亭的佳妙，最後第二十三至二十四句轉而托出閒適心境，再生波瀾。

第三首詩，旨在鋪陳胡松年橫山堂的景致。由「古縣水山國」起頭，寫到胡松年人格的高潔，並記敘橫山堂的建築，穿插橫山堂周遭的情景，及胡松年高潔的生活等，最後使用丁令威的典故，〔註117〕以「騎鶴還故宮」營造立體的畫面感作收。凡此概見，上舉數例詩意的頻繁變化，體現出孫覿詩記述上的「波瀾」轉折。

第二，孫覿情感表述上的「波瀾」，可先以孫覿關懷國事的詩篇為觀察視角。此類作品由於主題的關係，常情感濃厚，語帶波瀾，又一向少見於同時代的江西派詩人中，〔註118〕但孫覿卻有若干首創作，恰能作為良好的比較基準，如〈次韻王子欽秋懷二首 其二〉：

> 愁邊種種關心事，客裏紛紛見俗情。雁拆西風離思亂，鳥啼殘夜旅
> 魂驚。江河風景悲南渡，家室倉皇問北征。滄海橫流安稅駕，一桴
> 從我任平生。〔註119〕

首聯吐露憂愁心情，運用疊字「種種」和「紛紛」尤突出之。頷聯再從物件襯托，以象徵歸返的雁遭到西風拆散，及夜中鳥的啼叫，喻指悽惶。頸聯化用杜甫〈北征〉：「杜子將北征，蒼茫問家室。」〔註120〕道出令己傷悲的事情，乃宋室南渡，在此一悲一問間，且帶出詩人無法左右國事的憾恨。就在這層層情緒向下的鋪排中，轉出尾聯「安稅駕」，質問在世事詭譎如滄海橫流的時代裡自我的棲止之處，而「一桴從我任平生」看似坦然輕巧，實則是將苦楚往肚裡吞，彷彿蘇軾〈臨江仙（夜歸臨皋）〉：「小舟從此逝，江海寄餘生。」〔註121〕

〔註117〕「遼東城門有華表柱，忽有一白鶴集柱頭。時有少年舉弓欲射之，鶴乃飛，徘徊空中而言曰：『有鳥有鳥丁令威，去家千歲今來歸，城郭如故人民非，何不學仙冢壘壘？』遂高上冲天而去。後人於華表柱立二鶴，至此始矣。今遼東諸丁，云其先世有升仙者，不知名字。」【晉】干寶：《（新輯）搜神記》（北京：中華書局，2007年），頁39。

〔註118〕杜若鴻指出江西詩派詩人比較不重視詩歌的政治功能，參氏著：《北宋詩歌與政治關係研究》（北京：北京大學出版社，2015年），頁276。

〔註119〕《全宋詩》第26冊，卷1482，頁16923。

〔註120〕《全唐詩》，卷217，頁2275。

〔註121〕【宋】蘇軾著，鄒同慶、王宗堂校注：《蘇軾詞編年校注》（北京：中華書局，2007年），頁467。

意味不能改變就姑且視之為宿命，強作安頓，讓自己好過些，側面反映憂心國事的凝重心情。要之，全詩情感一次又一次遞進，未嘗止於一端，正是波瀾所在。又就主題和情感而言，可見孫覿如杜甫般憂國憂民的襟抱，並未如許多江西派詩人只側重杜詩之章法布置，且能像陳與義等少數作家，遙繼杜詩憂國精神。

紹興二年（1132）〈疏山寺次白文林韻三首 其一〉孫覿對國事的關懷更為強烈：

> 翠幹軒軒迴出林，夜風吹籟紫簫音。老龍頭角雲霄近，玄豹文章霧
> 雨深。末路浮榮炊劍首，半生遺恨寄琴心。愁吟獨濺花前淚，故國
> 山河百戰侵。〔註122〕

彼時孫覿被李光以貪汙罪彈劾，判羈管象州，故道過臨川。其中，「玄豹」指懷才畏憚而選擇隱居的人，〔註123〕而「炊劍首」喻情勢危殆，〔註124〕合而觀之乃反映孫覿遭貶後戒慎恐懼的心情，然詩末孫覿化用杜甫〈春望〉〔註125〕的句子，忽而翻轉，表露憂國憂民的仁人之心。總之，全詩首聯先是淡淡寫景，頷聯雖使用典故亦能構築浩瀚的景致，營造畫面感，頸聯述說自我對世路的畏憚，尾聯情緒突然向上昂揚，表露對國家未來的焦慮，可見詩中傳達的深刻情感，及情感的起伏。

正由於對國事的殷切關懷，聽聞北伐的消息，孫覿也嘗作〈餘杭聞出師〉抒發感慨：

> 國蹙連群盜，時危仗老臣。分憂當北顧，請幸且東巡。肘足儀三晉，
> 創痍又一秦。不眠聽野哭，愁殺路傍人。〔註126〕

本詩下有一小注曰：「時呂頤浩作都督。」可知是紹興二年（1132），呂頤浩出師北伐而作。前四句表露對國家的關心，後四句憐憫人民的疾苦，從一開

〔註122〕《全宋詩》第 26 冊，卷 1481，頁 16908。
〔註123〕「妾聞南山有玄豹，霧雨七日而不下食者，何也？欲以澤其毛而成文章也，故藏而遠害。」【漢】劉向著，【清】王照圓補注：《列女傳·陶答子妻》（上海：華東師範大學出版社，2012 年），卷 2，頁 71。
〔註124〕「次復作危語。桓曰：『矛頭淅米劍頭炊。』」【南朝宋】劉義慶撰，【南朝梁】劉校標注，余嘉錫箋疏：《世說新語箋疏·排調》（北京：中華書局，2007 年），卷下之下，頁 964。
〔註125〕「國破山河在，城春草木深。感時花濺淚，恨別鳥驚心。」《全唐詩》，卷 224，頁 2404。
〔註126〕《全宋詩》第 26 冊，卷 1481，頁 16905。

始的平穩敘說，寫到「哭」與「愁」乃表露強烈情緒，橫生波瀾。值得注意者，對於北伐又啟戰端，孫覿雖持肯定態度，以為「分憂當北顧」，然而孫覿又有所保留，轉而說到「請幸且東巡」，盼望呂頤浩和宋廷能多體察民瘼，勿一味貪求戰事，顯示孫覿對於和戰議題的深層思考。再者，孫覿亦轉化杜甫諸般詩句，如「時危仗老臣」出自杜甫〈謁先主廟〉：「復漢留長策，中原仗老臣。」〔註127〕又像「不眠聽野哭，愁殺路傍人」出自〈閣夜〉：「野哭幾家聞戰伐，夷歌數處起漁樵。」〔註128〕但孫覿全詩暢述己意，傳達真摯情感，並不耽溺於字法和句法的鍛鍊，顯示孫覿師法的較是杜甫的精神，和江西詩派側重對杜甫句法的學習，兀自不同。

　　憂國之外，其他方面的情感表述，孫覿詩亦常顯露波瀾，如紹興二年（1132）孫覿謫象州，道經臨川，作〈崇仁縣〉云：

> 萬山攢擁天一笠，北風吹雨兩鬢濕。饑烏絕叫護巢飛，老蛟怒起挐雲立。孤城短日砧杵急，騎驢渺渺衝泥入。桑枝倒折機杼空，道旁廢井無人汲。遺民到今傳舊邑，擊水華鯨浪三級。故物漂流百戰餘，客子起坐萬感集。小驛香醪如雪汁，一杯快作長虹吸。酒醒寂歷照短檠，幽咽數聲鄰婦泣。〔註129〕

孫覿自注：「縣人喜競渡，亂後如故。」得知孫覿乃有感於戰亂後，崇仁縣人仍照常舉辦「競渡」的活動。本詩第一至六句先是交代沿途的景致，「萬山攢擁」寫出群山的浩瀚群集，讓天空彷若斗笠般，人行走其中頗覺壓迫，再加上北風吹拂、雨水淋洗、饑烏絕叫、老蛟怒起、砧杵聲急促，在此情形下孫覿騎驢踏泥而行，內心無疑是惶恐的。第七至十二句，將目光從自然景物遞移到人文景物，轉寫崇仁縣戰亂後「桑枝折」、「機杼空」、「井無人汲」的慘況，而人民依舊划龍舟競渡，不免令孫覿感慨萬千。第十三至十六句續接「客子起坐萬感集」，則從外在的述寫，轉言自身在小驛喝酒，酒醒後四周寂靜空闊，沒想到卻忽然聽聞到鄰婦的哭聲，在此乃化用唐詩「夜聞鄰婦泣，切切有餘哀。即問緣何事？征人戰未迴」〔註130〕。蓋全詩末尾這陡然一轉，乃襯顯了崇仁縣實有許多悲苦潛伏其中。又推而言之，面對遷謫孫覿亦類此，即心情貌似坦然，喝酒可以「一杯快作長虹吸」，但又有許多傷感埋藏心裏。總言之，上詩處處

〔註127〕〈相府蓮〉，《全唐詩》，卷229，頁2504。
〔註128〕《全唐詩》，卷229，頁2497。
〔註129〕《全宋詩》第26冊，卷1481，頁16909。
〔註130〕《全唐詩》，卷27，頁389。

可見句意和情感的轉折,如《歷代詩發》曰:「起極雄壯,收極悲涼,總由用筆轉換,故而姿態橫生。」〔註131〕

除此之外,其他詩篇如:

> 胡塵慘慘纏林莽,海氣紛紛接淼漫。天上空傳脩月斧,人中那見切雲冠。干戈未解千憂結,杯酒相逢一笑寬。老眼逢春只思睡,花枝渾似霧中看。〔註132〕

> 雲夢青邱蟠楚藪,萍實江邊大如斗。故壘摧頹百戰餘,舊事傳流千載後。青崖半裂蒼兕吼,空陂突過黃狐走。山深日落少人行,寂寥鳴蜩噪高柳。江湖一夢三年久,慰我漂零一杯酒。羣盜須降漢赤眉,故侯辦作秦黔首。〔註133〕

> 青山映落日,澹澹煙中明。出門無所投,曳杖隨意行。破衲僧兩三,喜笑爭邀迎。曾巢俯修竹,飛星動高薨。老人如宿昔,真契同三生。遇人無戚疏,出語惡不情。寥寥風馬牛,肝胆欲盡傾。怪我胸中山,礧兀尚不平。邯鄲樂無度,短夢一餉榮。蠻觸怒不休,暴骨千里橫。微言起我病,內愧面汗騂。蚤知天宇大,豈有世網嬰。舉扇障西風,浣此滄浪纓。〔註134〕

第一首詩,以遼闊的情景開頭,透顯戰事之激烈,其後用「脩月斧」比喻國土的修復,「切雲冠」比喻傑出的人才,然孫覿卻言「空傳」、「那見」,吐露對戰事頻頻不休的憂慮,及人才闕如的憾恨。原以杯酒澆愁,心情彷彿舒坦好些,但孫覿轉又醒悟到己身已老之事實,無法再經世濟民。最後,以「花枝渾似霧中看」作結,孫覿雖沒明白語及愁悶,但字裡行間實能見到無比悵惘。申言之,本詩從第一句至第五句層層堆高憂愁,而下接第六句的「一笑寬」則忽而釋懷,然讀到第七、八句才知孫覿原來只是強作收斂,見全詩至少三轉,波瀾時現,而此種吞多吐少的書寫,誠強化了全詩情感的表現。

第二首詩,前二句先從萍鄉縣的命名旨趣申發,言其富饒。〔註135〕然到

〔註131〕【清】范大士:《歷代詩發》,卷26,頁25,收入故宮博物館編:《故宮珍本叢刊》第644冊(海口:海南出版社,2000年),頁399。

〔註132〕〈(感春四首)再用前韻四首 其四〉,《全宋詩》第26冊,卷1488,頁17016。

〔註133〕〈萍鄉縣〉,《全宋詩》第26冊,卷1483,頁16933。

〔註134〕〈宿妙覺竹庵贈靜老〉,《全宋詩》第26冊,卷1482,頁16916。

〔註135〕萍鄉縣的由來,據傳是因為「楚王渡江,江中有物大如斗,圓而赤,直觸王舟。舟人取之,王大怪之,遍問群臣,莫之能識。王使使聘于魯,問於孔子。

了第三、四句轉而慨歎昔日戰爭的摧殘，又五至八句，再推進一層透過「蒼兕吼」、「黃狐走」、「鳴蜩嘒」等動物的橫行，狀寫萍鄉縣人跡荒涼的景象，寓情於景，感慨遂深。第九、十句，孫覿有感於自身漂零，心懷憂傷，但至第十一、十二句又一轉，孫覿指出有朝一日羣盜終會如漢代的赤眉軍般被平定，而自己也能夠像召平一樣過著清閒的日子，透露對世事的信心，化傷感為希望，又生出一道波瀾。

第三首詩，前半部分寫在風光明媚的落日時候出門，靜老等僧人朋友來邀約，聚談中有「老人如宿昔，真契同三生」的感受。先狀景，再記事，後抒懷，布置有序，轉折頻頻。中間部分又一轉，從歡快中生出感慨，孫覿反躬自省，言「怪我胸中山，硉兀尚不平」，其後再引述「邯鄲夢」與「蠻觸爭」的典故，闡述世間諸多計較其實是無意義的。後半部分孫覿自陳過去的他不知天地廣大，故受到世網的牽絆，直到今日方有領悟，而能「舉扇障西風，浣此滄浪纓」以更寬闊的心胸面對世俗紛擾。全詩從原本與友朋相聚的欣喜，引帶出對人生的體認，轉折自然，感懷一層深似一層。

觀諸上舉例證，得見孫覿詩之「波瀾」所在，而晦齋、王若虛（1174～1243）、劉克莊（1187～1269）分析蘇、黃詩歌，嘗言：

> 東坡蘇公、山谷黃公奮乎數世之下，復出力振之，而詩之正統不墜。然東坡賦才也大，故解縱繩墨之外，而用之不窮；山谷措意也深，故游泳玩味之餘，而索之益遠。〔註136〕

> 東坡，文中龍也，理妙萬物，氣吞九州，縱橫奔放，若遊戲然，莫可測其端倪。魯直區區持斤斧準繩之說，隨其後而與之爭，至謂未知句法。……魯直欲為東坡之邁往而不能，於是高談句律，旁出樣度，務以自立而相抗，然不免居其下也，彼其勞亦甚哉！〔註137〕

> 元祐後，詩人迭起，一種則波瀾富而句律疏，一種則鍛煉精而性情

子曰：『此所謂萍實者也，可剖而食之，吉祥也，唯霸者為能獲焉。』使者反。王遂食之，大美。久之，使來，以告魯大夫，大夫因子游問曰：『夫子何以知其然乎？』曰：『吾昔之鄭，過乎陳之野，聞童謠曰：『楚王渡江得萍實。大如斗，赤如日，剖而食之甜如蜜。』此是楚王之應也。吾是以知之。」楊朝明、宋立林主編：《孔子家語通解》（濟南：齊魯書社，2013 年），頁 91。

〔註136〕〈簡齋詩集引〉，【宋】陳與義：《陳與義集》（北京：中華書局，2007 年），頁 4。

〔註137〕《鴻慶居士集校注》，卷 39，頁 461。

遠，要之不出蘇、黃二體而已。〔註138〕

「解縱繩墨之外」、「縱橫奔放」、「波瀾富」指蘇軾詩意如波瀾般跌宕起伏，而此特點有時難免無法照顧到句法格律，故有「肆」及「句律疏」的傾向，也即呂本中說的「東坡詩有汗漫處」〔註139〕，和黃庭堅「措意也深」、「持斤斧準繩之說」、「鍛煉精」重視句律而無法顧及詩意的連貫或性情的抒發，形成鮮明對比。

魏泰曰：「黃庭堅喜作詩得名，好用南朝人語，專求古人未使之事，又一二奇字，綴葺而成詩，自以為工，其實所見之僻也」〔註140〕，又方東樹亦嘗評黃庭堅「貴截斷，必『口前截斷第二句』，凡架接、平接、衍敘，太明白、太傾盡者忌之」〔註141〕、「每篇之中，每句逆接，無一是恆人意料所及，句句遠來」〔註142〕，蓋黃庭堅這種對冷僻故事、文字的偏好，及「截斷」、「逆接」的作詩法，自使詩意發生頓挫，難有一層又一層連續跌宕的「波瀾」產生。

迄後，江西詩派學習黃庭堅重視「句律」、「截斷」等形式技巧，弊病也隨之而顯，故呂本中於〈與曾吉甫論詩第二帖〉中提出救治的方法，曰：

> 其間大概皆好，然以本中觀之，治擇工夫已勝，而波瀾尚未闊，欲波瀾之闊去，須於規摹令大，涵養吾氣而後可。規摹既大，波瀾自闊，少加治擇，功已倍于古矣。試取東坡黃州已後詩，如〈種松〉、〈醫眼〉之類，及杜子美歌行及長韻近體詩看，便可見。若未如此，而事治擇，恐易就而難遠也。……近世江西之學者，雖左規右矩，不遺餘力，而往往不知出此，故百尺竿頭，不能更進一步，亦失山谷之旨也。〔註143〕

「治擇」意指刪改潤色，也即講究句法、用事、押韻等形式技巧，然若操之過度便容易陷入規模小、無波瀾變化的困境，所謂「事治擇，恐易就而難遠」，如江西學者就有「左規右矩，不遺餘力」的缺弊，故呂本中希冀以「波瀾闊」的東坡詩與杜甫詩矯枉之。進一步言，呂本中雖認為「山谷之旨」乃在教人「治

〔註138〕【宋】劉克莊著，辛更儒箋校：《劉克莊集箋校·詩話》（北京：中華書局，2011 年），卷 174，頁 6729。

〔註139〕《童蒙詩訓》，《宋詩話輯佚》，頁 591。

〔註140〕《臨漢隱居詩話》，《歷代詩話》，頁 327。

〔註141〕《昭昧詹言》，卷 10，頁 229。

〔註142〕《昭昧詹言》，卷 12，頁 314。

〔註143〕《全宋文》第 174 冊，卷 3797，頁 79～80。

擇」與「波瀾」并重，但呂本中並未鼓勵他人讀山谷詩，此正間接表明了呂本中認為東坡詩與杜甫詩實是更好培養「波瀾闊」的創作典範。〔註144〕

準上，孫覿身為緊接在元祐後（1086～1094）的詩人，其詩近於蘇軾，具有「波瀾闊」的特色。在孫覿對他人的評價中，也可見到孫覿嘗稱讚他人「如建瓴水，疏暢條達無間斷，無艱難辛苦之態」〔註145〕、「無〈二京〉、〈三都〉覃思十年、雕琢肝腎之奇」〔註146〕，由此知創作如何達到條暢練達、曲盡事物、一氣呵成，誠是孫覿念茲在茲的，而這也與蘇軾「行雲流水」的創作觀應合。再者，孫覿隱隱有反對江西詩派的意思，若〈跋張安國疏後〉：

> 余曰：「安國，今天下第一人，文學蓋出於天分，故落紙生煙，咳唾
> 為珠玉，非若朣儒墨客撚鬚鬣、琢肝腎、樹肩皺眉，求一言一句之
> 工者也。」〔註147〕

「撚鬚鬣、琢肝腎、樹肩皺眉」概指苦吟，「求一言一句之工者」乃重視句律的表現，推論此一抨擊應是針對江西詩派而發。要言之，江西詩派崇尚苦吟、講究句法的創作方式，易導致「鍛煉精而性情遠」，趨向「拗折峭拔」的風格。在孫覿看來，寫詩應「落紙生煙，咳唾為珠玉」，不刻意雕琢，講求才氣的馳騁，故其亦曾譽人「立意遣辭，不襲蹈前人一言一句，波瀾雄深，不見涯涘，非近世之時文也」〔註148〕、「文辭議論，波瀾深闊」〔註149〕。〔註150〕若此合觀，孫覿詩那些在句意上充滿「波瀾」轉折的作品，可以說正是此一創作觀的具體實踐，也證明在蘇黃之間，孫覿詩確實更近於蘇軾。

小結

據上論結，於黃庭堅、江西詩派的詩風籠罩兩宋之際的詩壇時，孫覿詩選擇了和潮流背反的道路，在創作上傾向蘇軾，而這至少表現在三個層面：

〔註144〕 此外，呂本中亦嘗云：「老杜歌行，最見次第，出入本末。而東坡長句，波瀾
浩大，變化不測；如作雜劇，打猛諢入，卻打猛諢出也。」《童蒙詩訓》，《宋
詩話輯佚》，頁591。

〔註145〕 〈曾公卷文集序〉，《全宋文》第160冊，卷3475，頁304。

〔註146〕 〈切韻類例序〉，《全宋文》第160冊，卷3476，頁311。

〔註147〕 《全宋文》第160冊，卷3478，頁342。

〔註148〕 〈與王元海帖三〉，《全宋文》第159冊，卷3449，頁337。

〔註149〕 〈與胡樞密帖三二〉，《全宋文》第160冊，卷3461，頁74。

〔註150〕 上二例雖針對文章而言，仍可見孫覿對「波瀾」的看重，可推知孫覿對詩的
看法應同樣如此。

第一，孫覿詩以「清麗」為主調，寫景上講求白描，不刻意雕鏤，不過度渲染，又多保持「曠達」的心境，不若黃庭堅和江西派詩人的「瘦硬執拗」。

第二，孫覿詩的「新奇」表現在新穎自然的比喻和轉化修辭上，並常營造宏肆的詩境，與黃庭堅和江西派詩人的「奇崛窄仄」迥異。

第三，孫覿詩常語帶「波瀾」，不論是事物的記述抑或情感的抒發，皆可見豐富的句意轉折、連貫跌宕的節奏，有別於黃庭堅、江西詩派慣常的「拗折凝滯」。

再者，觀察孫覿和蘇軾、黃庭堅、江西詩派諸人的關係，可見孫覿屢屢讚揚蘇軾，如曰「東坡先生道德文章，師表百世」〔註151〕、「詩人已來，獨有杜子美、蘇東坡數章妙絕今古」〔註152〕，並跟蘇軾之孫蘇籍討論蘇軾文集的編纂，〔註153〕指出許多錯誤。〔註154〕尤有甚者，孫覿更表露欲繼承蘇軾的嚮往，曾言：「神交接混茫，參差夢中睹。授我筆如椽，五色光屬聯。」〔註155〕指蘇軾傳授自己詩筆。〔註156〕

相較之下，孫覿卻很少提及黃庭堅，〔註157〕與江西派詩人亦無太過緊密的交流。又且，孫覿稱讚他人「不落江西派，肯學邯鄲步。冥搜自天得，妙中

〔註151〕〈與蘇守季文帖一〉，《全宋文》第 160 冊，卷 3468，頁 194。

〔註152〕〈與李主管帖二〉，《全宋文》第 160 冊，卷 3471，頁 241。

〔註153〕〈與蘇季文書一〉，《全宋文》第 159 冊，卷 3429，頁 56～58。

〔註154〕〈大全集跋尾〉，《全宋文》第 160 冊，卷 3478，頁 344。

〔註155〕〈紹興壬子某南邊過疏山上一覽亭見擬東坡煨芋詩刻龕之壁間詩律句法良是殆不能辨乃宣卿侍郎守臨川時所擬作也後數日道次安仁縣一士人吳君出宣卿詩數十解示余奇麗清婉咀嚼有味如啖蔗然讀之惟恐盡於是拊卷三歎而後知公置力於斯文久矣又二十年宣卿築室荊谿山中別營一堂以平生所蓄東坡詩文雜言長短句殘章斷棄尺牘遊戲之作盡橫藏其中號景坡自書榜仍為記刻之某欲具小舟造觀而宣卿召用今以集撰守吳門乃賦詩為之先〉，《全宋詩》第 26 冊，卷 1486，頁 16988。

〔註156〕另外，據周必大《孫尚書鴻慶集序》載：「近歲吏部侍郎葛公立方作《韻語陽秋》，載東坡自海南歸，公方髫齔，坡命對『衡門稊子瑤璉器』，公應聲曰『翰苑仙人錦繡腸』。坡歎曰：『真瑤璉也！』以公早慧，固應有此。然坡北歸實靖國辛巳，公已二十一，得非元豐乙丑自便還常，公纔五歲時乎？所記詭耳，鄉人戶傳亦不得而略也。」得見蘇軾對孫覿的影響可能甚早。《全宋文》第 230 冊，卷 5118，頁 149。

〔註157〕孫覿或許對黃庭堅詩無甚偏好，卻頗喜歡黃庭堅的書法，嘗云：「法書不可無法，而高風遠韻，當絕出筆墨畦逕之外，惟魯直之書為然。建炎以來，名章俊語盡集於上方，而魯直骨已朽矣，哀哉！」《全宋文》第 160 冊，卷 3478，頁 346。

有神助」〔註158〕，概見其並非十分贊同江西詩派對作詩的苦心孤詣。此外，
孫覿讚揚徐子禮姑安人：「筆墨畦徑多出於杜子美，而情平沖淡，蕭然出塵，
自成一家，而賦尤工。近世陳去非、呂居仁皆以詩自名，未能遠過也。」〔註159〕
說一位女子的詩似杜甫，且云其詩勝過呂本中，間接顯示孫覿應有貶斥呂本中
之意。可列入廣義江西派詩人的釋惠洪，〔註160〕也被孫覿批評「文辭凡陋」
〔註161〕，更且孫覿嘗云「江左諸儒為耳鑑所誤，學惠洪詩，口誦心惟，如參
無根禪，可笑」〔註162〕，譏之甚切。凡此種種，結合上述對孫覿詩的內容分
析，皆顯示孫覿是兩宋之際少數能自外於時代風氣，鮮少受黃庭堅、江西詩派
潮流影響，而趨近蘇軾的詩人。

〔註158〕　〈虎邱沼老豫章詩僧也與余相遇于楓橋方丈誦所作徐獻之侍郎生日詩有東
　　　　　湖孺子南極老人之句余愛其工賦小詩寄贈〉，《全宋詩》第 26 冊，卷 1486，
　　　　　頁 16987～16988。
〔註159〕　〈與徐子禮帖三〉，《全宋文》第 159 冊，卷 3448，頁 361～362。
〔註160〕　莫礪鋒：「他的詩歌創作受黃庭堅的影響比較大，所以，惠洪是應該被歸入江
　　　　　西詩派的。」《江西詩派研究》，頁 122。
〔註161〕　〈題惠洪詩後一〉，《全宋文》第 160 冊，卷 3478，頁 338。
〔註162〕　〈題惠洪詩後二〉，《全宋文》第 160 冊，卷 3478，頁 338。

第三章　四六文

「四六文」又稱「駢文」，〔註1〕與韻文不同的是，其並不要求押韻；與散文有別的是，其特別講究兩兩一組的對仗。針對「四六文」的發展，學者們大抵認為宋代是「四六文」的變異期，〔註2〕歐陽脩乃首先對「四六文」作出革新者，其主要成就為「以文體為對屬」〔註3〕，藉此活化四六文表意的局限和節奏的單調，又歐陽脩幾乎「不用故事」，並追求「平易」的風格。

自歐陽脩將散文筆法融入後，宋代四六文的特點大致成型，惟爾後作家們由於彼此個性和才性的不同，故書寫風格仍有不小差異。其中，略可分為兩派，如王志堅云：

> 藏曲折于排蕩之中者，眉山也；標精理于簡嚴之內者，金陵也。是
> 皆唐人所未有，其它不出兩公範圍。〔註4〕

是知王安石、蘇軾路數迥異，而其餘文人亦大抵「不出兩公範圍」，惟據《四庫全書總目提要》提及北宋四六文「大都以典重淵雅為宗」〔註5〕，推而言之，

〔註1〕大體而言，六朝人稱「麗辭」，唐宋人稱「四六」、清代人稱「駢文（體）」，詳參張仁青：《駢文學》（臺北：文史哲出版社，1984年），頁56。由於本文論述對象為宋代人孫覿，故稱「四六文」。

〔註2〕劉麟生：《中國駢文史》（臺北：臺灣商務印書館，1976年），頁95～110。方孝岳、瞿兌之：《中國散駢文概論》（台北：莊嚴出版社，1981年），頁183～189。張仁青：《中國駢文發展史》（杭州：浙江大學出版社，2009年），頁375～415。

〔註3〕【宋】陳師道：《後山詩話》（北京：中華書局，1985年），頁7。

〔註4〕【明】王志堅編：《四六法海・原序》（瀋陽：遼海出版社，2010年），頁2。

〔註5〕《四庫全書總目》，卷161，頁1387。

較諸蘇軾四六文，有更多人傾向學習王安石四六文。

　　然孫覿卻能不同流俗，在四六文的寫作上，接近蘇軾，如楊囷道云：

　　　　皇朝四六，荊公謹守法度，東坡雄深浩博，出於准繩之外，由是分
　　　　為兩派。近時汪浮溪、周益公諸人類荊公，孫仲益、楊誠齋諸人類
　　　　東坡。〔註6〕

足見孫覿四六文承繼的乃蘇軾「雄深浩博」的風格，也即王志堅說的「藏曲
折于排蕩之中」，而與王安石、汪藻、周必大的「謹守法度」不同。〔註7〕再
者，於宋代四六文的發展中，孫覿亦有重要意義，如《四庫全書總目提要》
曰：

　　　　南渡之始，古法猶存。孫覿、汪藻諸人名篇不乏。迨（李）劉晚出，
　　　　惟以流麗穩貼為宗，無復前人之典重。沿波不返，遂變為類書之外
　　　　編、公牘之副本，而冗濫極矣。〔註8〕

宋代四六文作為應用文書，本以典重為原則，但自孫覿以後，如李劉等人的四
六文，乃有愈趨冗濫的弊病。申言之，孫覿四六文常能作到「精工」的特點，
紹繼前人遺風，不同於其他作家。

　　又且，孫覿四六文亦多有「奇傑」的一面，形成其獨特的創作風格，羅大
經《鶴林玉露》云：

　　　　孫仲益山居上梁文云：「老蟾駕月，上千崖紫翠之間；一鳥呼風，嘯
　　　　萬木丹青之表。」又云：「衣百結之衲，捫虱自如；拄九節之筇，送
　　　　鴻而去。」奇語也。〔註9〕

以上二聯蘊含豐富的想像力，深具畫面感，正彰顯了孫覿四六文的特殊之
處。

　　總言之，衡諸四六文的發展史，孫覿確有一定價值，值得深入研究。本章
將分作三節研析之，而為求論述上的連貫與清晰，乃據書寫難易度擬定論述次
序，分別為「精工的屬對安排」、「雄博的篇章經營」、「奇傑的造語創發」。蓋
「精工」用心於句子對偶上，故最易，而「雄博」則需留意整體篇章的鋪排，
故次之，至若「奇傑」最難，是因為其尤仰賴作者的才氣，不若「精工」和「雄

〔註6〕【宋】楊囷道：《雲莊四六餘話》（北京：中華書局，1985 年），頁 30。
〔註7〕楊囷道認為楊萬里也近似蘇軾，但孫覿出生年代畢竟早於楊萬里，故仍不影響
　　　　孫覿四六文的時代意義及價值。
〔註8〕【清】永瑢等撰：《四庫全書總目提要·四六標準》，卷 163，頁 1396。
〔註9〕【宋】羅大經：《鶴林玉露》（北京：中華書局，1983 年），卷 6，頁 342。

博」尚可透過刻意的經營達成之,故以下一一分述之。

第一節 精工的屬對安排

「對仗」乃四六文的文體特色,是以如何書寫得當,使對仗「精要」而不「散漫」,「工簡」而不「亂雜」,誠是寫作第一要務。然這貌似簡單的要求,卻也非非人人皆能或願意如此書寫,同開章所述,李劉四六文就有「冗濫」的弊病。

孫覿四六文的「精工」至少可從四個層面理解:一是在有限文字中表達豐富的意涵,如孫覿善用「事對」和「反對」精鍊語意;二是在屬對性質上能兩兩應合不亂雜,如孫覿常作到「經語」、「史語」、「子語」、「詩語」整齊相對;三是在使用典故時不流於晦澀,亦不流於熟爛,如孫覿能以「生事對熟事」尤見工力;四是用典能清新切當,並總是符合「典而不浮」的原則。

首先,就語意的精鍊而言,劉勰《文心雕龍·麗辭》曾有如下分析:

> 麗辭之體,凡有四對:言對為易,事對為難,反對為優,正對為劣。
> 言對者,雙比空辭者也;事對者,並舉人驗者也;反對者,理殊趣
> 合者也,正對者,事異義同者也。〔註10〕

可推論與「言對」相較,「事對」所以困難,在於作者需從浩瀚的典籍中剪裁故事,作成對仗,設若無豐富的學識背景,則難以為之。又「事對」比「言對」佳,因「事對」援引典故,使語意更形豐富,〔註11〕而孫覿尤長於此道,如:

> 皇天悔禍,啟周成王定鼎而卜年;戎虜革心,見郭令公投戈而下拜。
> 〔註12〕
>
> 晉屈產之乘已老,復何為哉?魯靈光之殿獨存,殆非偶爾。〔註13〕
>
> 上蔡相君之憾,空悲犬耳之黃;江州司馬之歸,應待烏頭之白。〔註14〕

〔註10〕 【南朝梁】劉勰著,黃叔琳注、李詳補注、楊明照校注拾遺:《增訂文心雕龍校注》(北京:中華書局,2005 年),卷 7,頁 443～444。

〔註11〕 成惕軒指出:(一)、用典可以減少文字上的累贅;(二)、為議論找根據;(三)、便於比況和寄託;(四)用以充足文氣。參氏著:〈中國文學裏的用典問題〉,《東方雜誌》復刊一卷十一期(1968 年 5 月),頁 92～95。

〔註12〕 〈賀宰相啟〉,《全宋文》第 159 冊,卷 3431,頁 88。

〔註13〕 〈謝周殿院啟〉,《全宋文》第 159 冊,卷 3435,頁 157。

〔註14〕 〈謝榮守大監啟〉,《全宋文》第 159 冊,卷 3435,頁 161。

章子不孝，而有孟軻之辯；冶長非罪，亦由孔子之言。〔註15〕

第一例上句使用《左傳‧宣公三年》周成王「定鼎卜年」〔註16〕之典，祝賀宰相終能除去厄運，建立事業；下句使用迴紇對《舊唐書‧郭子儀傳》「投戈下拜」〔註17〕之典，讚揚宰相高德，能贏得群臣敬重為其效力。綜觀此聯分別從「天理」和「人事」的角度精簡含括，典重而不虛美，實為得體。

第二例作於紹興二十六年（1156），孫覿復左奉郎致謝任職殿院的周方崇，上句典出《左傳‧僖公二年》〔註18〕，意指屈產的良馬本極珍貴，然孫覿以「老」形容，直指己身已老，作謙退語，並用問句連結下句，下句典出漢代王延壽〈魯靈光殿賦〉〔註19〕，表示己身猶存，絕非偶然，因有未完成的任務，作進取語。如此一退一進，寫來不卑不亢，應對得當。

第三例上句縮合《史記‧李斯列傳》〔註20〕和《晉書‧陸機列傳》〔註21〕指代被誣陷而家書難抵的憾恨，下句源自白居易〈答元郎中楊員外喜烏見寄〉〔註22〕表露被流放難以歸返的慨歎，將滿腹委屈形諸筆墨，因用典故曲折傳達意旨，故能哀而不傷、怨而不怒。值得注意者，孫覿乃連用「犬耳」、「烏

〔註15〕〈謝孟郡王啟〉，《全宋文》第 159 冊，卷 3435，頁 162。

〔註16〕「成王定鼎于郟鄏，卜世三十，卜年七百，天所命也。周德雖衰，天命未改。鼎之輕重，未可問也。」【清】洪亮吉：《春秋左傳詁》（北京：中華書局，1987年），卷 10，頁 401。

〔註17〕「子儀曰：『虜有數十倍之眾，今力固不敵，且至誠感神，況虜輩乎！』諸將曰：『請選鐵騎五百衛從。』子儀曰：『適足以為害也。』乃傳呼曰：『令公來！』虜初疑，持滿注矢以待之。子儀以數十騎徐出，免冑而勞之曰：『安乎？久同忠義，何至於是？』迴紇皆捨兵下馬齊拜曰：『果吾父也。』子儀召其首領，各飲之酒，與之羅錦，歡言如初。」【後晉】劉昫等撰：《舊唐書》（北京：中華書局，1975 年），卷 120，頁 3462。

〔註18〕「晉荀息請以屈產之乘與垂棘之璧，假道于虞以伐虢。」《春秋左傳詁》，卷 7，頁 271。

〔註19〕「自西京未央建章之殿，皆見隳壞，而靈光巋然獨存。」【清】嚴可均編：《全上古三代秦漢三國六朝文》（北京：中華書局，1958 年），全漢文卷 58，頁 1579。

〔註20〕「斯出獄，與其中子俱執，顧謂其中子曰：『吾欲與若復牽黃犬俱出上蔡東門逐狡兔，豈可得乎？』」《史記》，卷 87，頁 2562。

〔註21〕「初機有駿犬，名曰黃耳，甚愛之。既而羈寓京師，久無家問，笑語犬曰：『我家絕無書信，汝能齎書取消息不？』犬搖尾作聲。機乃為書以竹筒盛之而繫其頸，犬尋路南走，遂至其家，得報還洛。」【唐】房玄齡等撰：《晉書》（北京：中華書局，1974 年），卷 54，頁 1473。

〔註22〕「我歸應待烏頭白，慚愧元郎誤歡喜。」【唐】白居易著，謝思煒校注：《白居易詩集校注》（北京：中華書局，2006 年），卷 10，頁 843。

頭」二典的第一人，〔註23〕迄後如李劉〔註24〕、易順鼎〔註25〕亦用之，恐轉化自此。

第四例上句以《孟子‧離婁》〔註26〕言有時不合理的行為背後，實則另有隱情，下句出自《論語‧公冶長》〔註27〕云人即使無罪亦會深陷囹圄。二句共同旨意乃某人身處困境時，尚有賢者如孟子、孔子者為其辯誣。蓋彼時正值紹興二十六年（1156）和第二例同一背景，適逢孫覿蒙恩復職，而如此用典一方面既能表示自己「致茲縲絏之餘」，尚對孟郡王施以援手「復彼簪紳之寵」恩德的感念，二方面更能委婉申明自我清白。

經上分析，概見孫覿事對之精湛，或典重或婉曲，能簡要包舉亦能照顧周延。至若，同樣被《文心雕龍》視為較困難的「反對」，則指二句事理相反但旨趣能應合者。蓋和「正對」語涉重複相比，「反對」由於分別從事物之正反兩面切入，故內涵更形豐富，尤其有「精工」的效果，而「反對」亦是孫覿所擅。

例如，孫覿嘗針對徽宗政和三年（1113）營造保和殿，提出勸言，云：

漢殿千門，或侈靡於踰制；堯階三尺，亦儉陋而失中。〔註28〕

上聯語出司馬遷《史記‧孝武本紀》〔註29〕，下聯語出司馬遷《史記‧太史公自序》〔註30〕，史語對史語堪為精工，意指不論漢殿之侈靡或堯階之儉陋皆有所失，重點在「明堂之所居，自與質文而合度」，得見孫覿一方面以此稱揚保和殿，二方面也欲達到諷諭帝王的效果，畢竟徽宗便曾被評好興宮殿「窮極侈靡」。〔註31〕

〔註23〕 另可注意者，「犬耳」和「烏頭」為「動物名＋器官名」，二者皆為僻詞，少見其他文人使用，得見對仗新奇。

〔註24〕 「洛中親舊，書傳犬耳之黃；吳下官曹，事報烏頭之白。」《全宋文》第317冊，卷7274，頁238。

〔註25〕 「歸難有日烏頭白，信比無雷犬耳黃。」【清】易順鼎：《琴志樓詩集》（上海：上海古籍出版社，2012年），卷10，頁589。

〔註26〕 「世俗所謂不孝者五，⋯⋯章子有一於是乎？」【清】焦循撰，沈文倬點校：《孟子正義》（南京：鳳凰出版社，2015年），卷17，頁1456。

〔註27〕 「子謂公冶長：『可妻也。雖在縲絏之中，非其罪也。』以其子妻之。」【清】程樹德撰，程俊英、蔣見元點校：《論語集釋》（北京：中華書局，1990年），卷9，頁285。

〔註28〕 〈謝召赴禁中觀保和殿慶成表〉，《全宋文》第159冊，卷3426，頁12。

〔註29〕 「作建章宮，度為千門萬戶。」《史記》，卷12，頁482。

〔註30〕 「墨者亦尚堯舜道，言其德行曰：『堂高三尺，土階三等，茅茨不翦，采椽不刮。』」《史記》，卷130，頁3290。案：以上文字可能是《墨子》佚文。

〔註31〕 【明】柯維騏：《宋史新編》（臺北：新文豐出版公司，1974年），卷22，頁101。

　　紹興二十六年（1156）孫覿被赦，亦嘗運用「反對」表白心志，曰：

　　　孫叔敖去楚令尹而無憂色；齊管仲奪伯氏邑而無怨言。〔註32〕

上聯使用《莊子・田子方》〔註33〕之典，下聯使用《論語・憲問》〔註34〕之典，指不論是真無過錯或確有過錯而丟失官位、封邑，皆無憂怨，直陳「古人喜懼哀樂之情」並不受到「得喪窮通」的影響。蓋孫覿云自己以古人為榜樣，在遭遇貶謫時，且不「作纍纍之狀」、「慍戚戚之窮」。在此，孫覿未嘗聲淚俱下，訴說自己被貶的冤屈，反而表現無比自信，令人設想身為長上如收到這封謝啟，當佩服其人不自甘作賤，不委曲求全而濫情演出，意謂孫覿無論窮困抑或顯達皆能堅守道德。

　　再者，孫覿書寫人才難以全身的憾恨云：

　　　驥垂耳車下，駕鹽之厄固不辭；龜曳尾塗中，灼骨之災猶未免。〔註35〕

上聯取自賈誼〈弔屈原文〉〔註36〕言士大夫欲如驥馬進取，卻不被朝廷善待。下聯反用《莊子・秋水》〔註37〕轉化原本「曳尾塗中」之龜能免灼骨之災的典故，言士大夫即使想如龜般曳尾塗中苟且偷生亦不行。蓋本聯直指官場黑暗，述說士大夫進退兩難的處境，而不幸的背後實欲襯托蔣參政「執大中而建極」之難得。可以說，孫覿一方面透過用典，二方面憑藉意義上的「反對」，減省對黑暗政治的直接披露，使文章更趨「精工」，也不至於刻意行文，而流於阿諛。至若，孫覿另篇文章〈謝劉樞密啟〉云：「惟雞在籠柵之中，固游魂於湯火；雖鹿走山林之上，猶繫命於庖廚。」〔註38〕同為使用「反對」亦是

〔註32〕〈謝湯樞密啟〉，《全宋文》第 159 冊，卷 3435，頁 151。
〔註33〕「肩吾問於孫叔敖曰：『子三為令尹而不榮華，三去之而无憂色。吾始也疑子……。』孫叔敖曰：『吾何以過人哉！……吾以為得失之非我也，而无憂色而已矣。我何以過人哉！』」《莊子集解》，卷 5，頁 183。案：論語亦有相似記載，只是主角非孫叔敖而是子文。蓋究竟是孫叔敖抑或子文「三去令尹」，向來多有爭議，設若孫覿認為其典出《論語》，則此句即可視為經語對經語，可謂精工。「三去令尹」相關論述詳參《論語集釋・公冶下》，卷 10，頁 331～334。
〔註34〕「問管仲。曰：『人也。奪伯氏駢邑三百，飯疏食，沒齒，無怨言。』」《論語集釋》，卷 28，頁 963。
〔註35〕〈謝蔣參政啟〉，《全宋文》第 159 冊，卷 3440，頁 225。
〔註36〕「驥垂兩耳，服鹽車兮。」《全上古三代秦漢三國六朝文》，全漢文卷 16，頁435～436。
〔註37〕「莊子持竿不顧，曰：『吾聞楚有神龜，死已三千歲矣，王巾笥而藏之廟堂之上。此龜者，寧其死為留骨而貴乎，寧其生而曳尾於塗中乎？』」《莊子集解》，卷 4，頁 148。
〔註38〕《全宋文》第 159 冊，卷 3440，頁 227。

相似命意。

　　此外，孫覿猶會用兩兩對比的方式，襯托人物功績，如：

　　　漢蘇子卿節旄盡落，止得屬國；唐杜子美麻鞋入見，乃拜拾遺。〔註39〕

上聯出自《漢書・李廣蘇建傳》〔註40〕，言即使像蘇武那般長期誓死不降，歸漢後也只封到像屬國這樣的小官，下聯出自杜甫〈述懷〉〔註41〕，云杜甫於至德二年（757）四月逃出長安到鳳翔投奔蕭宗，雖窘迫但終究是短時間的逃難，卻也取得拾遺這樣的小官。綜言之，孫覿的意思是臣子空有忠心畢竟不夠，比較誰較忠或誰較不忠都是無意義的，真正的重點在臣子是否為國家立功。是故，孫覿即以此為基點，讚揚秦檜能「獨仗大義於強胡劫質之中，盡得虜情於二江敗衄之後」，而可「進登廟堂，參秉大政」。孫覿如此用典，直指若論功行賞，秦檜升至參政乃理所當然，誠巧妙地坐實了對秦檜的歌頌。〔註42〕

　　以上種種，得證孫覿對偶技巧之傑出，《文心雕龍》指稱較為困難的「事對」和「反對」，孫覿皆能駕馭自如，使文章「精工」。

　　除去文意須精鍊之外，四六文為「便於宣讀」〔註43〕，乃以清晰齊整為原則。職此，在屬對性質上通常也有一定要求，故謝伋云：

　　　四六經語對經語，史語對史語，詩語對詩語，方妥帖。如太祖郊祀，
　　　陶穀作赦文云：「豆籩陳有楚之儀，黍稷奉維馨之薦。」近世王初寮
　　　作《寶籙宮青詞》云：「上天之載無聲，下民之虐匪降。」時人許其
　　　裁翦。〔註44〕

可見典故成語必須兩兩應合，出處同性質，經過合適的剪裁，方為精工。需說明的是，謝伋雖未提及「子語對子語」，然就其敘述推敲，應也可納入。大抵

〔註39〕　〈與秦參政會之帖〉，《全宋文》第159冊，卷3442，頁252。

〔註40〕　「杖漢節牧羊，臥起操持，節旄盡落。」「詔武奉一太牢謁武帝園廟，拜為典屬國。」《漢書》，卷54，頁2463、2467。

〔註41〕　「麻鞋見天子，衣袖露兩肘。」《全唐詩》，卷217，頁2272。

〔註42〕　值得注意的是，李心傳載：「辛巳：禮部尚書兼侍讀秦檜參知政事，龍圖閣待制孫覿時知臨安府，以啟賀檜，有曰：『盡室航海，復還中州。四方傳聞，感涕交下。漢蘇武節旄盡落，止得屬國；唐杜甫麻鞋入見，乃拜拾遺。未有如公，獨參大政。』檜以為譏己。始大怒之。」《建炎以來繫年要錄》，卷42，頁766。然而，在孫覿文集中並非「未有如公，獨參大政」，而是「未有如公獨仗大義於強胡劫質之中，盡得虜情於二江敗衄之後」，若此則應無譏刺秦檜之意，惟其間是非曲直，仍有待進一步驗證。

〔註43〕　【宋】謝伋：《四六談麈》（北京：中華書局，1985年），頁1。

〔註44〕　《四六談麈》，頁1。

「經語」傳達原理原則,「史語」著重歷史事件,「子語」表述哲學思想,「詩語」賦予文學美感,四者用語和思想畢竟不同,若在對仗上混用,難免使文意亂雜,不工緻又不典重。〔註45〕雖然,孫覿四六文偶爾因為傳情達意之需要,而無法精準作到此一原則,然符合的例子亦不乏見。

首先「經語對經語」者,若:

> 愚衷斷斷,實虞牂羊羵首之妖;眾訾紛紛,遂哆南箕簸揚之狀。〔註46〕

上聯源於《詩經・苕之華》:「牂羊墳首。」〔註47〕特殊的是,《詩經》原單純指母羊身瘦首大。但孫覿在前頭加了「實虞」,在後頭加了「之妖」,則一改文意,云「實憂心像身瘦首大的母羊妖怪」,造語新奇。然孫覿也並非毫無根據,其乃是在「羵」字上大作文章。蓋「羵」既可通「墳」同樣用來形容「大」,但亦有「土中妖怪」之意,如《國語・魯語下》載:「水之怪曰龍、罔象,土之怪曰羵羊。」〔註48〕由此見,孫覿轉化經語的高超技術。至於,下聯出自《詩經・大東》〔註49〕及《詩經・巷伯》〔註50〕指自己遭奸人陷害無法辯白的困境,令人歎服的是孫覿一次綰合二篇入一句,尤見剪裁之妙。綜合言之,此聯的特殊處乃在多個典籍的串接上,擴增語義之餘,並能保持精工。

值得注意者,蔣一葵《八朝偶雋》整理王應麟之《詞學指南》稱揚孫覿於詞科考試能「全用經語」,更可見孫覿駕馭文字的高超功力:

> 孫仲益覿〈代高麗王謝賜燕樂表〉為詞科第一名,卷有云:環居島服,習聞夷靺之聲;仰睎雲門,實眩咸池之奏。次云:監二代以敷

〔註45〕需說明者,許多學者曾指出這類「經語對經語」出處相對的寫作,文字趨於精工典重,乃王安石派的特色,然此並非代表蘇軾不擅為之,如祝穆於「用全句貴善襯」一條載:「四六之工在于裁剪,若全句對全句亦何以見工。四六以經語對經語,史語對史語,詩語對詩語,方妥帖。前輩作四六多不用全經語,恐其近賦也。然東坡作〈呂申公制〉曰:『既得天下之大老,彼將安歸?乃至國人皆曰賢,夫然後用。』氣象雄偉,格律超然,不可及也。」上例二句蘇軾乃皆以《孟子》為對,參見【宋】祝穆:《新編四六寶苑群公妙語》,收入蔡鎮楚:《中國詩話珍本叢書》第3冊(北京:北京圖書館出版社,2004年),頁11。進一步言,典故出處相對與蘇軾四六文「雄深浩博」的特色並不衝突,畢竟一則是較小層面的用典選擇,另一則是較大層面的風格傾向。

〔註46〕〈代何相謝少宰表〉,《全宋文》第159冊,卷3426,頁15。

〔註47〕程俊英、蔣見元:《詩經注析》(北京:中華書局,1991年),頁741。

〔註48〕徐元誥集解,王樹民、沈長雲點校:《國語集解》(北京:中華書局,2002年),頁191。

〔註49〕「維南有箕,不可以簸揚。」《詩經注析》,頁635。

〔註50〕「哆兮侈兮,成是南箕,彼譖人者,誰適與謀?」《詩經注析》,頁619。

文，命一夔而典樂；登歌下管，天地同流；鼓瑟吹笙，君臣相說。
次云：有懷疏逖之臣，亦預分放之數。玉帛萬國，干舞已格於七旬；
簫韶九成，肉味遽忘于三月。此先說遠夷不足以知雅樂，然後序作
樂之盛、受賜之寵，得尊中國體。又云：蕩蕩乎無能名，雖莫覩宮
墻之美；欣欣然有喜色，咸與聞管籥之音。與登歌四句，並全用經
語。大凡詞科四六，須間有此一二聯則易入眼。他卷云：徵角並揚，
慶君臣之相說；塤篪迭奏，與天地以同流。因不全用故弱。〔註51〕
觀諸王應麟之評價及與他人之對比，能知「全用經語」雖可避免文章之「弱」，
坐收「精工有力」的效果，使內容聚焦，但要實踐並不容易，例如其他同樣應
考詞科的卷子寫「徵角並揚」就並非「經語」，而落入下乘。

　　反觀孫覿第一例言「登歌下管」出自《周禮‧春官‧大師》〔註52〕，「天
地同流」出自《孟子‧盡心上》〔註53〕，「鼓瑟吹笙」出自《詩‧小雅‧鹿鳴》
〔註54〕，「君臣相說」出自《孟子‧梁惠王下》〔註55〕。又第二例云「蕩蕩乎
無能名」出自《論語‧泰伯下》〔註56〕，「莫覩宮墻之美」出自《論語‧子張》
〔註57〕，「欣欣然有喜色」出自《孟子‧梁惠王下》〔註58〕，「咸與聞管籥之
音」出自《孟子‧梁惠王下》〔註59〕。要言之，孫覿兩聯全是「經語對經語」
確實精工，證其詞科第一名的頭銜，絕非浪得虛名。

　　又孫覿四六文亦有「史語對史語」者，像是：

〔註51〕 蓋此說實出自王應麟，但蔣一葵整理得較清晰，故引之。參【明】蔣一葵：《八
　　　　朝偶雋》，卷6，收入《續修四庫全書》1714冊（上海：上海古籍出版社，2002
　　　　年），頁655。【宋】王應麟：《詞學指南》（北京：中華書局，2010年），頁449。
〔註52〕「大祭祀，帥瞽登歌，令奏擊拊。下管播樂器，令奏鼓朄。」【清】孫詒讓：
　　　　《周禮正義》（北京：中華書局，2015年），卷45，頁2224、2227。
〔註53〕「夫君子所過者化，所存者神，上下與天地同流，豈曰小補之哉！」《孟子正
　　　　義》，卷26，頁1838。
〔註54〕「呦呦鹿鳴，食野之苹。我有嘉賓，鼓瑟吹笙。」《詩經注析》，頁438。
〔註55〕「召大師曰：『為我作君臣相說之樂。』蓋《徵招》、《角招》是也。」《孟子正
　　　　義》，卷4，頁845。
〔註56〕「蕩蕩乎！民無能名焉。」《論語集釋》，卷16，頁549。
〔註57〕 子貢曰：「譬之宮牆，賜之牆也及肩，窺見室家之好。夫子之牆數仞，不得其
　　　　門而入，不見宗廟之美，百官之富。得其門者或寡矣。夫子之云，不亦宜乎！」
　　　　《論語集釋》，卷38，頁1337。
〔註58〕「舉欣欣然有喜色而相告曰：『吾王庶幾無疾病與？何以能鼓樂也？」《孟子
　　　　正義》，卷4，頁814。
〔註59〕「今王鼓樂於此，百姓聞王鐘鼓之聲，管籥之音。」《孟子正義》，卷4，頁814。

重五十席於講肆之間，奏三千牘於公車之下。〔註60〕

上聯出自《後漢書・儒林傳・戴憑》：「帝令群臣能說經者更相難詰，義有不通，輒奪其席以益通者，憑遂重坐五十餘席。」〔註61〕孫覿把原本「重坐五十餘席」狀語+中心語+述語+賓語結構的改作「重五十席」，使之去掉「坐」成為單純的述語+賓語的結構，有效精省文字，讓文字愈發有力，而刪略「餘」亦有去除煩冗之效。至若，下聯則出自《史記・滑稽列傳・東方朔》：「朔初入長安，至公車上書，凡用三千奏牘。」〔註62〕孫覿將「奏牘」之「奏」挪移至前，替換掉動詞「用」，變成「奏三千牘」較諸原句更加渾厚有力，而「至公車上書」中「至」為動作性薄弱的動詞，在此孫覿換為「奏……於公車下」則把主動請命的謙卑態度，扼要地描繪出來。要言之，該聯的奇巧處乃在濃縮典籍，把原本拖沓乏力的語句，轉為精警有勁。

另「子語對子語」者，若：

攘支離之臂，自喜爭先；盡渾沌之眉，空慚借重。〔註63〕

上聯源於《莊子・人間世》〔註64〕，表達自己能先目睹趙學士文章的幸運；下聯源於《莊子・應帝王》〔註65〕，慚愧自己技不如趙學士，須借重趙學士之文采。值得注意者，「支離」和「渾沌」都是虛構人物，而「臂」與「眉」皆為人身的一部分，能用來對仗的字詞均少，故要寫出這樣的句子甚具難度，惟其如此方令人耳目一新。

此外，「詩語對詩語」者，如：

茹秋菊以療飢，紉春蘭而為佩。〔註66〕

上聯取自《楚辭・離騷》〔註67〕，下聯亦取自《楚辭・離騷》〔註68〕，讚美趙

〔註60〕〈回胡糧科啟〉，《全宋文》第 159 冊，卷 3431，頁 92。

〔註61〕《後漢書》，卷 79，頁 2554。

〔註62〕《史記》，卷 126，頁 3205。

〔註63〕〈回江陰運使趙學士啟〉，《全宋文》第 159 冊，卷 3433，頁 112。

〔註64〕「上徵武士，則支離攘臂而遊於其間；上有大役，則支離以有常疾不受功。」《莊子集解》，卷 1，頁 44。

〔註65〕「南海之帝為儵，北海之帝為忽，中央之帝為渾沌。儵與忽時相與遇於渾沌之地，渾沌待之甚善。儵與忽謀報渾沌之德，曰：『人皆有七竅，以視聽食息，此獨无有，嘗試鑿之。』日鑿一竅，七日而渾沌死。」《莊子集解》，卷 2，頁 75。

〔註66〕〈回趙解元啟〉159 冊，卷 3431，頁 91。

〔註67〕「朝飲木蘭之墜露兮，夕餐秋菊之落英。」【宋】洪興祖：《楚辭補注》（北京：中華書局，1983 年），卷 1，頁 12。

〔註68〕「扈江離與辟芷兮，紉秋蘭以為佩。」《楚辭補注》，卷 1，頁 5。

解元在艱困的環境中仍能堅守節操。特別的是孫覿所以不言「紉秋蘭」而云「紉春蘭」，恐因其又參考《楚辭·九歌·禮魂》〔註69〕，把「秋菊」和「春蘭」巧妙連結，誠見孫覿善於剪裁融化，把不同的語典出處合理地牽連一起，並能營造美感。〔註70〕

綜上分析，孫覿不僅在典故使用上能作到工整，亦善於剪裁轉化，賦予不同於原作的特殊意蘊，未流於「宋末啟劄之文，多喜配合經史成語，湊泊生硬，又喜參文句，往往冗長萎落」〔註71〕的狀況。

四六文作為以應用功能為主要訴求的文類，其固然不可過於晦澀而令人難以理解，但理想上也希望不至於太過乏味，而磨損讀者興趣，故王銍云：

> 四六有伐山語，有伐材語。伐材語者，如已成之柱楠，略加繩削而已；伐山語者，則搜山開荒，自我取之。伐材，謂熟事也；伐山；謂生事也。生事必對熟事，熟事必對生事。若兩聯皆生事，則傷於奧澀；若兩聯皆熟事，則不見工力。蓋生事必用熟事對出也。〔註72〕

足見以「生事對熟事」可避免奧澀，表現工力，並增添閱讀的新鮮感，而孫覿四六文常能符合此條規準，如〈謝万俟相啟〉：

> 蚤接步武，鮑叔牙獨知管仲之賢；莫測崇深，張延賞烏識韋皋之貴？〔註73〕

孫覿委婉表示自己是賢才，感謝兼稱揚万俟卨的賞識。上聯源於《列子·力命》〔註74〕指鮑叔牙具識人之明，能發掘賢才，是家喻戶曉的管鮑故事。下聯源於唐代筆記小說《雲溪友議·苗夫人》〔註75〕，反指張延賞不能識韋皋之貴，特殊的是，若扣除總集、子部等重在收錄材料的書籍，經檢索各資料庫，孫覿應是第一個將此典故用於實際創作者，正符合王銍所云的「生事」。又像〈謝邵提舉啟〉：

〔註69〕「春蘭兮秋菊，長無絕兮終古。」《楚辭補注》，卷2，頁84。

〔註70〕另可關注的是，史浩〈謝王承務惠詩啟〉、〈謝松陽沈主簿啟〉引用此聯全部十二個字，足見孫覿四六文對史浩可能的影響，詳參《全宋文》第199冊，卷4412，頁378、383。

〔註71〕《四庫全書總目·勿齋集二卷》，卷164，頁1407。

〔註72〕【宋】王銍：《四六話》（北京：中華書局，1985年），頁2。

〔註73〕《全宋文》第159冊，卷3436，頁164。

〔註74〕「生我者父母，知我者鮑子也。」《列子集釋》，卷6，頁124。

〔註75〕「當時甚訝張延賞，不識韋皋是貴人。」【唐】范攄：《雲溪友議》（上海：古典文學出版社，1957年），卷中，頁27。

念窮途栖屑，嘗賦東郊瘦馬之傷；迨晚歲歸休，遂同濠梁遊魚之樂。〔註76〕

孫覿言早期自己遭貶的落寞，然晚年遂能享游魚之樂。上聯前句「栖屑」指往來奔波的樣子，語自《魏書‧李騫傳》〔註77〕，爾後劉長卿〈客舍贈別韋九建赴任河南韋十七造赴任鄭縣便覲省〉、杜甫〈詠懷二首 其一〉、釋道世《法苑珠林》等雖再用，但約不超過十則，大抵可視為生事，甚且「窮途栖屑」一語更只蘇軾〈與陳公密〉三首之三〔註78〕用之。至若，上聯後句「東郊瘦馬」語自杜甫〈瘦馬行〉〔註79〕，自傷身世飄零，在孫覿之前，略僅劉攽〈寄王安國時復官大理寺丞監江寧糧料〉、許彥國〈紫騮馬〉、陳與義〈遊慧林寺以三伏炎蒸定有無為韻得定字是日欲逃暑閣下而守閣童子持不可〉三例，亦為生事。下聯前句「晚歲歸休」算尋常言語，而濠梁之樂更是著名論辯。另可注意者，如莫道才所言這類五／八句型並不多見，〔註80〕因為這類對句節奏上較不齊整，故較難駕馭，而孫覿使用之餘，又能照顧到「以生事對熟事」的原則，證其筆力非凡。再若，孫覿〈賀楊參政啟〉寫道：

一范增繫楚存亡，百曹參非漢輕重。〔註81〕

該句旨在說明人才的重要，道出「保邦之要，莫如得士之昌」。上聯出於《史記‧項羽本紀》〔註82〕是人人習知的范增故事。下聯出於《史記‧蕭相國世家》〔註83〕，以「百曹參」一詞形容非關緊要的人物再多亦無用，經檢索孫覿應為第一個使用「百曹參」者，其後楊萬里〈賀張丞相再相啟〉、劉過〈贈張相士〉、李廷忠〈通商總領啟〉、李劉〈賀史丞相起復啟〉等人方再用，既能證明「百曹參」為「生事」，亦可見孫覿造語之新，乃至對後世可能的影響。又如〈謝陳諫議啟〉：

太白配殘月於晨雞曉鼓之時，孤鶩伴落霞於秋江莫天之外。〔註84〕

〔註76〕《全宋文》第159冊，卷3437，頁184。

〔註77〕「在下僚而栖屑，願奮迅於泥滓。」【北魏】魏收：《魏書》（北京：中華書局，1974年），卷36，頁838。

〔註78〕「窮途棲屑，獲見君子，開懷抵掌，為樂未央。」《全宋文》第88冊，卷1911，頁231。

〔註79〕「東郊瘦馬使我傷。」《全唐詩》，卷217，頁2282。

〔註80〕莫道才：《駢文通論》（濟南：齊魯書社，2010年），頁83。

〔註81〕《全宋文》第159冊，卷3438，頁195。

〔註82〕「居鄛人范增，年七十，素居家，好奇計，往說項梁。」《史記》，卷7，頁300。

〔註83〕「今雖亡曹參等百數，何缺於漢？」《史記》，卷53，頁2016。

〔註84〕《全宋文》第159冊，卷3441，頁233。

上聯重組韓愈〈東方未明〉：「獨有太白配殘月。……殘月暉暉，太白睒睒，雞三號，更五點。」〔註85〕把作為視覺意象的「太白」、「殘月」，和作為聽覺意象的「晨雞」、「曉鼓」牽合，深化原典的畫面感。經翻檢，此語在孫覿以前，只蘇軾〈任師中挽詞〉〔註86〕使用，證其為生事。下聯重組王勃〈秋日登洪府滕王閣餞別序〉名對：「落霞與孤鶩齊飛，秋水共長天一色。」〔註87〕蓋孫覿替換普通的連詞「與」，並調轉語詞順序，改為「孤鶩伴落霞」，恍若孤鶩有心陪伴落霞。再又，孫覿把「共」去掉，成為「秋江莫天」，雖少了動態感，但其後補上的「之外」造就出無窮遠的空間，倒予人飄渺之感。要之，如果說王勃寫來是一片遼闊的情景，落霞不再是靜態的事物，而被賦予了十足的動態感，且跟孤鶩齊飛，又下句秋水不再孤獨，而能「共長天一色」，極其浩瀚，那麼孫覿的改創在於把孤鶩擬人化，強調孤鶩對落霞的深情陪伴，且一直會到「秋江莫天之外」，永遠永遠，讓情感的表達更形酣暢。

　　質言之，生事使文章表述更為多樣靈活，不至於落入俗套。熟事則使文章能建立在人們共同搭蓋的語言平臺上，而不流於奧澀。以上四例，頗能佐證孫覿「以生事對熟事」的工巧。

　　再者，孫覿四六文在遣詞造語及使事用典上，亦能符合「清新」的原則，此亦非人人皆能作到，如楊萬里嘗云：

> 四六有作流麗語者，亦須典而不浮，東坡謝知湖州表云：「湖山如舊，魚鳥亦怪其衰殘；爭訟稍稀，吏民習知其遲鈍」謝知密州云：「賓出日於麗譙，江山炳煥；傳夕烽於海嶠，鼓角清閑。」謝賜笏帶云：「草木何知？被慶雲之渥彩；魚蝦至賤，借滄海之崇光。雖若可觀。終非其有。」汪彥章賀神降萬歲山表云：「恍若銀山，金成宮闕；浩如玉海，虹貫山川。」此皆典切而不浮。<u>孫仲益（孫覿）亦多此等語，至橘林（石悉），則浮靡而不典矣。</u>〔註88〕

觀諸楊萬里所舉的例證中，可見蘇軾四六文作「流麗語」，亦能符合「典而不浮」的標準，並且孫覿「亦多此等語」，再次證明孫覿四六文誠遙繼蘇軾。復就楊萬里對「流麗語」的說解而言，「流麗語」乃指表意暢達、講究雕琢、語

〔註85〕　《全唐詩》，卷338，頁3787～3788。

〔註86〕　「相看半作晨星沒，可憐太白配殘月。」《蘇軾詩集》，卷21，頁1085。

〔註87〕　【清】董誥：《全唐文》（北京：中華書局，1983年），卷181，頁1846。

〔註88〕　【宋】楊萬里撰、辛更儒箋校：《楊萬里集箋校・詩話》（北京：中華書局，2007年），卷114，頁4381。

辭精工者，「典切不浮」意謂文字典重適切，不虛浮。以上二點原則孫覿皆能達成，石悆卻有所不能，致曝露「浮靡而不典」的弊病。茲舉石悆〈謝及第啟〉為例說解如下：

> 投五十犗之餌，以釣震海之魚；開七百里之羅，以啖截雲之翼。文決猛戰，詞森健鋒。鳴漏一殘，絲袍爛擁，則有雄鶩孟東野，汪洋韓退之。變化轟雷霆，光彩赫天地，掉臂旁若，峩冠自如。飛墨客之徽聲，鼓丈夫之氣焰。儒林根幹，直欺山木之百圍；筆陣波瀾，倒瀉銀河之千尺。〔註89〕

由上可見，石悆其實僅為讚揚文章之佳，卻不惜筆墨，多所鋪排，語常誇飾，像「五十犗」、「七百里」、「震海」、「截雲」、「雄鶩」、「汪洋」、「直欺山木」、「倒瀉銀河」等比比皆是，但不斷強調一義雖使文章透過堆疊而增添了不少氣勢，卻也犯了「意涉合掌」的毛病，致冗弱空洞。再者，連連運用誇飾，也易有「誇過其理，則名實兩乖」〔註90〕之弊，故石悆雖贏得了「文有氣焰」〔註91〕的讚譽，卻亦惹來「浮靡而不典」、「雕琢怪奇，殊乏蘊藉」〔註92〕，「務奇怪」〔註93〕的批評。相較之下，同是讚揚文章者，孫覿〈回沈解元啟〉則能實踐「精工」：

> 緊國中寡和之音，久抱絕絃之歎，而海內流傳之句，獨先染鼎之嘗。忽聆鈞天之奏，合作於九成；欲使屠門之嚼，屬厭於一飽。歡呼拜賜，鼓舞知榮。恭惟公序解元經術之邃該百家，詩律之妙兼七子。高深侔海岳，懸牙籤三萬軸於胸中；幽渺感鬼神，奏錦瑟五十絃於筆下。〔註94〕

得見孫覿未嘗如石悆般大量鋪排誇飾，即使純為讚揚，亦能保持工穩，如先表示自己因長久未見到好的作品而感到遺憾，襯顯見到沈解元作品的欣喜，並為能夠先睹為快而鼓舞。其後讚揚沈解元「該百家」、「兼七子」，雖可能是溢美之辭，尚堪平正，畢竟孫覿的褒獎猶直指「經術」和「詩律」，能落至實處，

〔註89〕《全宋文》第141冊，卷3037，頁134。

〔註90〕《增訂文心雕龍校注·夸飾》，卷8，頁462。

〔註91〕【宋】祝穆著，【元】富大用、祝淵：《新編古今事文類聚》（京都：中文出版社，1982年），遺集卷6，頁2573。

〔註92〕【宋】陳振孫：《直齋書錄解題》（上海：上海古籍出版社，1987年），卷17，頁517。

〔註93〕《新編古今事文類聚》，遺集卷6，頁2573。

〔註94〕《全宋文》第159冊，卷3432，頁95。

石𢓅則始終在外圍打轉，只一再云文筆佳妙，然究竟佳處何在卻遲遲未明言。另孫覿云「侔海岳」、「感鬼神」雖稍涉誇飾，但亦平平托出，僅點到為止，不像石𢓅形容之「轟雷霆」、「赫天地」，恍若能驚天地泣鬼神般。

至於孫覿「高深侔海岳，懸牙籤三萬軸於胸中；幽渺感鬼神，奏錦瑟五十絃於筆下」，皆取自唐人詩句，亦顯精工。蓋「牙籤三萬軸」化用韓愈〈送諸葛覺往隨州讀書〉〔註95〕，「錦瑟五十弦」轉化李商隱〈錦瑟〉〔註96〕，一則言學識一則言情感，知性感性兼具，而字詞方面「高深」與「幽渺」一言思想一言情感，「三萬軸」與「五十弦」一則多一則少、「胸中」與「筆下」一個內一個外，可見孫覿方方面面皆照顧周到，語約而事豐。

鑒此，楊困道亦曾提及：

> 何㮚文縝〈謝召還表〉曰：「兩曾參之是非，浮言猶在；一王尊之賢佞，更世乃明。」孫仲益〈謝復官啟〉曰：「兩曾參之或是或非，一王尊而乍賢乍佞。」語簡益工。〔註97〕

較諸何㮚〈謝召還表〉，孫覿〈謝復官啟〉更為精工的原因在於孫覿用副詞「或」巧妙地融化了何㮚對曾參之事「浮言猶在」的形容。蓋「或」乃「也許」，指也許是也許非，如此形容充分把事實之撲朔迷離，及他人對曾參的搖擺質疑，生動地描繪出來。又王尊之事例，孫覿去掉「更世乃明」，使文意愈發簡約，又佳處尤在「乍」字的使用上。「乍」為「突然」之義，將王尊實質上為賢，卻遭讒言攻擊而看似一會兒賢、一會兒佞的矛盾反覆，傳神地呈顯出來。

申言之，孫覿簡化何㮚的四個句子為二個句子，便清楚陳明自己遭小人誣陷，內心自始至終猶忠義耿耿的事實，另「或」和「乍」更是對仗奇警。是以，孫覿將何㮚的文句進行濃縮後，使何㮚的文句愈發清新工簡。

又張邦基《墨莊漫錄》云：

> 孫覿仲益尚書，四六新清，用事切當。宣和中，與家兄子章同為兵部郎。未幾，子章出知無為軍，仲益繼遷言官，自南牀亦出知和州。時淮南漕俞（貝同）以無為歲額上供米後時，委知州取勘無為當職

〔註95〕「鄴侯家書多，插架三萬軸。一一懸牙籤，新若手未觸。」【唐】韓愈著，【清】方世舉箋注：《韓昌黎詩集編年箋注》（北京：中華書局，2012 年），卷 9，頁 522。

〔註96〕「錦瑟無端五十絃，一弦一柱思華年。」【唐】李商隱著，劉學鍇、余恕誠整理：《李商隱詩歌集解》（北京：中華書局，2004 年），頁 1579。

〔註97〕《雲莊四六餘話》，頁 19。

　　官吏，仲益得檄，漫不省也，置而不問，亦不移文，已而米亦辦。

　　子章德仲益，以啟謝之，仲益答之，有云：<u>苞茅不入，敢加問楚之</u>
<u>師</u>；<u>輔車相依，自作全虞之計</u>。人頗稱賞，以為精切也。〔註98〕

孫覿上聯援用《左傳・僖公四年》〔註99〕把「米」借為「苞茅」，而「問楚之
師」則由對楚國的攻打代指俞（貝同）要對子章「供米後時」一事作出懲罰，
理由並不充分。下聯援用《左傳・僖公五年》〔註100〕孫覿指出自己所治理的
和州與子章治理的無為軍，乃脣亡齒寒的關係，幫助子章即是幫助自己，以之
自謙，告知子章勿掛懷。蓋二聯皆典出《左傳》，乃「經語對經語」，而孫覿把
供米後時一件小小的事，連繫上戰國時代各諸侯間的角力，自是出人意表，用
事精妙切當之餘，頗見清新。

　　總觀上述，孫覿四六在屬對上多能達致「精工」，並呈現「清新」的風格。

第二節　雄博的篇章經營

　　如果說「精工的屬對安排」乃四六文書寫較基本的準則，而孫覿能實踐之，
那麼如開章所述，在此之上孫覿又可經營「雄博」的風格，承繼的乃是蘇軾四
六文「雄深浩博」的特色，與彼時潮流兀自不同。

　　歸納生成「雄博」風格的文字，大抵有四個條件：時間要長、空間要大、
速度要快、力度要強。基於此，以下由小範圍至大範疇，從字詞、屬對、篇章
逐層分析之。

　　第一，就字詞而言，楊萬里云：

　　四六有作華潤語而重大者，最不可多得。韓退之表云：「地彌天區，
　　界軼海外。北嶽醫閭，神畏受職；析木天街，星宿清潤。」曾子固
　　云：「鈎陳太微，星緯咸若；崑崙渤澥，波瀾不驚。」王履道行种師
　　道麻制云：「封疆開崑崙積石之西，威譽震大漠龍荒之北。」〔註101〕

楊萬里所謂「華潤語而重大者」應指流暢無苦吟艱辛之態，兼備文采且氣象宏
大的書寫。申言之，從楊萬里所舉例證分析，可見名詞「天」「地」、「海」、「北

〔註98〕【宋】張邦基：《墨莊漫錄》（北京：中華書局，2002 年），卷 4，頁 111〜112。
〔註99〕「爾貢包茅不入，王祭不共，無以縮酒，寡人是徵。」《春秋左傳詁》，卷 7，
　　　　頁 273〜274。
〔註100〕「輔車相依，脣亡齒寒者，其虞、虢之謂也。」《春秋左傳詁》，卷 7，頁 279。
〔註101〕《楊萬里集箋校・詩話》，卷 114，頁 4382。

嶽」、「神」、「星宿」、「波瀾」等，皆能有效形塑空間的廣大，以及搭配的動詞
「軼」、「畏」、「驚」、「開」、「震」等率為力度強的言語，而孫覿四六文合乎此
條件者繁多，如〈復左朝奉郎謝表〉：

> 萬里竄流，幾徧大地山河之境；一言感徹，復見中天日月之明。〔註102〕

本例作於紹興二十六年（1156）六月，正值秦檜驟逝，孫覿復左朝奉郎。上聯
乃空間之誇飾，強調路途之遠、流離之艱，「萬里」、「竄流」、「幾遍」、「大地
山河」既造就宏大的氛圍，也突出自身悽慘的處境。下聯為程度之誇飾，凸顯
洗冤之樂、感恩之深，「一言」、「感徹」、「復見」、「中天日月」頗符合楊萬里
所云「重大者」。再又，同用誇飾手法的像〈回江陰運使趙學士啟〉：

> 破千金以屠龍，久懷奇而未試；挽六鈞而射鼠，知用大之甚難。〔註103〕

使用《莊子·列御寇》〔註104〕和蘇軾〈次韻王定國得穎倅二首 其一〉〔註105〕
之典，既讚揚學識之高，卻也指出「用大之難」。「破」、「屠」、「挽」、「射」皆
是動作性極強的動詞，而「千金」、「龍」、「六鈞」皆是氣象宏闊之名詞，至若
「鼠」雖是小動物，但其作用乃在反襯出以「六鈞弓」射之不免大才小用，亦
即其仍有加深語意兼營造文勢之效。再則，「久」、「奇」、「未」、「大」、「甚」、
「難」之形容，同樣有助於彰顯人物行止。另針對武將英勇事蹟的記述，孫覿
〈回鎮江劉都統賀正啟〉云：

> 磊落掀天地，一丸泥可封百二之關；叱咤生風雲，半段槍可破十萬
>
> 之眾。〔註106〕

以「磊落」和「叱咤」為主語，分別用「掀天地」和「生風雲」形容之，顯得
氣象磅礡。然若行文至此，即草草結束，難免流於空洞，僅只是抽象表述。是
故，其後為提振上文，孫覿乃「具現化」原初的泛泛之語，用誇飾的手法，採
《後漢書·隗囂傳》〔註107〕典故，述憑藉「一丸泥」之小即可「封百二之關」，
又用《舊唐書·哥舒翰傳》〔註108〕典故，言秉持「半段槍」之微即可「破十

〔註102〕《全宋文》第 158 冊，卷 3423，頁 445。

〔註103〕《全宋文》第 159 冊，卷 3433，頁 112。

〔註104〕「朱泙漫學屠龍於支離益，單千金之家，三年技成，而無所用其巧。」《莊子
集解》，卷 8，頁 281。

〔註105〕「買牛但自捐三尺，射鼠何勞挽六鈞。」《蘇軾詩集》，卷 26，頁 1394。

〔註106〕《全宋文》第 159 冊，卷 3438，頁 141～142。

〔註107〕「元請以一丸泥為大王東封函谷關，此萬世一時也。」《後漢書》，卷 13，頁 525。

〔註108〕「翰持半段槍當其鋒擊之，三行皆敗，無不摧靡，由是知名。」《舊唐書》，
卷 104，頁 3212。

萬之眾」。總括而言，精巧的修辭和典故應用，自使全句文字飽含厚度，雄博非常。王應麟《詞學指南》嘗評孫覿〈代高麗王謝賜燕樂表〉：

> 十行賜札，誕彌遼海之邦；萬里同文，普聽鈞天之樂。起頭若如第二人止說「寵逮遠邦」之語，則弱而無力，故用此意而擇語言換轉「十行賜札」、「萬里同文」是也。才讀此兩句便見大體。〔註109〕

對比他人之「寵逮遠邦」的弱而無力，孫覿用語明顯強而有力，如「十行」和「萬里」；「遼海」和「鈞天」之類，皆突出了空間的盛大，有效帶出朝廷威嚴。凡此種種，誠見儘管「華潤語而重大者，最不可多得」，但孫覿文集中並不乏見。

第二，除字詞之外，如要形塑雄博的風格，勢必有賴於句與句之間的聯繫照應，文氣的轉圜流蕩即在此中體現，陳繹曾指出：

> 所謂串者，聯中兩句，融化明白；一段數聯，又須融化相串；篇中數段，融化照應，脉絡貫通，語意溜亮，渾然天成，而與古文不異矣。〔註110〕

由此見，四六文若可作到陳繹曾所云，亦能同古文般「語意溜亮」、「渾然天成」。宋四六向來以散文化著名，但承如章首所述，許多作者仍以「典重」為要，真能作到像蘇軾般「雄深浩博」的畢竟不多，孫覿乃其中佼佼者。

首先，孫覿常運用副詞連接句子經營語氣，如〈謝尚書侍郎啟〉：

> 踞鞍矍鑠，固無著鞭先路之心；奮袖低昂，但有擊缶歌田之意。〔註111〕

上聯援引《後漢書·馬援傳》〔註112〕和《晉書·劉琨傳》〔註113〕成語，指自己老而健壯，未有爭功的野心，下聯使用楊惲〈報孫會宗書〉〔註114〕成語，指自己沒有仕進之意，只想上下揮動袖子以縱情逸樂。其實，在文意不變的情

〔註109〕 《詞學指南》，卷3，頁449。
〔註110〕 【元】陳繹曾：《文筌》，收入《陳繹曾集輯校》（北京：人民文學出版社，2017年），頁75。
〔註111〕 《全宋文》第159冊，卷3435，頁160。
〔註112〕 「援據鞍顧眄，以示可用。帝笑曰：『矍鑠哉！是翁也。』」《後漢書》，卷24，頁842～843。
〔註113〕 「琨少負志氣，有縱橫之才，善交勝己，而頗浮誇。與范陽祖逖為友，聞逖被用，與親故書曰：『吾枕戈待旦，志梟逆虜，常恐祖生先吾著鞭。』其意氣相期如此。」【唐】房玄齡等：《晉書》（北京：中華書局，1974年），卷62，頁1690。
〔註114〕 「奮褎低卬。頓足起舞。」《全上古三代秦漢三國六朝文》，全漢文卷32，頁605。

況下，該句大可寫作「踞鞍矍鑠，無著鞭先路之心；奮袖低昂，有擊缶歌田之意」。易言之，「固」和「但」大抵能視為贅字，況且就句型來說變更後的四／七式乃駢文的基本句型，〔註115〕較合乎人們對四六文慣常的認知，但孫覿又加入「固」和「但」二字，成為四／八式這樣不多見的句型。〔註116〕可以說，孫覿如是選擇的原因，自和其所欲營造的閱讀效果相關。蓋「固」為「當然、誠然」之意，作為語氣副詞，本即有「強調」的功用。而「但」為「僅、只」之意，作為範圍副詞，由於帶限定性質，故亦具「強調（專一）」的意旨，二者皆得使語氣斬釘截鐵，有助於表露心跡。

其餘用副詞突出氣勢者，如「危言直論，<u>固</u>嘗折遠夷無藝之求；繕甲治兵，<u>又</u>欲刷四鄰交侵之恥」〔註117〕在「固」之上且使用「又」，製造層疊文氣，述寫人物剛直正氣。而另一例「與人不求備，<u>或</u>能悟合於片言；觀過斯知仁，<u>終</u>不棄捐於一眚」〔註118〕，「或」與「終」乃互文，推闡文意，道出皇帝之仁，並且表達自身的感謝。再像「懸刺史之車，<u>已</u>入勞薪之用；脫上方之舃，<u>猶</u>存敗革之餘」〔註119〕採「已」和「猶」遞進，表露謙卑與感激。以上種種，皆見副詞的運用確實有助形塑雄博的風格。而除卻副詞之外，孫覿亦擅利用助詞：

> 人耳人耳，共懷全軀保妻子之謀；使乎使乎，獨見張目視寇讎之
> 奮。〔註120〕

在此，實可寫作「人共懷全軀保妻子之謀；使獨見張目視寇讎之奮」，然孫覿卻使用《莊子‧大宗師》〔註121〕和《論語‧憲問》〔註122〕之成語，以「耳」和「乎」對仗，成為類疊形式，反覆言說，營造輕快節奏之餘，亦有增強文氣的功效。

再且，孫覿甚至搭配補字、副詞、介詞、助詞、連詞穿貫句子，製造波瀾，若〈回沈狀元啟〉：

〔註115〕 莫道才：《駢文通論》，頁 82。
〔註116〕 莫道才：《駢文通論》，頁 78。
〔註117〕 〈尚書右丞孫傅除同知樞密院制〉，《全宋文》第 158 冊，卷 3419，頁 374。
〔註118〕 〈和州謝上表〉，《全宋文》第 158 冊，卷 3422，頁 421。
〔註119〕 〈謝侍講梁舍人啟〉，《全宋文》第 159 冊，卷 3440，頁 229。
〔註120〕 〈賀王樞密啟〉，《全宋文》第 159 冊，卷 3438，頁 192。
〔註121〕 「今一犯人之形，而曰『人耳人耳』，夫造化者必以為不祥之人。」《莊子集解》，卷 2，頁 64。
〔註122〕 「蘧伯玉使人於孔子。孔子與之坐而問焉，曰：『夫子何為？』對曰：『夫子欲寡其過而未能也。』使者出。子曰：『使乎！使乎！』」《論語集釋》，卷 29，頁 1005。

　　　雖萬人吾往<u>矣</u>，<u>豈</u>特掉三寸之舌<u>於</u>十九人<u>之</u>中；借前箸<u>以</u>籌之，<u>故</u>
　　　能知壹日之差<u>在</u>八百年之後。〔註123〕

上聯上句用「雖」連結，形成語氣激烈的強轉折句，表現義無反顧的決心，而
下句又用語氣副詞「豈」續接加強，由此帶出磅礡氣勢。再者，下聯轉而收煞
上聯，用「故」形成因果複句，回應不需「掉三寸之舌於十九人之中」的原因。
另該長句亦能作到駢散兼用，蓋第一、三句是為散語，二、四句是為長句駢語，
避免了形式過於整齊的板重，而「矣」、「於」、「以」、「之」、「在」的收尾或銜
接，亦使全聯節奏如散文般流動，又六和十三字句的搭配，節奏為 1/2/3 式和
1/2/2/2/1/3/2 式，亦顯得舒緩有致。猶可注意者，其援引《史記‧平原君虞卿
列傳》〔註124〕顯露無比自信外，且用顏敏楚〈上言新曆〉〔註125〕「八百年」
之語直指才能之備，所運用的誇飾技巧，同使文氣愈發強健有力。

　　孫覿四六文特色因其大量添入虛詞、副詞、連詞等營造語氣，形成近乎散
文的句型，所謂「駢中無散，則氣壅而難疏」〔註126〕，孫覿尤能避免此弊，
其文句長短交錯，或承接或轉折，一氣直下，乃造就孫覿雄博的四六文風格。

　　又就句型分析，黃慶萱云：「設問句文多波瀾，語氣懸宕、強烈而發人深
思，比判斷句及直敘法都更能引起對方的注意。」〔註127〕而孫覿亦常使用問
句鋪排文章，像〈謝万俟相啟〉：

　　　俛出胯下，一笑之恥何足言？推內溝中，九死之魂復誰弔？〔註128〕

上聯選用《史記‧淮陰侯列傳》〔註129〕言他人對自己的區區污辱，實不必耿
耿於懷，畢竟令孫覿哀歎乃至不平的是被他人陷害，自我欲匡濟天下之心和拳
拳貞節，無人能見。下聯取自《孟子‧萬章》〔註130〕和《楚辭‧離騷》〔註131〕

〔註123〕《全宋文》第 159 冊，卷 3431，頁 72。
〔註124〕「毛先生以三寸之舌，彊於百萬之師。」《史記》，卷 76，頁 2368。
〔註125〕「漢時洛下閎改顓頊曆作太初曆。云後當差一日。八百年當有聖者定之。」
　　　　《全上古三代秦漢三國六朝文》，全隋文卷 27，頁 8359。
〔註126〕〈與王子卿太守論駢體書〉，【清】劉開：《劉孟塗集》，收入《續修四庫全書》
　　　　集部別集類 1510 冊（上海：上海古籍出版社，2002 年），駢體文卷 2，頁 424。
〔註127〕黃慶萱：《修辭學》（臺北：三民書局，2011 年），頁 58。
〔註128〕《全宋文》第 159 冊，卷 3436，頁 164。
〔註129〕「信孰視之，俛出袴下，蒲伏。一市人皆笑信，以為怯。」《史記》，卷 92，
　　　　頁 2610。
〔註130〕「思天下之民匹夫匹婦有不（與）被堯舜之澤者，若己推而內之溝中。」《孟
　　　　子正義》，卷 19，頁 1531。
〔註131〕「亦余心之所善兮，雖九死其猶未悔。」《楚辭補注》，卷 1，頁 13。

言自己盡忠之心，未獲重視，二問句的寫法正如黃慶萱指出連續設問可以加強語文氣勢。〔註132〕換言之，若是他人極可能寫「俛出胯下，一笑之恥不足言；推內溝中，九死之魂無人弔」作一般的直敘法，如是固然典重，但孫覿長期流落有冤不能伸固然沮喪，卻也飽含憤懑，若只單純陳述，實不能充分表現其激昂的心情。另外，孫覿問句以「復誰弔」作結，亦巧妙帶出對万俟卨「行中準繩而不差」慷慨助己的感念。

如前述上下聯皆為問句對偶者，若「視槍榆之笑，奚為負南海之風？感涸轍之呼，安用激西江之水？」〔註133〕用雙重反問句傳遞才能難施的感慨與忿忿；而「曷為兩怒至於興戎？孰謂一言可以靖國？」〔註134〕兼用誇飾的手法，質問戰事並不如人們想的單純；又「既見王導，夫復何憂？得御李膺，云胡不喜？」〔註135〕於連番詰問中彰顯喜悅之情。

甚且，於問句經營上孫覿尚能表現諸多變化，如〈謝淩正言啟〉：

　　　　坐虎賁而見蔡邕，豈其然乎？射木人而惡蔣濟，亦已甚矣。〔註136〕

上聯援用《後漢書・鄭孔荀列傳》〔註137〕故事，以質問的語氣，懷疑像孔融這樣樂待人才的賢者是否正確。下聯推進之，典出裴松之《三國志注・和常楊杜趙裴傳》〔註138〕故事，指出像時苗這樣過度記恨賢才的人又太過分。此例與上舉諸例不同的是，其先以問句質疑，再用直述句回應，連貫上聯句意。申言之，上聯委婉諭示伯樂罕有，下聯則在此之上，言不只伯樂不常有，更且有許多迫害賢者的人。如是，則不同於其他偏好堆疊語意的駢文，而蘊含散文的氣勢。再像「脫兔投林，敢言擇地？驚烏遶樹，止欲偷安。」〔註139〕孫覿亦用提問的方式，一問一答，言自己何止不敢擇地，而是像驚烏般止欲偷安。

〔註132〕 黃慶萱：《修辭學》，頁 62。
〔註133〕 〈謝龍圖閣學士知溫州表〉，《全宋文》第 158 冊，卷 3423，頁 438。
〔註134〕 〈賀王樞密啟〉，《全宋文》第 159 冊，卷 3438，頁 192。
〔註135〕 〈賀王樞密啟〉，《全宋文》第 159 冊，卷 3438，頁 192。
〔註136〕 《全宋文》第 159 冊，卷 3436，頁 169。
〔註137〕 「與蔡邕素善，邕卒後，有虎賁士貌類於邕，融每酒酣，引與同坐，曰：『雖無老成人，且有典刑。』融聞人之善，若出諸己，言有可採，必演而成之，面告其短，而退稱所長，薦達賢士，多所獎進，知而未言，以為己過，故海內英俊皆信服之。」《後漢書》，卷 70，頁 2277。
〔註138〕 「苗以初至往謁濟，濟素嗜酒，適會其醉，不能見苗。苗志恨還，刻木為人，署曰『酒徒蔣濟』，置之牆下，旦夕射之。」【晉】陳壽撰，【南朝宋】裴松之注：《三國志》（北京：中華書局，1982 年），卷 23，頁 662。
〔註139〕 〈謝杜殿院啟〉，《全宋文》第 159 冊，卷 3437，頁 181。

另孫覿也能善用補字經營問句，比方〈謝國史洪舍人啟〉：

> 若曰下茂陵求遺藳於身後，孰如訪濟南誦逸書於生前？〔註140〕

孫覿明指與其如《史記·司馬相如列傳》中漢武帝於司馬相如死後搜取遺藳，〔註141〕不如像《史記·儒林列傳》中孝文帝晁錯於伏生在世時訪求逸書。〔註142〕在此，以「若曰」搭配「何如」的句式，形成選擇複句，運散行於排偶間，使文氣益發暢達。又如「與其悼犬馬之死於蓋帷，孰若貸樗櫟之生於斤斧？」〔註143〕亦是透過相似的補字技巧，形成取捨複句，使文意橫生波瀾。

此外，句子和屬對的長短，亦常成為左右風格的關鍵因素。一般而言，四、六言等雙數句因節奏勻稱，故多典重，為荊公派作家之長，所謂「四六施於制誥表奏文檄，本以便於宣讀，多以四字六字為句」〔註144〕。至若，其他五、七、九言甚或單雙交混之雜言，由於節奏組合繁多，故多變化，而能製造文氣吞吐，為東坡體作家擅長者，所謂「以散行之氣，運對偶之文」〔註145〕。然今觀蘇軾四六文只是肇其端，〔註146〕迄要到孫覿始發揚之，謝伋、孫梅云：

> 宣和間多用全文長句為對，習尚久之，至今未能全變。前輩無此體也。〔註147〕

> 古之四六句自為對語，簡而筆勁，故與古文未遠。其合兩句為一聯者，謂之隔句對，古人慎用之。非以此見長也。故義山之文，隔句不過通篇一二見。若浮溪非隔句不能警矣。甚至長聯至數句，長句至十數字者。以為裁對之巧，不知古意浸失，遂成習氣，四六至此，弊極矣。其不相及者一也；義山隸事多，而筆意有餘；浮溪隸事少，

〔註140〕《全宋文》第 159 冊，卷 3440，頁 230。此文《全宋文》誤收入汪藻文。

〔註141〕「相如既病免，家居茂陵。天子曰：『司馬相如病甚，可往後悉取其書；若不然，後失之矣。』」《史記》，卷 117，頁 3063。

〔註142〕「伏生者，濟南人也。故為秦博士。孝文帝時，欲求能治尚書者，天下無有，乃聞伏生能治，欲召之。是時伏生年九十餘，老，不能行，於是乃詔太常使掌故晁錯往受之。」《史記》，卷 121，頁 3124。

〔註143〕〈臨安府乞宮觀第二狀〉，《全宋文》第 158 冊，卷 3423，頁 444。

〔註144〕《四六談麈》，頁 1。

〔註145〕程杲〈四六叢話序〉，【清】孫梅輯：《四六叢話》（上海：蔡青閣，1922 年），頁 2。

〔註146〕程千帆、吳新雷：《兩宋文學史》（上海：上海古籍出版社，1991 年），頁 521～522。

〔註147〕《四六談麈》，頁 1。

而筆意不足，其不相及者二也。〔註148〕

宣和（1119～1125）年間，以四六文名家者首推汪藻、孫覿，〔註149〕而二人相同處係多以長句長聯為對，〔註150〕可以說正是宋代四六文從「典雅」轉向「雄博」的重要人物。張仁青指出：「四六聯太長，句太多，自是宋人一病。至於隸事少，而每一意必以較長之句達之，則正其所以能生動也。」〔註151〕推而言之，李商隱等唐人常將典故濃縮為短句，固然使文意精鍊，又約束作短聯，固然使行文典重，但也容易使文氣過於凝滯，難以流動。反觀汪藻、孫覿之長句長聯則好用成語，把典故運使於較長的文句中，弊病在於可能使文章語長而意簡，然若安排得當，其由於更擅長伸縮變化，營造出的氣勢，又遠勝於李商隱等四六文作手，試觀孫覿〈范宗尹除集英殿修撰提舉西京崇福宮制〉：

> 昔唐太宗破高麗，悵然歎鄭公之已亡，而歸其遺忠；魏武帝勝烏桓，
>
> 翻然悟諫臣之愛己，而獨見褒賞。〔註152〕

本例上聯取用《資治通鑑‧貞觀十九年》〔註153〕，下聯取用裴松之《三國志注‧武帝紀》〔註154〕，旨言諫臣有犯無隱，人君觀過知仁的重要。特殊的是，孫覿採用三句長聯的方式表達，正所謂用事少而語長，然也因此催生雄闊的文氣。孫覿首先用「昔」字將時間拉往過去，其後二聯採主謂結構，聚焦於唐太宗、魏武帝之人物述寫上，用動詞「破」和「勝」精要而有力地展現帝王的英

〔註148〕 【清】孫梅輯：《四六叢話》，卷33，收於王水照編：《歷代文話》第5冊（上海：復旦大學出版社），頁4980～4981。稍需說明的是，蔡青閣出版的《四六叢話》未見此段文字，復旦大學出版之《四六叢話》則沒有程杲的序。

〔註149〕 程千帆、吳新雷：《兩宋文學史》，頁545、548。

〔註150〕 汪藻可以算是荊公和東坡派集成大者，如陳振孫云：「本朝楊、劉諸名公猶未變唐體，至歐、蘇，始以博學富文，為大篇長句，敘事達意，無艱難牽強之態，而王荊公尤深厚爾雅，儷語之工，昔所未有。紹聖後置詞科，習者益眾，格律精嚴，一字不苟措，若浮溪尤其集大成者也。」參氏著：《直齋書錄解題》，卷18，頁526。

〔註151〕 《駢文學》，頁517。

〔註152〕 《全宋文》第158冊，卷3419，頁369～370。

〔註153〕 「上以不能成功，深悔之，歎曰：『魏徵若在，不使我有是行也！』」【宋】司馬光編著，【元】胡三省音注：《資治通鑑》（北京：中華書局，1956年），卷198，頁6230。

〔註154〕 「曹瞞傳曰：時寒且旱，二百里無復水，軍又乏食，殺馬數千匹以為糧，鑿地入三十餘丈乃得水。既還，科問前諫者，眾莫知其故，人人皆懼。公皆厚賞之，曰：『孤前行，乘危以徼倖，雖得之，天所佐也，故不可以為常。諸君之諫，萬安之計，是以相賞，後勿難言之。』」《三國志》，卷1，頁30。

武，但馬上接繼唐太宗、魏武帝之「悵然」、「翻然」，隨後以「而」連接，講二人深自痛省的行為，讓形象瞬間轉折，變為對臣子有情的君主。要之，二聯各自為一個起→轉→合的結構，衍然把散文的文氣、散文的鋪排灌入俳偶之文，在整齊中蘊含淋漓氣勢。再觀孫覿以下長聯：

> 陳平奉太后渝高帝之盟，盡王諸呂，實欲安劉；蕭何勸沛公固項籍
> 之意，趨駕漢中，志在蹶楚。〔註155〕

上聯援引《史記‧呂太后本紀》〔註156〕故事，下聯援引《漢書‧蕭何曹參傳》〔註157〕故事，作為「事有冒大害而就利」和「世有用至弱而為強」的例證，由於上下聯結構相似，茲分析上聯為例。蓋在此孫覿用「兼語句套連謂句」的形式延展文意，造就「主語1（陳平）+述1（奉）+兼語（太后）+述語2（渝）+賓1（高帝之盟）+述語3（盡王）+賓語2（諸呂）+〔主語1（陳平）〕述語4（實欲安）+賓語3（劉）」的結構。上下聯分開來看誠為散語，然合而觀之，卻又為駢語。換言之，此可稱作散化的駢語。蓋若依循傳統駢文寫法的作者，可能寫為九四言「陳平奉太后盡王諸呂，實欲安劉；蕭何勸沛公趨駕漢中，志在蹶楚」，或六六言「陳平實欲安劉，奉太后王諸呂；蕭何志在蹶楚，勸沛公趨漢中」之類，然整體而言，文氣就不像孫覿般疏闊，畢竟句子偏短或恰到好處，難免使閱讀時的節奏過於尋常，無法如孫覿文句給人一種懸綴直下、一氣呵成之感。

另外，孫覿亦常運用虛詞串接長聯，使句意有更緊密的結合，像〈臨安府乞宮觀第二狀〉：

> 顧吏能淺薄，干城固圄，初無尺寸可采之勞；而將事艱難，避寵辭
> 榮，又涉逋慢不恭之罪。〔註158〕

〔註155〕〈賀史相啟史兼樞密院事〉，《全宋文》第159冊，卷3436，頁201。

〔註156〕「太后稱制，議欲立諸呂為王，問右丞相王陵。王陵曰：『高帝刑白馬盟曰『非劉氏而王，天下共擊之』。今王呂氏，非約也。』太后不說。問左丞相陳平、絳侯周勃。勃等對曰：『高帝定天下，王子弟，今太后稱制，王昆弟諸呂，無所不可。』太后喜，罷朝。王陵讓陳平、絳侯曰：『始與高帝喋血盟，諸君不在邪？今高帝崩，太后女主，欲王呂氏，諸君從欲阿意背約，何面目見高帝地下？』陳平、絳侯曰：『於今面折廷爭，臣不如君；夫全社稷，定劉氏之後，君亦不如臣。』王陵無以應之。」《史記》，卷9，頁400。

〔註157〕「臣願大王王漢中，養其民以致賢人，收用巴蜀，還定三秦，天下可圖也。」《漢書》，卷39，頁2006～2007。

〔註158〕《全宋文》第158冊，卷3423，頁444。

上例產生雄博之風的途徑為：透過連詞「顧」、「而」以及副詞「初」、「又」的添加，連貫文氣。換言之，若去掉上述四字，讀來易有截斷感。總之，本例藉由長聯的運用，形成「因為此前提→故有此行為→最後有此結果」的嚴密推導架構，委曲道盡「吏能淺薄」、「將事艱難」的情況，使言說更具氣勢。孫覿〈乞宮祠狀〉亦類此：

> 第頹齡向盡，懷恩不復，尚圖橫草之功；而老馬虺隤，貪戀君軒，
> 猶有敞帷之望。〔註159〕

上例用「第」、「尚」、「而」、「猶」穿貫文意，組織成「因為此前提→而有此行為→但仍懷抱此願望」的結構，在最末忽焉轉折，使文章跌宕非常，表露自我希冀被成全的懇切之心。較諸單句對或隔句對，長句對誠然更近似散文，善於鋪排，長於吞吐。可以說，孫覿好使長聯的背後，實體現其對雄博文風經營的用心。

第三，結合字詞及屬對，並落實到整體篇章而論，則如孫覿〈謝万俟相啟〉〔註160〕開首云：

> 夢得之謫，九年嘗賦大鈞之問；屈平之放，三載尚從太卜之占。況
> 茲三紀流落之餘，而有一旦遭逢之異。伏念某頃緣學者進貳憲臺，
> 五疏請和戎，可紓一時倉卒非常之變，以安國步；一章論伏闕，必
> 啟異日群小不肖之心，以召亂階。豈固為譊譊異論以冒刑誅？姑欲
> 效惓惓愚忠以裨廟算。

以四／八言隔句對開篇，用「嘗……尚」形成遞進複句，強調劉禹錫和屈原被貶謫猶忿忿於人事，傷憐於自身遭遇，孫覿進一步言自己比劉禹錫及屈原更淒慘，既「三紀流落之餘」且「一旦遭逢之異」，為下文將感謝万俟卨埋設伏筆。其後孫覿回顧過去，先用散語過渡，並以三句長聯鋪排，承接上文，精省有力地陳述昔日「請和戎」、「論伏闕」的建言，再一轉折採用激問法，直指自我的作為或似「譊譊異論」，但更是「惓惓愚忠」，又開下文。蓋長聯長句的安排使全段文氣綿密有力，且全段形成起→承→轉的敘事結構，益富波瀾，不若許多駢文用平板的腔調講空洞的言語。文章續云：

> 大臣按劍而怒，彼游魂之聚，小醜何為？諸生舉幡而來，謂中興之
> 佐，一夔已足。既大違於國是，旋黜守於方州。未幾胡塵，再犯京

〔註159〕《全宋文》第158冊，卷3423，頁446。
〔註160〕《全宋文》第159冊，卷3435，頁150～151。

闕，生民罹塗炭之害，中都萃蛇豕之妖。靖康龍沙萬里之遷，明受
錢唐二凶之叛。誰為事首，端坐自如？獨有言狂，眾慍猶在。皇天
悔禍，聖主厭兵，始畫地尋和戎之盟，亦制辟微伏闕之士。不辨履
霜之早，固知圖蔓之難。某之不才，過乃由此。

又一長聯敘說陳東引領太學生伏闕上書等情事。特殊的是，孫覿採一問一答
對話的方式，鮮明呈顯彼時大臣和太學生的反應。蓋上聯著重寫情緒，強調
「怒」，輔以「按劍」之形容，精簡表現大臣們的憤慨，值得注意的是下二句
並非站在書寫者孫覿的視角言之，而是大臣的話語，從「彼游魂之聚，小醜何
為？」之反問，可見主戰派大臣們袒露的無比自負。繼之，下聯則著重在動作，
強調「舉幡而來」亦旨在寫諸生的舉止，「一夔已足」則斬釘截鐵地展現諸生
的自信。其後，孫覿道出自己和太學生們的意見相佐，大異國是，乃被貶黜，
在此採六六言的形式，整齊典重，接續上文，乃有舒緩文氣之效，又「既」與
「旋」表連帶關係，頗有事已至此，夫復而言的味道，又傳達百般無奈之餘，
孫覿且有為自己喊冤的意圖。

再下「未幾」二字迅猛轉折，道出金兵再犯京闕的慘況，且又轉而直指靖
康之變，反問「誰為事首」，指出「眾慍猶在」，其後才「始畫地尋和戎之盟」，
孫覿進而抖出段旨，哀歎自己的不才，未辨局勢而犯錯，言下之意乃聲明錯不
在己。

上段敘事層層疊疊，起伏萬千，先道出大臣、太學生請戰一事，貌似認同
之，然筆鋒忽轉，言自己被黜守，而他人請戰的後果使胡塵即刻壓境，間接暗
示自我委屈以及請和乃先見之明，繼而抖出自己被貶為非戰之罪。綜言之，全
段埋設伏筆，敘述步步推進，最末八字「某之不才，過乃由此」則輕巧收束，
錯落有致，雄博之風因此而生。再下孫覿又云：

茲蓋伏遇僕射相公三朝雋老，一代名臣。歷睹群公朋黨儺復之私，
馴致四郊戎馬長驅之禍。餘風未殄，巨蠹相乘。踐覆車之轍而弗疑，
抱救火之薪而益肆。面謾君父，蔑視同寀。方造膝論事而猜忌忽生，
又反眼為仇而凶怒不測。況於草芥，踐蹋何嫌？重以雷霆，糜沈可
待；側聞爰立，實慰具瞻。始以尊君、親上、仁民、愛物之心，盡革
妒賢、嫉能、惡直、醜正之弊。興哀故物，加惠窮途。收之納溝必
死之中，被以骨肉更生之造。餘年索矣，稱效茫然。班荊履椒舉之
亡，固不渝於一諾；結草亢杜回之後，尚圖報於九原。

到了本段陳明全文主旨時，孫覿行文仍具跌宕風采。首先指出万俟卨為舊老名臣，其次敘述万俟卨經歷時，本可精省地書寫為六言「歷睹朋黨之私，馴致戎馬之禍」，但孫覿偏偏採十言的形式加上「群公」、「四郊」，強調「朋黨」人數之眾，以及「戎馬」危害之甚。又孫覿更且添以「讎復」、「長驅」形象化「朋黨」危害之甚和「戎馬」進逼之劇。孫覿又用四言「餘風未殄，巨蠹相乘」收煞，一長一短的節奏，使全文促緩有緒，後孫覿賡續以一長一短「八言／四言」、「十言／四言」鋪展群小亂象。至若，第一例主要以動詞經營氣勢，蓋「踐」、「抱」、「謾」、「視」盡為去聲字，使句子渾厚有力。第二例則善用「方」、「又」、「況」、「何」強調語氣，使句子波瀾備至。孫覿再言「實慰具瞻」等語稱揚万俟卨，典雅收歸。爾後，孫覿再將句子拉長，言「尊君親上仁民愛物」、「妒賢嫉能惡直醜正」，用條列的方式，堆砌字詞，增強氣勢，歷數万俟卨進善革弊之舉，凸顯其功，再用「興哀故物，加惠窮途」簡要收結。

於後敘述万俟卨收納溝中，對人有再造之恩的功蹟，在此孫覿先是讚美設下伏筆，繼之轉言「餘年索矣，稱效茫然」，指明自己乃溝中等待救援的人，又孫覿援用《左傳・襄公二十六年》〔註161〕故事，聲子實踐說服楚王重用伍舉的承諾，表達對万俟卨助己重返朝廷的感謝，以及引述《左傳・宣公十五年》〔註162〕故事，老人結草亢杜回以報魏顆未用其女為殉之恩，孫覿言來日將報恩於万俟卨。蓋對比前文之白描，孫覿忽用故事又一轉，於疏盪中語藏含蓄，使全文再添變化。總括而言，泛覽全文，能見孫覿十分講究行文結構，直述與用典並用，又援散入駢側重文氣經營，所締造出的雄博文風。

另孫覿〈賀黃樞密啟〉〔註163〕云：

> 伏審大庭作命，登用宗公；兵府疇庸，擢領樞要。雅望久孚於帝簡，歡言遂溢於朝端。某聞以大事小者知天，以強勝弱者有道。廢興命也，惟順天者退藏以俟命；顯晦時也，惟得道者遵養而待時。夫豈

〔註161〕「伍舉奔鄭，將遂奔晉。聲子將如晉，遇之於鄭郊，班荊相與食，而言復故。聲子曰：『子行也，吾必復子！』……聲子使椒鳴逆之。」《春秋左傳詁》，卷14，頁587。

〔註162〕「初，魏武子有嬖妾，無子。武子疾，命顆曰：『必嫁是。』疾病，則曰：『必以為殉。』及卒，顆嫁之，曰：『疾病則亂，吾從其治也。』及輔氏之役，顆見老人結草以亢杜回，杜回躓而顛，故獲之。夜夢之，曰：『余，而所嫁婦人之父也。爾用先人之治命，余是以報。』」《春秋左傳詁》，卷10，頁430。

〔註163〕《全宋文》第160冊，卷3473，頁268～269。

> 輕用方人之生，以求自快一朝之忿？繫楚子寢門投袂拔劍之怒，不
> 可但已；而魯人長府稅甲執冰之游，其如彼何？謂莫如勝己之私，
> 以少忍待天之定。

首先以簡重之四／四式開題。迄後，用七言蕩開一筆，透過副詞「久」和「遂」加強了句意的連貫，凸顯黃祖舜之雅望崇高，使朝端歡言滿溢。惟更為特別的是，孫覿就「某聞」發端，申發議論，縮合《孟子‧梁惠王》〔註164〕和《老子‧七十八章》〔註165〕之典故，雖是舊有論調，然「大事小」、「強勝弱」確能顛破常人之思，和一般稱述他人功績之樣板文章迥異。

再後，孫覿點出廢興顯晦乃命乃時等語，則更進一步陳明知天者和有道者的生命體認，是「退藏俟命」、「遵養待時」。惟孫覿敷衍完道理，瞬而陡轉採「豈」詰問之，反面托出「用方人之生求自快一朝之忿」的荒謬，發揮承上啟下的功能，而散語的使用，形成閱讀的頓點，再續接十一字的長聯，並用四言交替錯縱，使文章疏密有致，且化用《左傳‧宣公十四年》〔註166〕及《左傳‧昭公二十七年》〔註167〕的典故，一言人之怒指人心的不安，好比楚莊王為幫申舟報仇般的躁急，一言天之道指人心的迷信，好比范獻子所言季孫乃天救。在此，除反對、經語對經語，能作到對仗精工外，孫覿更拉長文字，造就長型的結構，蓋「楚子寢門投袂拔劍」乃形容怒，而「魯人長府稅甲執冰」乃形容游，不只善用典故誇飾，甚且在八字加緊的節奏中，強調了「怒」和「游」。更令人歎服的是，孫覿拈出「其如彼何」之問句，後用「莫如」突地作結，顛破前文楚莊王之舉和范獻子之言，道二例受制外物的不是，收攏主題，愈發顯揚「勝己之私以待天之定」的道理。

〔註164〕「齊宣王問曰：『交鄰國有道乎？』孟子對曰：『有。惟仁者為能以大事小；是故湯事葛，文王事混夷。惟智者為能以小事大；故大王事獯鬻，句踐事吳。以大事小者，樂天者也；以小事大者，畏天者也。樂天者保天下，畏天者保其國。』」《孟子正義》，卷4，頁110～112。

〔註165〕「故弱勝強，柔勝剛，天下莫能知，莫能行。」朱謙之：《老子校釋》（北京：中華書局，1984年），頁302。

〔註166〕「楚子聞之，投袂而起，屨及於窒皇，劍及於寢門之外，車及于蒲胥之市。秋九月，楚子圍宋。」《春秋左傳詁》，卷10，頁426。

〔註167〕「范獻子取貨于季孫，謂司城子梁與北宮貞子曰：『季孫未知其罪，而君伐之。請囚、請亡，於是乎不獲。君又弗克，而自出也。夫豈無備而能出君乎？季氏之復，天救之也。休公徒之怒，而啟叔孫氏之心。不然，豈其伐人而說甲執冰以游？叔孫氏懼禍之濫，而自同于季氏，天之道也。』」《春秋左傳詁》，卷18，頁784。

　　要之，本段結構為：拈出原則→舉不合原則的例子→再次強化原則。由此見孫覿善於組織文章間架，表彰黃祖舜能任樞密，非是人力或天道的單獨化成，而是人力為先又與天道彌合的結果。該文續云：

> 共惟樞密同知久繫天下之望，出值聖人之時，進服邇僚，典司密命。任前人縱虎兕之遺患，當今日履淵冰之大憂。救焚之亟如頭然，已不逮曲突徙積薪之計；扶顛之勢如瓦解，則又非一繩維大樹之功。欲速則治亂絲而愈棼，小緩則坐漏舟而將溺。將士驕墮，無致身效命之忠；財粟殫亡，無固圉實邊之具。且可用柔道紓一旦之急，而後建長策圖萬世之安。在謀國以宜然，亦未天而有待。

本段前部分可謂賀啟不得不然的客套話，至後連串的長聯則轉入正題，雖是連連駢偶，孫覿仍能維持雄博的文風。首先運使九言，透過今昔對比，凸顯黃祖舜之戒謹。接續此，用七／十式的隔句對，本可言「救焚之亟，不逮曲突積薪」之四／六式，然孫覿卻適時添入「如頭然」和「已」強調急迫，「如瓦解」和「又」凸顯艱鉅，這般安排無疑使意義益發加重。另云「積薪」和「大樹」，而不單言「薪」和「樹」，則使焦點集中在動詞上。換言之，若寫為「曲突徙薪之計」則為「二／二／二」之節奏，然而作「曲突徙積薪之計」則為「二／一／二／二」的節奏，是故人們在朗誦之時，乃會將停頓點落在「徙」上，同理下句的停頓點亦在「維」上，使動詞益發凸顯，語句更有力道。

　　除了情勢的危殆外，孫覿尚且藉由反對的方式突出主事者決策的困難，直指無論「欲速」或「小緩」都將讓情況更為加劇。爾後，孫覿乃舉出更具體的實境，包括「將士驕墮」和「財粟殫亡」，最後提出對策，以為「可用柔道紓一旦之急，而後建長策圖萬世之安」。

　　全段結構可概括為起頭問候語→言情勢危急→舉實例佐證→擬解決方法。行文縝密，論述周詳，允為孫覿四六長處，和一般流麗空疏者不同。惟如果一味鋪張，難免有失分寸，故於結尾處孫覿表現自我對黃祖舜的崇敬之心時，將屬對縮短，言：

> 某久預英游之末，側聆流議之餘。論事急當務之先，著書得知言之要。殆茲柄用，實竦巖瞻。必千慮以謀初，則萬全而善後。道德之咸無競，用收復古之勳；慈儉之寶不爭，遂享銷兵之福。

上述全文四言、六言、七言，乃典型的四六句式，又僅有一個隔句對，其餘皆為單句對，故較「典重」。由此見，孫覿四六在書寫上能轉換得宜，鋪排靈活。

　　如果說上述只著眼在孫覿文章的分析，而難以窺見孫覿不同於其他作者之處，以下則嘗試作篇章比較，以凸顯之。首先，如同樣寫給陳康伯的賀啟，孫覿〈賀陳左相啟〉云：

> 某啟：大庭作命，揆路升華。鼎鉉不移，首冠九官之右；台符增煥，益隆四海之瞻。某聞解琴瑟之絃，所以正五音；調鼎鼐之實，所以齊眾口。<u>蓋習治久安之弊，而覯歲愒日之多？</u>蟻穿弗填，有潰隄抉石之憂；蔓草不圖，為錯節盤根之患。<u>悼折肱之已誤，顧反掌而奚難？</u>戒覆車之轍則安焉，易敗者之棋則勝矣。恭惟僕射相公受天大任，為國元臣。屬當宁旰食之物，承前人覆餗之後。鍊五色之石而欲試補天之手，儲萬金之藥而共推醫國之工。剔除邦蠹而復睹清明，救療民瘝而一蘇疲瘵。丕冒惟新之化，獨高再造之勳。書郭中令之考，而與國均休；享衛武公之年，而與民偕樂。訟言如此，與論所同。某枯朽陳人，伶俜末路。久託林居之陋，側聞廷渙之傳；倍深喜躍之情，實謂知憐之素。<u>惟宰路播洪鈞之大，每懷藜藿不采之恩；而神山隔弱水之遙，詎復難犬同升之望？</u>〔註168〕

再觀王十朋〈賀陳左相康伯〉曰：

> 誕敷明命，榮陟首台，用賢非以序遷，簡帝實由人望。某官學傳聖絕，心造道微。德寬大而能有容，氣直剛而不可奪。入則以嘉猷而告君，出則以斯道而覺民。房玄齡心不啟權，斯能持於眾美；蕭相國法若畫一，固宜冠於群臣。況宰相以鎮撫四夷，而丈夫當掃除天下。今日之事，舍公其誰？侵疆未歸，人咸望於夫子；不仁者遠，功實在於臯陶。罔俾古人，獨專其美。〔註169〕

與王十朋的謹嚴不同，孫覿所以雄博處有三：

　　一、用字上，王十朋顯得較為平板，如讚美陳康伯「學傳聖絕」、「德寬大而能有容」之類，皆沒有太多的藻飾，流於泛泛的形容詞使用。反觀孫覿則運用諸多像「益隆四海之瞻」、「鍊五色之石而欲試補天之手」的語句，藉此渲染陳康伯的品德。

　　二、句型上，王十朋多為普通的陳述句，僅一個問句，且這一問句乃散語，以作為過渡之用，不若孫覿使用了三個問句，且這三個問句乃由駢語組成，頗

〔註168〕《全宋文》第 159 冊，卷 3438，頁 193～194。
〔註169〕《全宋文》第 208 冊，卷 4626，頁 345～346。

能強化和推進語意，如畫線處第一例前後皆直指無心於施政的弊病；而第二例前句言國家積弊已成，後句則以質問的方式寫對於陳康伯而言，如要解決這樣的困境其實並不困難；再像第三例前句稱頌完陳康伯之後，更採問句進一步委婉表示自己無意再涉足仕途的想法。由此見，孫覿的問句環環相扣，使用上遠較王十朋高明，是以讓孫覿文章更顯波瀾。

　　三、句子和屬對的長短上，王十朋多為單句對，句子亦多維持在四至八言。然孫覿則多隔句對，句子且有長達九言，甚或十二言，而長句長聯和短句短聯的差別，即在同是「一個節拍」的情形下，長聯置入更多語詞，將使節奏增快，故容易營造雄博氣勢。換言之，適時將長句長聯加入行文，長短交錯，可讓文章益發跌宕。

　　另同樣是「除樞密院」的制誥，孫覿〈尚書右丞孫傅除同知樞密院制〉云：

> 昔單于入朝於漢，遇宰相王商却立，而不敢仰眂；晉人觀釁於齊，
> 憚晏子退舍，卒不敢加兵。蓋賢者在朝，人民忻怗，不動聲氣，自
> 然折衝，故能正容色於一怒之間，而儋威靈於萬里之外。具官某宏
> 毅而任重，博洽而有文，險夷一心，踐更眾職。危言直論，固嘗折
> 遠夷無蓺之求；繕甲治兵，又欲刷四鄰交侵之恥。〔註170〕

孫覿首先以三句長聯破題，分別援引《漢書・王商史丹傅喜傳》〔註171〕和《晏子春秋・內篇・雜上》〔註172〕二個典故，藉王商和晏子直指賢者應以保衛國家為能事。其後孫覿運使四個四言，一氣呵成，再次凸顯「賢者在朝」的重要，不只使「人民忻怗」，猶且要能「自然折衝」，於內於外皆能安定國家。其後，孫覿藉由「怒」與「儋」之人物情緒生動點出賢者威儀，足以威震四海。繼而，孫覿轉以讚揚孫傅「宏毅任重」和「博洽有文」。另可注意的是，孫覿以「固

〔註170〕　《全宋文》第 158 冊，卷 3419，頁 374。
〔註171〕　「明年，商代匡衡為丞相，益封千戶，天子甚尊任之。為人多質有威重，長八尺餘，身體鴻大，容貌甚過絕人。河平四年，單于來朝，引見白虎殿。丞相商坐未央廷中，單于前，拜謁商。商起，離席與言，單于仰視商貌，大畏之，遷延卻退。天子聞而歎曰：『此真漢相矣！』」《漢書》，卷 82，頁 3370～3371。
〔註172〕　「晉平公欲伐齊，使范昭往觀焉。……景公謂晏子曰：『晉，大國也。使人來將觀吾政，今子怒大國之使者，將奈何？』晏子曰：『夫范昭之為人也，非陋而不知禮也，且欲試吾君臣，故絕之也。』」【先秦】《晏子春秋》（南京：鳳凰出版社，2017 年），頁 86。

嘗」和「又欲」串接語句,使得上下文意關係更密,副詞的運用自也加強了文氣的流動,而「折遠夷」與「刷四鄰」亦有力地突出了孫傅剛義忠勇的形象。

反觀被評為「謹守法度」的周必大,其〈王炎除樞密使加封邑制〉曰:

> 門下:碩膚四國,是皇亦既久臨於井絡;文武萬邦,為憲莫如就正於斗樞。雖未賦三年之歸,固宜先多祉之受。我有渙號,人其樂聞。左中大夫、參知政事、四川宣撫使、清源郡開國侯、食邑一千二百戶、食實封三百戶、賜紫金魚袋王炎,迪志高明,賦材英傑。負博古通今之學,濟康時經遠之謀。皋陶之翼舜朝,選雖以眾;張良之從漢祖,授或自天。粵貳政於中臺,即宣威於全蜀。慮無遺策,事不辭難。和眾安民,得歡心於將帥;補軍蒐乘,屬武節於邊疆。邦儲裕於廛𥠖,國馬蕃於互市。以其圭觀,固深簡於朕懷;無使袞歸,復重違於人望。何惜異數,於昭壯猷。二府分班,左右幹鈞樞之柄;太微占象,東西齊將相之光。按四品以升階,度諸侯而賜爵。載疇多邑,併寵元戎。匪時信臣,孰對隆委?於戲!樞機之重,中外所同。西顧未寬,則藉精神而折千里;群方庶定,則還英俊以彊本朝。往殫厥心,終濟予治。可特授樞密使、左大中大夫、依前四川宣撫使,進封清源郡開國公,加食邑一千戶,食實封四百戶。〔註173〕

從上可見,周必大句式多為四、六、七言,對仗則多為單句對或隔句對,這般形式自容易產生典重有餘,而流蕩不足的情形。再如言及「皋陶」、「張良」典故時,周必大使用「雖」和「或」連接上下二句,然而全聯一方面由於皆為偶數六四言,故節奏上頗為整齊,難見恣意的文氣流動,且在用字上亦不見斬截有力的字眼,如「和眾安民」、「以其圭觀」、「二府分班」各聯。全段唯一較具雄博氣勢者只「西顧未寬」一聯,但周必大的「藉精神而折千里」遠不若孫覿的「憺威靈於萬里之外」或「固嘗折遠夷無藝之求」,畢竟「憺」乃震動、使人畏懼之意,而「藉」則為「依賴」之意,在動作形象上遠遠不及。又同樣使用「折」,但周必大是「折千里」,「千里」雖有誇飾功能,卻仍是較抽象的名詞,相對而言孫覿的「折遠夷無藝之求」則寫及具體的名詞「遠夷」,有效地凸顯孫傅之剛正。

總括而言,孫覿四六文不論是字詞,抑或屬對,再到整體篇章上,相較於多數「謹守法度」師法王安石四六文的作者,其「雄深浩博」的風格,確實趨

〔註173〕《全宋文》第226冊,卷5023,頁205。

近蘇軾，展現與眾不同的樣貌。〔註174〕

第三節　奇傑的造語創發

「奇傑」造語最不可多得，畢竟其尤仰賴作者的才氣，而此非只在字句上下工夫所能成就，更必須動用到非凡的抽象創造力。如果說「精工的屬對」使文章凝鍊細緻，「雄博的字句」使文章氣勢非常，那麼令人歎服的是，孫覿更能創發「奇傑的造語」，使文章特異突出。

就內容和形式而言，大抵包括三個層面：一是孫覿常能寫出令人意想不到的「奇對」；二是孫覿常能寫出句型生新的文字，如「詩語句」；三是孫覿常能寫出許多具畫面感的文字。

第一，作對子向來是文人間的遊戲，本有一定的競技成分，四六文作為講求對仗的文類，此一競技心態自然更盛，而屬對誠有「奇巧」和「平庸」之分，也有「困難」和「簡易」之別，故前人指出：

> 奇對者，若馬頰河、熊耳山，此「馬」、「熊」是獸名，「頰」、「耳」是形名，既非平常，是為奇對。他皆放此。又如漆沮、四塞，「漆」與「四」是數名，又兩字各是雙聲對。又如古人名，上句用曾參，下句用陳軫，「參」與「軫」者同是二十八宿名。若此者，出奇而取對，故謂之奇對。他皆放此。〔註175〕

> 按此類對句，極不易得，故曰「巧對」，元兢《髓腦》謂之「奇對」。今人有以「王壬秋」對「卜子夏」，「中南海」對「右北平」者，亦極工巧。〔註176〕

質言之，佳妙的屬對必須「不平常」，必須令人「意想不到」，必須使人覺得

〔註174〕稍可補充者，袁桷〈答高舜元十問〉稱：「大要寡學而才氣差敏捷者，直師東坡。南渡以後，皆宗之。金源諸賢，只此一法。惟荊公一派，以經為主，獨趙南塘單傳，莫有繼者。」《全元文》，卷724，頁405。在袁桷看來，東坡四六文以才氣取勝，而王安石四六文以學問取勝，推測袁桷較喜王安石四六文，應是站在理學家的立場而言。至於，其說到南渡以後多宗法蘇軾四六文，可能是針對南宋中後期而言，且其云「獨趙南塘單傳」，可見袁桷當有拉抬趙南塘的用意。其實觀察兩宋之際的文人大抵多宗法王安石四六文，惟袁桷此說是否允當，又或其是站在哪一個角度言說，仍待進一步分析。

〔註175〕【日】遍照金剛：《文鏡秘府論彙校彙考》（北京：中華書局，2006年），頁760。

〔註176〕張仁青：《駢文學》，頁110。

「難度甚高」,方可謂「奇」,而觀諸孫覿四六文常可見到這番「奇傑」造語,如〈回楊侍郎啟〉:

> 雖無孔北海通家可為藉口,猶有孟東野並世相與為詩。〔註177〕

上聯援用《後漢書・鄭孔荀列傳》〔註178〕述自己不能和楊侍郎世世相交,而下聯援用韓愈〈醉留東野〉〔註179〕言自己慶幸能和楊侍郎並世以詩會友。意義上或許無甚特別,然屬對卻有奇傑之處。蓋孫覿把姓氏「孔」與「孟」對偶,合觀乃「孔孟」,象徵彼此是君子之交,而「北」與「東」皆為名字中的方向詞,又「海」與「野」一為水一為山,皆為自然景物。要知人名千種,若需對偶誠有一定難度,而孫覿能寫出如此對仗工整的句子,乃表現高超技藝。另像孫覿〈辭免吏部侍郎狀〉身世之感云:

> 精神銷於憂患,屢驚馬尾之書;名節壞於謗讒,孰聽鼠牙之訟。〔註180〕

上聯典出《史記・萬石張叔列傳》〔註181〕,意指自我因遭憂患故戒慎恐懼。下聯典出《詩經・行露》〔註182〕吐露自我遭謗讒而不能平反的憤懣沮喪。其中「馬尾」對「鼠牙」,與張仁青舉的奇對例子「馬頰」對「熊耳」類近,皆為「獸名對獸名」及「形名對形名」。蓋此類對句不平常的原因在於短短的一詞二字中,作者能成就兩個不同層面的對仗,再者「馬尾」、「鼠牙」、「馬頰」、「熊耳」都是僻詞,都是動物特定部位,一般文人較少使用,是以本聯堪為「奇對」。〔註183〕

〔註177〕《全宋文》第 159 冊,卷 3438,頁 199。

〔註178〕「膺請融,問曰:『高明祖父嘗與僕有恩舊乎?』融曰:『然。先君孔子與君先人李老君同德比義,而相師友,則融與君累世通家。』眾坐莫不歎息。」《後漢書》,卷 70,頁 2261。

〔註179〕「昔年因讀李白杜甫詩,長恨二人不相從。吾與東野生並世,如何復躡二子蹤。」《全唐詩》,卷 340,頁 3807。

〔註180〕《全宋文》第 158 冊,卷 3423,頁 434。

〔註181〕「建為郎中令,書奏事,事下,建讀之,曰:「誤書!『馬』者與尾當五,今乃四,不足一。上譴死矣!」甚惶恐。其為謹慎,雖他皆如是。」《史記》,卷 103,頁 2766。

〔註182〕「誰謂鼠無牙?何以穿我墉?」《詩經注析》,頁 42。

〔註183〕謝伋曰:「孫仲益〈直院草黃懋和罷相制〉云:『移股肱者,固非朕志;作耳目者,言皆汝尤。』又〈謝吏部侍郎表〉云:『名節壞於謗讒,孰聽鼠牙之訟;精神銷於憂患,屢驚馬尾之書。』」參《四六談麈》,頁 5。要之,謝伋雖未明白指出二聯是否為「奇對」,然既將二聯收入書中,可推斷謝伋應十分欣賞二聯。另可注意者,第一聯「股肱」對「耳目」,皆為人體器官,字詞選擇較少,故要精準對仗難度頗高,亦可證孫覿四六之奇巧。

此外，〈落職謝表〉述及自我衰病時亦堪稱巧妙：

新豐翁右臂已折，杜陵老左耳亦聾。〔註 184〕

上句源出白居易〈新豐折臂翁〉〔註 185〕，下句源出杜甫〈復陰〉〔註 186〕。殊為特出者，在屬對上尤是奇巧，如「新豐」與「杜陵」是地名，而「翁」與「老」皆指有年紀之人，「右」和「左」乃方向詞，「臂」和「耳」則為人體器官，「已折」和「亦聾」都形容身體殘疾。孫覿能在短短七字之中，化用典故，詩語對詩語，並且照顧到五項對仗，讓各字不只詞性相同，性質亦相同，尤見精妙。

再者，〈回莊守賀正啟〉寫春日盛景云：

二千石班春，占土牛而得歲；五百年住世，摩銅狄以興嗟。〔註 187〕

本例被前人指為四六警語，〔註 188〕上聯的「二千石」乃漢代九卿、郡守的俸祿，借代太守，「班春」為地方官頒布春令以督導農耕，而「土牛」的建造亦為勸民耕作。下聯化用《後漢書・方術列傳》〔註 189〕意指人事代謝迅速，令人歎惋。合而觀之，孫覿一方面稱頌莊守仁政，二方面感歎和莊守久無通訊，思念尤切。蓋「土」和「銅」為材質，「牛」與「狄」皆為雕塑物的形貌，這般屬對尤罕見，至為精巧。

若上舉諸例，皆著眼在單一的屬對上，那麼值得注意者，孫覿猶能在更高難度的長聯上，催生奇巧的造語，如〈謝淩正言啟〉：

有騅有駓，有騏有駱，一空冀野之群；非龍非螭，非虎非羆，出應渭濱之卜。〔註 190〕

上聯典出《詩經・駉》〔註 191〕寫馬的肥壯，讚揚魯僖公之德政，而孫覿藉此

〔註 184〕《全宋文》第 158 冊，卷 3424，頁 450。

〔註 185〕「新豐老翁八十八，頭鬢眉須皆似雪。玄孫扶向店前行，左臂憑肩右臂折。」《全唐詩》，卷 426，頁 4693。

〔註 186〕「君不見夔子之國杜陵翁，牙齒半落左耳聾。」《全唐詩》，卷 222，頁 2365。

〔註 187〕《全宋文》第 159 冊，卷 3434，頁 136。

〔註 188〕【宋】佚名：《翰苑新書集》（北京：書目文獻出版社，1988 年），前集卷 64，頁 519。

〔註 189〕「時有百歲翁，自說童兒時見子訓賣藥於會稽市，顏色不異於今。後人復於長安東霸城見之，與一老公共摩挲銅人，相謂曰：『適見鑄此，已近五百歲矣。』」《後漢書》，卷 82，頁 2745。

〔註 190〕《全宋文》第 159 冊，卷 3435，頁 159。

〔註 191〕「駉駉牡馬，在坰之野。薄言駉者：有騅有駓，有騂有騏，以車伾伾。思無期，思馬斯才。」《詩經注析》，頁 999。

稱頌聖上和凌正言之英明，為自己洗清冤屈。下聯典出《史記・齊太公世家》〔註192〕言文王出獵得卜，預示文王將得姜太公，孫覿乃委婉表示自己實是賢臣。令人歎服者，孫覿能自古書中找出「騅馳騏駱」及「龍螭虎羆」八個獸名聯繫一起，並且以「有」和「非」形成回還之節奏，達到強化他人及自己賢能之效果。

孫覿四六文尚能造就回文的形式，營造新穎，如：

西方佛以謂人而為鬼，鬼復為人，歷三生而懷恩未泯；北山公亦云

子既生孫，孫又生子，累千世而圖報難忘。〔註193〕

上聯剪裁自韓愈〈弔武侍御所畫佛文〉〔註194〕，言生死的交替循環，下聯剪裁自《列子・湯問》〔註195〕，云生命不斷延續，孫覿藉二者表現諄諄懇切的感恩之心。特殊的是，其所書寫的「人而為鬼，鬼復為人」和「子既生孫，孫又生子」之回文形式，在詩的創作上或許不是難事，如王安石、蘇軾皆有相關作品，〔註196〕但孫覿使用在四六文中，猶能照顧到出處，使對仗精工，就有一定難度，〔註197〕何況本聯為「事對」之長聯，較諸「言對」在操作上更需超常的才氣。黃慶萱云：「宇宙人生的循環、相對、因果等現象既然是回文的淵源，回文就應在這個源頭上保持天趣。」〔註198〕孫覿寫人與鬼、子與孫的階段交替，確能營造合乎宇宙人生的天然趣味。

第二，在句式營造上，孫覿同樣展現特殊性。蓋四六文之得名，乃源於其常用四言、六言組織成文，唐代以前大抵如此。至宋代，雖如本章第二節所云，長句逐漸增加，七言、八言、九言所在多有，縱或如此，仍有常見與不常見之別。值得注意的是，孫覿尤善於在四六文中運用少見的五、七言詩體句，以發

〔註192〕「西伯將出獵，卜之，曰『所獲非龍非螭，非虎非羆；所獲霸王之輔』。於是周西伯獵，果遇太公於渭之陽，與語大說，曰：『自吾先君太公曰，當有聖人適周，周以興。』」《史記》，卷32，頁1477～1478。

〔註193〕〈復左朝奉郎謝表〉，《全宋文》第158冊，卷3423，頁446。

〔註194〕「吾師云：『人死則為鬼，鬼且復為人。』」《全唐文》，卷557，頁5641。

〔註195〕「北山愚公長息曰：『汝心之固，固不可徹；曾不若孀妻弱子。雖我之死，有子存焉；子又生孫，孫又生子；子又有子，子又有孫；子子孫孫無窮匱也，而山不加增，何苦而不平？』」《列子集釋》，卷5，頁160。

〔註196〕如王安石〈碧蕪〉、蘇軾〈題金山寺回文體〉將具回文形式之詩句。

〔註197〕經檢索，本例上聯目前雖只可上追到韓愈文，但從〈弔武侍御所畫佛文〉的敘述看來，此說源自佛教，應由來甚久，是以概可將之視為子語，全聯則為子語對子語，乃精工。

〔註198〕黃慶萱：《修辭學》，頁649。

揮「點綴、調節語言的作用」〔註199〕。

　　蓋五言句式，在四六文中並不多見，尤其隔句對者更少。〔註200〕莫道才云：「雙五式具有詩體的特點。特別是後二種節奏與近體詩無異（二、一、二；二、二、一）。而一、二、二節奏更具駢文的魅力。」〔註201〕易言之，採用這般形式者，張力甚大，可兼容詩與駢文的特性。

　　試觀孫覿〈謝中書王舍人啟〉：

　　　豈圖過聽，乃遇知音！雖門第極風馬之殊，而聲氣有霜鍾之感。游談
　　　借重，大筆垂褒。<u>青蒿倚長松，本自非其偶；豚蹄祝甌窶，何所欲之
　　　奢？</u>茲蓋伏遇侍講中書舍人古學淵源，探六經之蘊；高詞雅奧，起八
　　　代之衰。重講肆之席而辯若風生，脫筆吏之腕而思如泉湧。〔註202〕

上段文字一方面讚揚王舍人的才學，另方面訴說自己獲得知音的喜悅。前半部分多為四言、八言，是四六文常見的形式，惟至「青蒿倚長松，本自非其偶；豚蹄祝甌窶，何所欲之奢」則忽然從四言變為五言。在此，上聯添增自韓愈〈醉留東野〉〔註203〕，孫覿言自己在人格高潔如長松的王舍人面前，自慚若青蒿。下聯添增自司馬遷《史記‧滑稽列傳》〔註204〕，孫覿言自己不敢對王舍人有過多奢侈的請求。四句分別為「二一二、二一二；二一二、二一二」的節奏。換言之，其乃十分接近近體詩，〔註205〕穿插在尋常的四六句式中，自有一番「奇崛」感，容易引發讀者注意。

　　再像〈謝左史胡舍人啟〉中亦有五言句式：

　　　綺閣發號，爛五花判之光；蓬戶生輝，眩九芝塗之妙。恩言有溢，
　　　覿面無容。伏念某薄命遭回，半生潦倒。乞骸去國，已返丘園；屏
　　　跡臥家，不入廛市。云何言者，猶未舍旃。飄瓦中人，固無擇焉；
　　　強弩射市，自不免耳。重惟奇蹇，不敢怨尤。茲蓋伏遇某官：供奉

〔註199〕《駢文通論》，頁66。
〔註200〕莫道才在《駢文通論》「齊言複聯型」一節，指出一般有四四式、六六式、七七式、八八式和四四四式幾種，參是書頁73。
〔註201〕莫道才：《駢文通論》，頁71。
〔註202〕《全宋文》第159冊，卷3436，頁170。
〔註203〕「韓子稍奸黠，自慚青蒿倚長松。」《全唐詩》，卷340，頁3807。
〔註204〕「見道傍有禳田者，操一豚蹄，酒一盂，祝曰：『甌窶滿篝，汙邪滿車，五穀蕃熟，穰穰滿家。』」《史記》，卷126，頁3198。
〔註205〕孫覿雖從《史記》剪裁文字，然該段文字一部分亦源自《史記》中的一段韻文。若此廣義而言，此聯應可算「詩語對詩語」。

殿埒，記言柱下。上心攸注，人望益隆。矜收困窮，惠保惸獨。<u>彼
探甗而去，殆非意相干；更得驗而歸，又大過所望。</u>豈圖流落，未
遂棄捐。俾及殘年，復廁大眽。惟拳拳一意，但有知歸；而區區空
言，可能論報？〔註206〕

上文旨在感謝並讚揚胡舍人，並回顧自我坎坷的身世，以彰顯對胡舍人的感激
之深。形式上主要由四言構成，其次是五言和六言。特別的是，在連串的六個
四言之後，突然變為四個五言。孫覿寫自己所以離去乃源於無心之過，而最後
能歸來，誠是大過所望，在此為「一二二、一二二；一二二、一二二」的節奏，
駢語中亦帶有詩的質地。與文意合觀，前面孫覿旨在稱頌胡舍人兼記述自己潦
倒的遭遇，而到了引文畫線處之上聯很好地收束了前文，抒發對於過去的事情
無法左右的無奈，下聯由此轉出自己現在能被召回，實是受到胡舍人的幫助，
並傳達感激之情，也即本篇主旨所在。鑒此，孫覿用四個五言寫成，誠有強調
之效。

　　此外，孫覿書寫的五言甚且能含帶敘事的功能，如〈謝復官表〉：

削籍殿中，俾輸薪粲；加恩區內，復齒搢紳。施重丘山，懼深淵谷。
中謝。伏念臣乖於時而少與，愚自用而不回，方當眾人皆欲殺之時，
而有通國稱不孝之罪。一夫造訕，濟以群咻，三免投荒，瀕於萬死。
<u>老妻懼不測，病六日而沒；幼女失所恃，生十歲而亡。</u>獨寄命於窮
交，遂委身於謗藪。緊刀頭之舐蜜，其獲幾何？視井眉之居鮮，所
喪如此。分甘永棄，尚軫慈憐。茲蓋伏遇皇帝陛下禮秩百神，方均
大慶，歡形四表，未忍遐遺，聞孺子入井之聲而動其心，睹一夫向
隅之泣而慘不樂，遂超常法，復畀周行。自惟放逐衰病之餘，莫稱
收拾哀矜之意。丹心未折，白首何為？揩鼻炙眉，方追前繆；息黥
補劓，誓畢此生。〔註207〕

孫覿上文旨在寫自己遭黜「瀕於萬死」的處境，「老妻懼不測，病六日而沒；
幼女失所恃，生十歲而亡」記述家人的亡故，帶出世事險惡。節奏為「二一二、
一二二；二一二、一二二」，不同於上舉二例的整齊。如果說上舉二例皆為個
人心情的抒發，那麼此例則為事件的舉隅，本身且帶有敘事的成分，得見孫覿
五言句式富含變化。

〔註206〕《全宋文》第 159 冊，卷 3441，頁 231。
〔註207〕《全宋文》第 158 冊，卷 3423，頁 444～445。

　　孫覿四六文另可見鮮少使用的七七句式，[註208] 亦類詩體，若〈賀虞樞
密啟〉：

> 伏審上心圖舊，中詔疏恩，趣駕鋒車，攉冠樞首。豐財裕國，不在
> 茲乎？倚華安邊，自今始矣。共惟某官千齡間出，一旦親逢。富貴
> 初非本心，功名蓋其餘事。明白洞達濁涇貫，清渭不可涅而緇；碩
> 大剛方長劍倚，大行不待扶而直。璽書屢及門而躊躇四顧，使輶促
> 就道而俯僂三辭。道之將興歟？當仁不讓；天之未喪也，舍我其誰？
> 勉應反席之求，亟正元樞之拜。大安國步，護諸將為爪牙之雄；遠
> 幨王靈，制百蠻為股掌之玩。某空嗟大耋，莫睹高明。比貢燕辭，
> 獨蒙褒借。側聆誕告，尤激歡悰。東閣加招，顧已孤於榮願；南山
> 高仰，猶獲預於遐瞻。欣抃之私，占陳曷究？[註209]

用二個典重的六言「富貴初非本心，功名蓋其餘事」點出虞樞密的不俗後，下
接四個七言敷衍，細加吟誦不若尋常駢文。蓋上聯轉化自《詩經·邶風·谷風》
[註210] 以涇水與渭水之分明，指虞樞密能明辨善惡，下聯轉化自韓愈〈盧郎
中雲夫寄示送盤谷子詩兩章歌以和之〉[註211] 以長劍、太行山倚天之形象，
形容虞樞密能秉持剛正。本例節奏為「二／二／三」頗近於七言絕句，然「隔
句對」與「正對」的特色又和七言絕句有別，而較像四六文，正因為身兼二種
文類特質，故其能發揮調節文氣之功用，閱讀至此，節奏忽焉變化，讓人多所
留意，而有強調之功效。

　　孫覿〈答喻子才提舉啟〉猶且以六個七言句鋪排：

> 自惟湖海六世之遺，亦是門墻十年之舊。雖草木之臭味，一族吾無
> 間然；而龍豬之頭角，異閭區以別矣。恭惟提舉郎中英麗銅池，九
> 莖之秀；清明玉井，十丈之華。名高千佛經，材堪萬乘器。著鞭上
> 青雲之路，正鴻鵠高飛之時；函書下白板之扉，挺松柏後凋之操。
> 抗論奮蛟蛇之蟄，摛辭落雲夢之藏。滄滄涼涼，渙若折醒；泄泄融
> 融，穆如解慍。陳義高矣，一諾借重增蓬華之光；拜貺欣然，十襲

[註208] 莫道才：《駢文通論》，頁 74。
[註209] 《全宋文》第 160 冊，卷 3473，頁 269。需注意者，該文與魏齊賢《五百家
　　　　播芳大全文粹》收入的孫逢年〈賀虞樞使啟〉內容相同，究為何人所作，有
　　　　待詳考，惟暫將之視為孫覿作品。
[註210] 「涇以渭濁，湜湜其沚。」《詩經注析》，頁 93。
[註211] 「是時新晴天井溢，誰把長劍倚太行。」《全唐詩》，卷 340，頁 3815。

秘藏為巾箱之實。其為欣拃，閟罄頌言。〔註212〕

第一組的四個七言句，上聯出自《史記・范雎蔡澤列傳》〔註213〕和《史記・留侯世家》〔註214〕，旨在歌頌喻樗官運亨通。下聯出自《晉書・趙王倫傳》〔註215〕與《論語・子罕》〔註216〕旨在祝賀喻樗手握實權，人格堅貞。在此，上句節奏為「二／一／二／二」，下句節奏乃「一／二／二／二」，不盡相同。第二組的兩個七言句則承接上述，再次凸顯喻樗不畏威權的剛硬氣骨，及喻樗摛詞的華美得體。蓋本段忽然一連六個七言句，節奏陡轉，極盡鋪陳，自成為全文焦點，有效強調喻樗的賢能。

總之，上舉諸例不論是五五或七七句式，大抵皆具備詩之特性，然其節奏、對偶或語意表現又和詩不盡相同，近於四六文，故若在文章中使用五五或七七句式，自易催發生新之感，而孫覿尤長於此道，正是其四六文「奇傑」的因素之一。

第三，孫覿四六文又善於營造新奇的畫面。設若寫作之最終目的乃指向閱讀，那麼如何使讀者對作品印象深刻，即成為每個書寫者必須面對的課題，畢竟其直接關係到作品的評價。至於，要使他人印象深刻，大抵可著力於「記敘的生動」、「議論的深刻」、「抒情的真摯」之層面。其中，孫覿四六文尤擅長「記敘的生動」，藉書寫新奇的畫面，催生美感。值得注意者，孫覿偏好使用「畫龍點睛」的手法，至少有二樣優點：一是文章有輕重之別，藉由低潮與高潮的安排，更能製造波瀾，感動讀者；二是可以恪守四六文書寫需典切莊重的原則。換言之，正如王銍指出：「四六貴出新意，然用景太多而氣格低弱，則類俳矣。」〔註217〕故像李劉等作家全篇滿溢景語，固然具有畫面感，但不免過於華麗輕浮，並且難以突出焦點。

試觀孫覿被人津津樂道的〈西徐上梁文〉：

〔註212〕《全宋文》第 159 冊，卷 3441，頁 236。

〔註213〕「須賈頓首言死罪，曰：「賈不意君能自致於青雲之上，賈不敢復讀天下之書，不敢復與天下之事。賈有湯鑊之罪，請自屏於胡貉之地，唯君死生之！」《史記》，卷 79，頁 2414。

〔註214〕「鴻鵠高飛，一舉千里。羽翮已就，橫絕四海。」《史記》，卷 55，頁 2047。

〔註215〕「每朝會，貂蟬盈坐，時人為之諺曰：『貂不足，狗尾續。』而以苟且之惠取悅人情，府庫之儲不充於賜，金銀冶鑄不給於印，故有白版之侯，君子恥服其章，百姓亦知其不終矣。」《晉書》，卷 59，頁 1602。

〔註216〕「歲寒，然後知松柏之後彫也。」《論語集釋》，卷 18，頁 623。

〔註217〕《四六話》，卷下，頁 11。

踐蛇茹蠱，脫身五嶺之陬；補劓息黥，歸老三家之市。桑麻接畛，雞犬交音。已免賈生問鵩之憂，遂諧韓公見蝎之喜。富陽故侯，炎海蟲蛇之侶，玉川蟣蝨之臣。屬開晏嬰齊屨之言，遂解鍾儀楚冠之縶。蝸盤兩角，已同墮甑之觀；貉共一丘，豈恨虛舟之觸。向空而書咄咄，擊缶而和烏烏。望故家以終焉，羨吾生之休矣。迺占吉日，爰舉修梁。鄰翁無爭畔之嫌，山靈有築垣之助。地偏壤沃，井冽泉甘。豈徒戀三宿之桑，固將面九年之壁。<u>老蟾駕月，上千巖紫翠之閒；一鳥呼風，嘯萬木丹青之表。黃帽釣寒江之雪，青裘披大澤之雲。</u>行隨烏鵲之朝，歸伴牛羊之夕。<u>擁百結之褐，捫蝨自如；拄九節之筇，送鴻而去。</u>里閭緩急，皆春秋同社之人；兄弟圍欒，共風雨對牀之夜。盍申善頌，以佐歡謠。〔註218〕

由上可見，孫覿前面約百餘字的篇幅，皆在敘說自己遭遇，表白能「脫身五嶺之陬」，最終「歸老三家之市」的喜悅。惟在如此長段的文字之中，孫覿或援引典故陳說所思所感，或直白簡述山屋概況，總之寫來頗為單調一般。然而，文章至「老蟾駕月，上千巖紫翠之閒；一鳥呼風，嘯萬木丹青之表」，有如畫龍點睛般，生動呈顯了山間景緻，而被認為「奇語也」。〔註219〕

　　首先就字詞而言，「老蟾」一詞意指「月亮」，大致自宋代始有相關用例，而韓琦恐是最先使用的作者，其曰「失明疑值老蟾吞」〔註220〕將月亮被雲層吞沒一事形容為老蟾吞去月亮。又約至蘇軾乃云「應逐嫦娥駕老蟾」，此時則視老蟾為可騎乘的動物，見孫覿應取源於此。殊為可惜者，蘇軾往下未再發揮「老蟾」之意象，反觀孫覿更且把「嫦娥駕老蟾」轉化為「老蟾駕月」，又接續「上千巖紫翠之間」，拉廣空間，彷彿老蟾很自得地駕駛月亮到各山巖間四處遨遊般，藉此描繪月亮升起一景，頗具畫面感。〔註221〕至若，下聯則從原本的視覺摹寫，轉為聽覺摹寫，「一鳥」看似勢單力薄，然當其「呼風」卻可以「嘯萬木」，把聲音傳遍天地，誠是「蟬噪林逾靜，鳥鳴山更幽」的寫照。

〔註218〕《全宋文》第 159 冊，卷 3498，頁 171。

〔註219〕羅大經：《鶴林玉露》，卷 6，頁 342。

〔註220〕【宋】韓琦著，李之亮、徐正英箋注：《安陽集編年箋注》（成都：巴蜀書社，2000 年），頁 616。

〔註221〕可注意的是，迄後劉過〈遊郭希呂石洞二十詠 月峽〉：「老蟾更多事，駕月下潺湲。」《全宋詩》第 51 冊，卷 2708，頁 31867。白玉蟾〈山月軒〉：「老蟾飛上梧桐枝。」《全宋詩》60 冊，卷 3137，頁 37555。亦是近似用法，可能即受到孫覿啟發。

孫覿運使想像，以靜襯動，帶出山林的清幽，也表露出對山居生活的期待。

又〈西徐上梁文〉中同樣被并題為「奇語也」的，尚有「擁百結之褐，捫蝨自如；挂九節之筇，送鴻而去」。上聯用「百結之褐」形容貧窮，然在此困境下，尚能如王猛捫蝨〔註222〕泰然自若沉醉於自己的世界裡侃侃而談。下聯以挂仙人九節之筇送鴻歸去，再次強調平和心境。蓋「蝨」與「鴻」同為動物，一個就身上之物言，一個就外在之物云；一個待處的空間狹小，一個待處的空間寬廣；一個卑俗，一個高潔。孫覿把性質看似難以比合的物件綰合一起，皆指向心境上的恬淡適意，形成反差，同指一事，乃事異義同的精妙反對，兼含奇趣，而在畫面感的營造上，亦生新別緻，予人玩味空間，彷彿能目睹作者「捫蝨」及「送鴻」的情景。

又不只上梁文，這番奇傑造語猶且出現在孫覿四六其他文體中，像〈回武進馮宰到任啟〉：

> 海寓共推，嗟來莫矣；里門初下，喜聽跫然。念耳熟於百聞，會意求於一睹。不可尚矣，坐上客儻真是乎？又何疑焉，名下士蓋不虛耳。恭惟某官朝野著士民之望，鄉閭擅人物之評。納萬頃於雲夢胸，破大觚於霹靂手。方效官於巖邑，已加惠於陳人。首墜函書，重紆衡蓋。<u>琢奇句於月脅天心之上，駕眾說於金口木舌之中。</u>遠追三歎之音，高儷九成之奏。周章拜貺，衰朽增華。函牛之鼎，烹雞固已乖於用大；照乘之珠，彈雀空自抵於暗投。頌詠之私，占言難盡。
>
> 〔註223〕

上文前三行半大抵為開頭應酬語，無多少特別之處，惟在「首墜函書，重紆衡蓋」以後，警句忽現，蓋「琢奇句於月脅天心之上，駕眾說於金口木舌之中」上聯重組自皇甫湜〈唐故著作左郎顧況集序〉〔註224〕，形容武進馮宰在文學上的造詣，下聯轉化自揚雄《法言・學行》〔註225〕，形容武進馮宰在教化上

〔註222〕「桓溫入關，猛被褐而詣之，一面談當世之事，捫蝨而言，旁若無人。」《晉書・王猛傳》，卷114，頁2930。

〔註223〕《全宋文》第159冊，卷3433，頁112。

〔註224〕「君出其中間。翕輕清以為性。結泠汰以為質。煦鮮榮以為詞。偏於逸歌長句。駿發踔厲。往往若穿天心。出月脅。意外驚人語。非尋常所能及。最為快也。」《全唐文》，卷686，頁7026。

〔註225〕「天之道不在仲尼乎？仲尼駕說者也，不在茲儒乎？如將復駕其所說，則莫若使諸儒金口而木舌。」【漢】揚雄著，汪榮寶注疏：《法言義疏》（北京：中華書局，1987年），卷1，頁6。

的貢獻。該句所以精妙的原因：一則就內容而言，其既讚揚了馮宰的文學及行政能力，又兼歌頌了馮宰的德行，可謂面面俱道；二則就畫面感而言，在月與天上琢奇句，營造出的空間浩蕩遼闊，想像豐富，又與之對比的是在金口木舌中駕眾說，則把空間窄化縮小，恰好形成反差，予人生新之感；三則就屬對而言，「脅」與「心」以及「口」與「舌」皆為人體部位，可以使用的字詞量畢竟偏少，然孫覿卻能聯想至此，一次讓四字相互對仗，足見其功力。

此外，孫覿在〈謝邵提舉啟〉的警句則造就悠遠情境：

> 出絲綸之命，方饗君父不次之恩；墜金玉之音，茲見朋友相先之義。伏念某流年晼晚，病骨尪羸。<u>長庚配殘月於東隅艷艷之初，孤鶩伴落霞於西崦冥冥之後。</u>骿骸雲恥，尚欲何求？車殆馬煩，自合知止。甫申危懇，亟被恩俞。郜屋延兩曜之光，洞轍分九河之潤。長安道上，故無革履化鳧之飛；通德門中，尚有靈杖刻鳩之寵。茲蓋伏遇某官文高作古，德重鎮浮。曲敦父黨先進之儀，蔚為儒林後來之表。高情拔俗，皆平生久要之言；溢譽過情，非汎愛寒溫之問。鄭重百金之諾，清平三歎之音。稽首拜嘉，撫躬知愧。念窮途栖屑，嘗賦東郊瘦馬之傷；迨晚歲歸休，遂同濠梁遊魚之樂。其為欣荷，曷可勝陳！〔註226〕

上文旨在感謝邵提舉，奇傑之處乃孫覿把「朋友相先之義」的情況形象化。上聯添增自韓愈〈東方半明〉〔註227〕，下聯添增自王勃〈秋日登洪府滕王閣餞別序〉〔註228〕。與原典不同的是，孫覿將二者分別搭配「東隅艷艷之初」和「西崦冥冥之後」，使句中空間的闊邈與時間的朦朧彼此呼應，精巧地把清晨日光將出而未出，長庚殘月相配而猶存，又黃昏夕陽將落而未落，孤鶩落霞相伴而猶在的情景表現出來，組構出富含想像力的畫面，傳達對邵提舉一路扶持的感激。

再若，孫覿〈回錢守賀正啟一〉則巧妙擇用動詞，以收奇傑之效：

> 頹齡餘幾，見謂陳人；端月載臨，尚修故事。門符執屬，方懷鬱壘之求；齋釀光春，遂解臺鮎之祟。恭惟某官威風惠氣，舒慘一方；大冊鴻文，斧藻萬物。<u>著槿帽而撾羯鼓，桃杏驚開；扢羽絃以召黃</u>

〔註226〕《全宋文》第159冊，卷3437，頁184。
〔註227〕「東方半明大星沒，獨有太白配殘月。」長庚即太白，詳參《韓昌黎詩集編年箋注》，卷2，頁122。
〔註228〕「落霞與孤鶩齊飛。」《全唐文》，卷181，頁1846。

　　鍾，川池凝涸。肇履三正之吉，大均千里之釐。固欲從公共分一日，

　　況復如我獨有二天。莫副願言，但深欣頌。〔註229〕

本文前段幾乎旨在陳述，惟其後「著槿帽而撾羯鼓，桃杏驚開；扐羽絃以召黃鍾，川池凝涸」乃畫龍點睛之句。戴上槿帽而敲擊羯鼓，形象上已極典雅，孫覿此語乃轉化自《羯鼓錄》〔註230〕，立基於羯鼓催花的典故，再言「桃杏驚開」，一字「驚」把桃杏擬人，彷彿桃杏聽聞到羯鼓的敲擊而驚嚇盛開，以此狀寫春天生機勃勃的景致，甚為生動。其下轉化《列子‧湯問》〔註231〕云拉緊羽弦，同黃鍾相應，使川池凝涸。於此，下聯「凝」與上聯「驚」相對，一靜一動，很好地呈現了季節樣態。

　　綜言之，屬對上的奇巧，以及形式上的生新，與畫面感的營造，可概括作孫覿四六文所以「奇傑」之處。

小結

　　孫覿身為兩宋之際著名作家，於四六文的書寫上誠能展現獨特的風貌。

　　首先，孫覿四六文常可作到「精工的屬對」。這貌似四六文最基本的要求，然孫覿其後的作家如李劉、石𡒄等多不能或不欲為之，而以「流麗穩貼」為宗，故難免有「冗濫」之弊。換言之，孫覿能紹接前輩遺風，達到「典而不浮」，自有一定意義，至少代表其位處在宋代四六發展的轉捩點上，而且孫覿四六文精工的特色亦成為科舉應試的範本。孫覿四六文「精工的屬對」表現於：（一）、孫覿運用「事對」和「反對」的頻率甚高，能精簡文意；（二）、孫覿多能「經語對經語」、「史語對史語」、「子語對子語」、「詩語對詩語」，並剪裁適切，使文章典重而不亂雜；（三）、孫覿猶可把握「生事對熟事」的原則，讓文意新穎而不奧澀；（四）、孫覿四六文在用典上多清新可喜。

　　其次，不同於彼時多數作者宗法王安石四六「謹守法度」的風格，孫覿四六文承繼蘇軾四六「雄深浩博」的風格，主要表現在三個層面：（一）、孫覿

〔註229〕《全宋文》第 159 冊，卷 3434，頁 138。

〔註230〕「左右相目，將命備酒，獨高力士遣取羯鼓。上旋命之，臨軒縱擊一曲，曲名春光好。（上自製也。）神思自得，及顧柳杏，皆已發拆，指而笑謂嬪嬙內官曰：『此一事不喚我作天公，可乎？』皆呼萬歲。」《太平廣記‧羯鼓》，卷 205，頁 1559。

〔註231〕「當夏而叩羽弦，以召黃鍾，霜雪交下，川池暴沍。」《列子集釋》，卷 5，頁 176。

喜用有力量的字詞，營造行文氣勢；（二）、孫覿喜用副詞、助詞、連詞等組構文句，使意義連貫多變化；（三）、孫覿喜用長聯長句對仗，讓文氣浩蕩雄渾，這點大抵可謂蘇軾首開其端，至孫覿始發揚光大。

最後，孫覿更且能創發諸多「奇傑」的造語，包括：（一）、常能寫出令人意想不到的奇對；（二）、有別於尋常四六文形式的文句；（三）、具畫面感的文字，而其中不乏被評論家屢屢稱頌的例證，凡此皆見孫覿才氣洋溢。

總括而言，孫覿四六文精工的屬對安排、雄博的篇章經營、奇傑的造語創發，確實有別於尋常之輩，允為兩宋之際的一代四六文作手。

第四章　記體文

　　「記」之為體「記其事耳」，以「善敘事為主」。〔註1〕錢穆指出「記體」
乃唐人新體，〔註2〕何寄澎進一步分析：

> 由於李華以下唐代古文家的發揚，記體終快速開展，復更加「有我化」，
> 各家各自形塑其卓然之自家面貌，且不時達到兼融敘事、抒情、議論
> 三大散文傳統的境界，充分證明了唐文「新」「變」的意義。〔註3〕

是知記體自唐代始有顯著發展，而迄後宋代再次深化，「以論為記」的風氣更
盛，其「未免雜以議論」，轉為「論也」。〔註4〕現階段唐宋記體的創變早受到
研究者們的關注，故若再從書寫樣態觀察，侷限在「正體」和「變體」議題的
辨析上，論述不免難以推進。

　　實則，從語言的角度分析，亦能有更深一層的瞭解。蓋記體文興盛於唐代，
彼時不少作家率以駢語創作，一篇之中散語的使用聊聊無幾。〔註5〕而約到了
歐陽脩推行古文運動成功後，以散語創作記體方成為主流。

　　然孫覿記體卻呈現不同的風貌，其雖主要以散語寫就，但駢化的跡象又極

〔註1〕以上括號處皆引自【明】吳訥：《文章辨體序說》，收於【明】吳訥等：《文體
　　　　序說三種》（臺北：臺大出版中心，2016年），頁48。
〔註2〕錢穆：〈雜論唐代古文運動〉，《中國學術思想史論叢（四）》（臺北：東大圖書
　　　　公司，1983年），頁28～34。
〔註3〕何寄澎：〈唐文新變論稿（一）──記體的成立與開展〉，《臺大中文學報》第
　　　　28期（2008年6月），頁69。
〔註4〕《文章辨體序說》，《文體序說三種》，頁48。
〔註5〕唐代許多記體的書寫雖未形成對仗，不屬嚴格意義上的駢語，但仍多用四六言
　　　　寫成，可歸入廣義的駢語。易言之，唐代記體駢化的程度比宋代深。

明顯。朱迎平認為孫覿記、序之作「尚難盡脫詞臣習氣」,〔註6〕而管琴比較南宋各詞臣的記體也指出「孫覿的記、序文在偶儷程度上要高於周必大與真德秀」。〔註7〕然殊為可惜的是,朱迎平和管琴只一句話帶過,未再仔細分析孫覿記體於文學史上的意義。另外,孫覿喜好剪裁成語入文,亦是宋代四六文的一項特色,不同於尋常的散文,也多被學者們忽視。〔註8〕又除卻形式,就內容而言,孫覿尤喜載記各種神異事件,自也反映孫覿「尚奇」的性格。總之,孫覿記體不論在形式抑或內容上,皆迥異於其他作者,以下分別從三個層面:「頻繁使用駢語」、「大量剪裁成語」、「刻意記載異事」論述之。

第一節　頻繁使用駢語

承如第三章所述,孫覿確為四六文一大作手,而此一長處亦擴及記體文的創作上。自歐陽脩改革文體倡導古文後,駢散已大抵分流,散文中縱使運用駢語,亦頂多一、二處。若在以散語行文為主的篇章中大量書寫駢語,就會顯得異常特殊,如《四庫全書總目》評宋末文人陳仁子《牧萊脞語》云:

> 多以表啟駢詞語錄俚字入之古文,如〈與衡陽鄒府教書〉通體皆散文,而其中忽曰:「士修於身將用於天子之庭。春風莘野之耕,而升隔之規模已定;夜月磻溪之釣,而牧野之體段已成。」云云。不惟自韓歐以來無此文格,即春風夜月四字,尚可謂之有根據乎?殆好為大言者耳。〔註9〕

是故如於散語中忽而連番運使駢語,容易阻礙文氣行進,使文章彆扭不自然,但從另個角度視之,亦可說正是特色所在。畢竟,如果說陸贄奏議是對駢文的改創,同吳曾祺言:「間於不駢不散之間,善以偶語寓單行者,實為自闢畦町,而為宋四六之濫觴。」〔註10〕又歐陽脩、王安石、蘇軾對駢文的改創是「以古

〔註6〕朱迎平:《宋文論稿》,頁203。「詞臣」乃文學侍從之臣,負責草擬朝廷文書,而宋代朝廷文書多以四六文寫就,故朱迎平之意可解釋為孫覿記體頗有四六文色彩。

〔註7〕管琴:《詞科與南宋文學》(北京:北京大學出版社,2018年),頁232。

〔註8〕孫覿的「序」只少數篇章駢語和成語的使用較為明顯,如〈谷盈通說序〉、〈參政兄內外制序〉等,整體而言駢化程度不如記體文高,故綜合考量「代表性」和「特殊性」後,本文不擬將孫覿的「序」視為有特色者。

〔註9〕【清】永瑢等撰:《四庫全書總目》,卷174,頁1543。

〔註10〕吳曾祺:《涵芬樓文談》(上海:商務印書館,1933年),頁65。

文為四六」〔註11〕，使宋代駢文成為「駢文中之散文」〔註12〕，那麼衡諸文學發展，孫覿「援駢入散」亦是一種新變，值得關注。

要言之，孫覿善於運用駢、散語的長處，組織文章，而這至少包括二個面向：一是在文章中混用駢、散語，使其各司其職，發揮不同的功能，如散語善記述，而駢語善鋪成；二是模糊駢、散語的界限，使「駢語散化」，讓文氣富含更多變化，不因全是駢語而顯板滯，不因皆為散語而顯散亂。

第一，觀察〈撫州宜黃縣興造記〉可見孫覿充分掌握了駢、散語的特性：

> 紹興元年春，盜起虔化，誘脅眾數萬，相扇為亂。圍建昌不克，遂陷宜黃。官寺民廬，一夕燔烈為灰燼。部刺史驛聞，天子詔將吏發兵捕誅，盡夷其黨，貸脅從弗治。夏五月師還，於是公私埽地赤立，斗粟千錢。逮飢疫相薰，民之竄走山谷，幸而不死者皆餓死，頭顱相屬於道，數百里無炊火焉。……三年，右朝奉郎鄧令端友來涖茲邑，鉏治強梗，發紓隱詘，期月政成，與人誦之。……余曰：宋受天命，宇內晏清，際天軼海，無一夫嘯呼之警。地大人眾，邑屋相望。**大家巨室，特起乎神州陸海之中；粟窖金穴，錯出乎四達九逵之道。神林鬼冢、浮圖老子之宮，接軫乎山區海聚之間；甕牖繩樞、果蔬之蓙，連屬乎十室之邑、三家之市。** 可謂盛矣！〔註13〕

上文首先以時間為經，事件為緯，用散語記述宜黃縣受盜賊禍害的始末，接續言鄧庾來涖的種種德政，最後是孫覿的評論。

特殊的是劃線處，孫覿援駢入散，以長句為對。〔註14〕蓋「大家巨室」、

〔註11〕謝伋《四六談麈・自序》：「本朝自歐陽文忠、王舒國敘事之外，自為文章，製作混成，一洗西崑礫裂煩碎之體。」《全宋文》第 190 冊，卷 4198，頁 335。吳子良《荊溪林下偶談》：「本朝四六，以歐公為第一，蘇、王次之。然歐公本工時文，早年所為四六，見別集，皆排比而綺靡；自為古文後，方一洗去，遂與初作迥然不同。他日見二蘇四六，亦謂其不減古文。蓋四六與古文同一關鍵也。然二蘇四六尚議論，有氣燄，而荊公則以辭趣典雅為主，能兼之者，歐公耳。」收入洪本健編：《歐陽修資料彙編》（北京：中華書局，1995 年），頁 384。

〔註12〕張仁青：《駢文學》，頁 514。

〔註13〕《全宋文》第 160 冊，卷 3479，頁 351～352。

〔註14〕在此，第一聯為四／九字一組，第二聯上句為四／六／九字一組，下句為四／四／十一字一組，見孫覿採用的是伸縮字數的「參差對」。朱承平曰：「所謂的參差對，就是指在參差不齊的句子中進行對仗的格式。參差對的基本方法是，如果並列兩句長短不一，字數舛異，則以字數最少，長度最短的句子為基礎，將長句縮略截短，與之組成對偶句。對於長句之中的多餘之字，則挪以它用，將它們處理為領字、襯字、或者托字，以此暗合字句整齊要求，完成兩兩相對

「粟窖金穴」、「神林鬼冢、浮圖老子之宮」、「甕牖繩樞、果蔬之壟」乃指涉芸芸眾生，包括富貴人家、和尚、道士、貧苦人民等；而「神州陸海之中」、「四達九逵之道」、「山區海聚之間」、「十室之邑、三家之市」則分別用來形容人群滿溢山、海、市邑的景況。凡此可見，孫覿對駢語特質有長足的體認，即駢文能環繞一義，透過一層疊加一層的方式，從各樣角度遍遍渲染一物，且因其形式工整，語句精鍊，故可鋪排典雅，羅列井然，呈顯事物的繁盛，是以非常適合用來寫宋朝一統天下的偉壯。

反觀散語由於字數交錯，語意串接上常需連詞或虛詞輔助，則易流於「冗弱」。然而，散語亦非全無優勢，正同章太炎云：「敘事者，止宜用散。」〔註15〕此也即上文用散體破題的原因，畢竟敘事猶講究人、事、時、地、物的串接，而駢語因為形式上的兩兩對仗，故較難組織事物、推進記述，反觀散語因為不受形式拘束，所以較能自由敘事，充分表達作者的所見所思所感。

觀諸孫覿記體文巧妙活用駢散語特性的例證，並不乏見：

> 普能眇然一比丘，無宿資蓄貨，方持鉢丐食飲以卒日，迺欲張空拳以事所難，余意其未易得所欲也。而秉公端嚴，無一念住相，旦而作，夜而息，凡皆為此。間遇群魔出而為祟，屹如山岳，不可動搖，於是翕然檀施大集，而<u>毘耶城淨名鉢，化出於荊榛草莽之區；祇陀林大法幢，崛起於狐狸鼪鼠之聚。百寶莊嚴，如登兜率宮；兩輪互轉，如聽海潮音。</u>凡吾願力所加，捷逾響報，若有相者。噫嘻盛矣！〔註16〕

> 而魏公彥成築一第據其上，為門為堂，周以兩廡。<u>閣以望興曠，宜有高明廓徹之觀；室以處邃奧，宜極窈窕幽深之趣。左修梧，右叢桂，藏書之府、舍客之館，</u>供佛奉道，各有攸處。然後跨兩涯為閣道於重門內，以便往來。<u>開雲塢，抗水榭，直闌橫檻，朱甍素脊，高者出林杪，下者附山趾，</u>花竹映帶，隱見明滅，望之若化城然。〔註17〕

第一例，先以散語交代普能的修行、建築的經過，後以駢語書寫佛寺的盛大、屋閣的綺麗，強調因「願力所加」所示現的神通。第二例，先用散語負責交代魏公築第之事，後用駢語極力描寫屋第的風光。凡此皆再次印證了孫覿善用駢

的對偶句格。」參氏著：《對偶辭格》（長沙：岳麓書社，2003 年），頁 283。

〔註15〕【清】章太炎：《國學概論・國學略說》（成都：四川人民出版社，2018 年），頁 303。

〔註16〕〈常州無錫縣開利寺藏院記〉，《全宋文》第 160 冊，卷 3481，頁 391。

〔註17〕〈魏彥成湖山記〉，《全宋文》第 160 冊，卷 3482，頁 403。

語鋪張、用散語記述事物。

惟此種鋪張物件以表現繁盛之外，更可注意的是孫覿尚會在散語中使用駢語鋪陳事件，如〈燕超堂記〉寫及戰亂，云：

> 余曰：屬者夷狄之禍，喋血萬里，諸戎長騖於通都大邑之中，官軍縱掠於深山窮谷無人之境。婦被髮過其夫，女齧臂號其父，草薙而禽，獮之盡矣。脫復漏網，幸而免者，而鉤絡張設，孰視無所向，往往飢渴相倚以死。〔註18〕

先以散語拈出背景，並續接二聯駢語，孫覿就將諸戎長驅直入，官軍巧取豪奪，百姓哭號之情景生動寫出。蓋首聯上下二句形成「互文」關係，如「長騖」一方面直指諸戎奔馳侵略「通都大邑」之速，二方面也意含官軍群起守衛「通都大邑」之急，其下「縱掠於深山窮谷無人之境」亦復如是，然特殊的是其又多出「無人」二個襯字，乃更加深諸戎官軍的暴虐，亦即連「無人之境」也不能倖免。再後，孫覿則用散語「草薙而禽，獮之盡矣」推進記述凸顯殘忍，又言說人民即使幸而未死，也將飢渴而死，更加深對民間疾苦的鋪寫，再次印證孫覿善於操縱駢散，層層鋪排，嚴密包裹文意，塑造雄闊風格。

再者，〈華山天池記〉則旨在記述休憩之事：

> 郡人張君一日過其下，顧見茲山巋然特出眾峰之右，曰：「是必有異。」乃聚工徒薙奧草，翦惡木，刳朽壤而群石砑然，疏沮洳而鳴湍鏘然。升高而視鳥背，臨深而觀魚樂，風雨之晨，雪月之夕，俯仰百變，爭效於左右。於是負崖置屋，引水環之；蒔松檜，植蒲荷，藝菊玩霜中之英，種梅愛雪中之色；垂釣而賦清流，不必求獲；奕棋而度長日，不能求勝。或命舟，或杖策，意適則行，興盡則止，無憂於其心，無責於其身，蓋無往而不自得焉，宜乎南面之樂，無以易此也。〔註19〕

本段文字使用大量駢語鋪排而成，一層一層鉅細靡遺地言說張君如何從整頓，再到營造，再到屋廬完成後在此地賞玩的過程。孫覿運用駢語如此書寫，乃充分掌握了駢語「專務華艷，謂與散文有別」〔註20〕、「易起人感」〔註21〕的特

〔註18〕《全宋文》第 160 冊，卷 3479，頁 359。

〔註19〕《全宋文》第 160 冊，卷 3483，頁 414～415。

〔註20〕【清】孫德謙：《六朝麗指》，收入《歷代文話》第 9 冊（上海：復旦大學出版社，2007 年），頁 8451。

〔註21〕張仁青：《駢文學》，頁 32。

性。質言之，較諸散語，駢語由於形式上的對仗，故更能經由字句的鍛鍊及固定的節奏藻飾文辭，製造諧和的美感，不論是「升高而視鳥背，臨深而觀魚樂」、「蒔松檜，植蒲荷」抑或「藝菊玩霜中之英，種梅愛雪中之色」等，都深刻凸顯華山優美的情景，也引帶出張君高尚的品味。

　　第二，孫覿也善於使用襯字巧妙融合駢散，並兼用排比操縱文氣，使「駢語散化」。蓋「排比」依據學者黃慶萱的定義乃指「結構相似、語氣一致、字數大致相等的語句，表達出同範圍同性質的意象」，〔註22〕而排比由於「不限字數相等」、「常有反復的詞語」，〔註23〕故較諸對偶於節奏上更顯輕快且蘊含氣勢。孫覿記體中尚可見一類特殊的形式，乃「排比化駢語」，其透過字數的不等和字詞的重複使用，可讓原本勻稱的駢語增添更多變化，形成迴環的節奏，試觀孫覿〈滁州重建醉翁亭記〉如何書寫睹物思賢之意義：

> 余曰：「文忠公，<u>道德三朝之望</u>，<u>文章百世之師</u>。忠言嘉謨，峻功茂烈，載之旂常，編之簡冊，煒煒煌煌，與日月爭光矣，固不繫夫一亭之有無也。然好古博雅之士，師慕賢達，尊德樂道，聽想風聲，恨不同時。殆欲騎雲氣，跨汗漫，追絕塵於八極之外，<u>固有抱烏號之弓、藏曲阜之履以為寶者</u>；<u>固有聆優孟之諧笑、睹虎賁之容貌以象賢者</u>；<u>固有愛南國棠而賦詩，過西州門而慟哭者</u>。誦其詩，讀其書，晝思之，夜夢之，如出乎其世，如見乎其人。則是亭之作也，所以<u>表斯文於不泯</u>，<u>蹈先民之高蹰</u>，考引盛德，垂之無窮。而一山之阻，一泉之涯，又以著見夫仁智之所樂，有在於是也。公諱安行，字彥成，官為左朝散郎云。紹興歲次庚午，十一月日，晉陵孫某記。
> 〔註24〕

孫覿先以節奏典重之二／四斷的六言駢句，稱揚歐陽脩之道德文章。爾後，續接四個四言散句，前後兩兩一組異句同義加重文氣，強調歐陽脩功績之著，又用一個四言和六言回應前文拔高語氣，將歐陽脩抬升到「與日月爭光矣」的地位。出人意表的是，就在文氣被鋪排到最高點的關口，歐陽脩被形塑為偉人，彷彿非要為他建亭作記之時，孫覿卻瞬而陡轉言「固不繫夫一亭之有無也」，形成反差，顛破讀者的預期心理。語畢，文章立刻更進一層，用「然」字拉出

〔註22〕黃慶萱：《修辭學》，頁 651。
〔註23〕成偉鈞、唐仲揚、向宏業：《修辭通鑑》（台北：建宏出版社，1996 年），頁 831。
〔註24〕《全宋文》第 160 冊，卷 3481，頁 388。

「好古博雅之士」，以四個四言句緊密鋪排其對歐陽脩的欣慕，更蕩開一筆以「殆欲」承接散語，直指擬追尋歐陽脩之德性至「八極之外」。

再下更特殊者，孫覿以三個長的「散化駢語」敷衍，指出「物」非無用，「物」的存續得發揮睹物想見其為人的功效，正因為前人遺跡的存續，後人方能追覓前人的典範。在此，孫覿採五五／六六／七七言之組合伸縮文句，避免呆板，並且將三個「固有」添加於三個駢語之上，又把「以為寶者」、「以象賢者」、「者」繫於句末，形成「排比化駢語」的特殊樣態，由是典重中因為襯字的重複使用，故形成輕快回環的節奏，改善了駢語由於形式整齊可能產生的凝滯，連帶地也有強調文旨的效果。

爾後孫覿又變化行文，續接四個兩兩一組的三言，二個一組的五言鋪排強調人們對歐陽脩的崇敬與喜好，簡促有力。再繼以「則是亭之作也，所以……」疏散文氣，推進記述，且以六六駢語突出旨意，云興建亭臺有彰表前賢引為後世楷模的功用，又翻轉前文指出的歐陽脩之聲名「固不繫夫一亭之有無也」，直指作亭寫記的必要，文末則轉用散語交代作記背景。

總括而言，可將上文駢散兼用架構出的文氣變化，整理作：駢語（典重立旨）→散語（疏蕩推進）→駢語（典重敷衍）→散語（疏蕩推進）→駢語（典重收束）→散語（從容結尾）。

孫覿〈興化軍節度仙遊縣香山記〉更在精練的篇幅中大量使用駢語，成就浩博，文云：

> 不疑於物，物亦誠焉。精誠之至，神凝意消。一真湛然，不入諸相。故有儲精九重不下几席，而天地位，四時行，鳳皇儀，百獸舞者，用此道也；故有履石壁煙爐之中而不焚，蹈呂梁懸水之下而不溺矣，注眸子而不瞬，疾雷破山、烈風震海而不驚者，用此道也；故有老焚之松肘可、生公之石首肯者，潛虯、伏猛、戢鱗弭耳於跏趺之坐者，用此道也。〔註25〕

上文首在呼籲人們需「不疑於物」，才可達至「一真湛然，不入諸相」的境界。其後舉例多方，敷衍「用此道」之功。孫覿在三個複句開頭皆冠上「故有」，結尾處繫上「而不焚」、「而不溺」、「而不驚」、「者」及「用此道也」形成排比句式。

〔註25〕《全宋文》底本原作「虬伏□猛」，據校記改「潛虯伏猛」，詳參《全宋文》第 160 冊，卷3481，頁381。

　　第一複句用散語搭三言對的組合，精簡短促，而帶出的「天地」、「四時」、「鳳皇」、「百獸」皆為廣大或珍奇之物，煒煒煌煌地莊重呈顯「用此道」之功。

　　第二複句第一聯為十言一聯的長駢語，特殊的是，二小句的平仄為「仄仄仄平仄平通平通平」和「仄仄平平仄平仄平通仄」，其中「履石」和「蹈呂」皆是仄聲故不諧，然仄聲厚實有力的聲調特性，更能製造雄渾，形容千鈞一髮的處境，而即使是名詞者如「煙爐之中」和「懸水之下」亦深刻突出事件的危殆，而第二聯「疾雷破山，烈風震海」又更進一步偉壯地刻劃千軍萬馬之勢。

　　第三複句中則為六言的「雙擬對」〔註26〕，寫松如人之肘曲折而生，石如人之首點頭而應，將自然之物擬人，用以形容神奇，記述上自是生動。

　　若此，將三個複句合併觀看，可見字數分別為 28、45、33 字，為「短」→「長」→「短」的安排，寫來舒緩有韻致，而駢語的使用也使其不齊中含帶整齊。再就風格而言，則是「莊重」→「雄渾」→「靈活」，多面向地把「用此道」之功彰顯出來。

　　另像〈華山天池記〉亦類上述二例〔註27〕，文云：

> 余家晉陵，與吳門接壤，雞犬相聞，<u>牛羊之牧相交，果蔬五穀之甕相入</u>也。故舟車所至，杖屨所及，<u>自闔閭城、長洲苑、崑山神運之殿、雲巖虎踞之丘、西子響屧廊、吳王試劍石，靡不觀</u>；<u>松江笠澤葦鱸之鄉、洞庭林屋橘柚之林，靡不游</u>。〔註28〕

上段文字孫覿旨在書寫家鄉晉陵的生活情景。第一例劃線處對仗上並不工整，為六／八言，其中「牛羊」對「果蔬五穀」，可見多出「五穀」二字，而這一添加形成「參差對」，使該句節奏不同於嚴格意義上的駢語，有活絡文氣之效。至於其後孫覿透過駢語不斷地堆疊，呈顯晉陵之繁盛。值得注意者，其依序是三言、六言、五言、八言駢語，乃短→長→短→長之節奏，甚具變化。此外，在兩段駢語之間的「靡不觀」和「靡不游」又形成排比形式，消解了大量使用

〔註26〕張仁青：「按修辭學有擬人法（Personification），亦稱人格化。即將人類以外之物賦予人性，亦有喜怒哀樂之感情。」參氏著：《駢文學》，頁 110。易言之，雙擬對指運用了擬人技巧的對仗。

〔註27〕黃慶萱認為「三個或三個以上的語句」才可算排比，而兩個句子「字數不同，既非對偶，亦非排比，當歸於『錯綜』之『伸縮文身』」，其說自有道理。然一則錯綜和排比形式類近，二則兩者達成的效果亦類近，三則未避免分類過於複雜，故在此姑且以「排比」視之，將這類駢語中帶有襯字形成結構相近者，稱為「排比化駢語」。相關論述詳參氏著：《修辭學》，頁 653～654。

〔註28〕《全宋文》第 160 冊，卷 3483，頁 414。

駢語而過於整齊所可能產生的板重，又回還的節奏也能強調自己曾到處遊覽勝景的經驗。

凡此種種，皆歷歷指明孫覿記體善於在散語中運使駢語。包世臣云：「討論體勢，奇偶為先，凝重多出于偶，流美多出于奇，體雖駢，必有奇以振其氣；勢雖散，必有偶以植其骨。儀厥錯綜，致為微妙。」〔註29〕易言之，駢散二者的調合，實左右了文章的風格，若調配得宜，自然能使文章愈發精彩。綜觀上舉例證，孫覿駢散間用，非但未流於怪奇而阻礙文氣進行，甚且能鋪排全文，營造更多樣的行文變化。

至若，衡諸記體文發展史，孫覿這一書寫誠深具意義。蓋宋初沿襲五代舊習，西崑體盛行，文人在創作記體時多用駢語，如楊億〈處州郡齋凝霜閣記〉：

> 適離暵熱，殆將委頓，因創飛閣于東北隅。運覽壘土以成基，斬木陶瓦而備用，僅及旬浹，層構歸然。軒牖洞開，景象輻湊。峰巒撗映，雜火雲之嵯峨；溝塍糾紛，漲時雨以澎濞。閶闔森以相錯，竹樹翠而成帷。百里雖迴，不隱于秋毫；萬象實繁，如在于指掌。固可胸中蕩于鄙吝，眸子極于沉寥，披襟以當雄風，岸幘以度永晝。憑高望遠，式動能賦之心；置酒娛賓，便為逃暑之飲。夫如是，乃體寧慮澹，心和氣平。〔註30〕

上文短短百餘字，楊億即用了八個駢句，亦多四言之語，而此約可代表彼時記體文的創作傾向，其餘如陶穀〈龍門重修白樂天影堂記〉、李瑩〈宋重修善女廟記〉、陳堯佐〈涵碧橋記〉、邊肅〈修觀風疊嶂樓記〉、孔道輔〈五賢堂記〉、寧參〈獄記〉等亦類此，族繁不及備載，可見此風之盛。

陳師道云：「國初士大夫，例能四六。」〔註31〕宋初士大夫不只在制誥表啟等應用文書，即使在「記」、「序」等較私人的著作，亦不乏以駢體寫就者。然楊億等人的記體文即使書寫駢語，大多仍為四言或六言之單句對或雙句對，極少出現如孫覿般高達十字的長句對和長偶對，亦少運用排比化駢語、參差對等形式。可以說，楊億等人的記體賡續的乃是唐五代的駢文傳統。

但約至歐陽脩又一變，其多以散文書寫記體，駢語幾乎無有，即使最常被學者舉為駢散相間的〈醉翁亭記〉亦如是，文云：

〔註29〕【清】包世臣：《藝舟雙楫・論文・文譜》（北京：中國書店，1983 年），頁 1。
〔註30〕《全宋文》第 14 冊，卷 296，頁 402。
〔註31〕【宋】陳師道：《後山詩話》，頁 7。

環滁皆山也。其西南諸峰，林壑尤美。望之蔚然而深秀者，琅琊也。山行六七里，漸聞水聲潺潺，而瀉出於兩峰之間者，釀泉也。峰迴路轉，有亭翼然臨於泉上者，醉翁亭也。作亭者誰？山之僧曰智僊也。名之者誰？太守自謂也。太守與客來飲於此，飲少輒醉，而年又最高，故自號曰醉翁也。醉翁之意不在酒，在乎山水之間也。山水之樂，得之心而寓之酒也。若夫①日出而林霏開，雲歸而巖穴暝，晦明變化者，山間之朝暮也。②野芳發而幽香，佳木秀而繁陰，風霜高潔，水落而石出者，山間之四時也。③朝而往，暮而歸，四時之景不同，而樂亦無窮也。至於負者歌於途，行者休於樹，前者呼，後者應，傴僂提攜，往來而不絕者，滁人遊也。④臨溪而漁，溪深而魚肥；釀泉為酒，泉香而酒洌；山餚野蔌，雜然而前陳者，太守宴也。宴酣之樂，非絲非竹，射者中，弈者勝，⑤觥籌交錯，起坐而諠譁者，眾賓懽也；蒼顏白髮，頹然乎其間者，太守醉也。已而夕陽在山，人影散亂，太守歸而賓客從也。樹林陰翳，鳴聲上下，遊人去而禽鳥樂也。然而禽鳥知山林之樂，而不知人之樂；人知從太守遊而樂，而不知太守之樂其樂也。醉能同其樂，醒能述以文者，太守也。太守謂誰？廬陵歐陽修也。〔註32〕

觀察粗體劃線處：第一、二例可視為駢語。第三例為三言句，但字數較少又重複出現「而」，故難歸入駢語，同理其下的「前者呼，後者應」、「射者中，弈者勝」亦類此。第四例因為重複「溪」、「泉」、「酒」，加之對仗不工整，算作排比較為合適。第五例對仗亦非常不工整，僅為結構勻稱的排比。由此見，〈醉翁亭記〉駢化程度甚低，其多是排比句，而學者們所以視〈醉翁亭記〉為駢散相間的例子，不過是該文多四言和六言，節奏讀來似駢語，但那些句子畢竟不是嚴格意義上的駢語，只能算作廣義的駢語。〔註33〕

〔註32〕《全宋文》第35冊，卷739，頁115～116。

〔註33〕張仁青：「按駢文必須對仗，無對仗則不足以言駢文，固無論矣。……駢文之對仗，限制綦嚴，舉凡意義、聲調、詞性、物性、數目、虛實等均須相對，始合規格。而散文之對仗則無此偌多限制，其於聲調、詞性、物性、數目、虛實等均可置之勿論，但求意義相對足矣。而意義相對云者，兩句意義相同可，兩句意義相反可，兩句不足以達意，又益以三句、四句、五句……而成排比句法，亦無不可也。」參氏著：《駢文學》，頁35。駢文之對仗故有寬有嚴的差別，並非每一字每一處皆要相對，惟仍需達到一定程度，如歐陽脩〈醉翁亭記〉「前者呼，後者應」雖只重複一字「者」，但比例過高，故視為散語較合宜。

其他常被研究者提及的篇章如范仲淹〈岳陽樓記〉、曾鞏〈飲歸亭記〉、蘇軾〈喜雨亭記〉、蘇轍〈黃州快哉亭記〉等亦大抵類此。〔註34〕申言之，歐陽脩等人的記體文慣以散語結撰，縱使用駢語，亦未如楊億等人幾乎涵蓋全篇，而宋代文章業經歐陽脩等古文家改革後，正如莫山洪云：

> 自北宋中期以來，文章本就已經走向兩個平行發展的道路，在多數奏章及朝廷制誥中，一般行文採用駢體，而在私人記述類文章這，則多用散體，駢散二體在文章的發展中幾乎互不干涉。〔註35〕

是知駢、散語在北宋中期已基本分流，所謂「四六駢儷，於文章家為至淺，然上自朝廷命令、詔冊，下而搢紳之間牋書、祝疏，無所不用」〔註36〕，以及「本朝制誥表啟用四六，自熙豐至今，此文愈盛」〔註37〕，可見四六文主要應用於公文。然而，在散體大盛的時代裡，孫覿記體作為私人記述類的文章，卻大量使用駢語，這誠可視為「駢文」的再次復歸。孫覿「融駢入散」的作法，和當初歐陽脩「解駢為散」的書寫幾近，皆和彼時潮流悖反，突破了舊有慣式，惟歐陽脩等人已將駢語從記體中大抵革除，一般記體中約略僅能見到一、二句對仗較精工的駢語。反觀孫覿創作雖以散體為主，然其慣常以點綴添增的方式，把駢語鑲入散語中，或有調節文氣的功用，或有突出焦點的效果，以致形塑生新的風格，不同於歐陽脩以降的許多作者，若此就顯得極為特別。

第二節　大量剪裁成語

與「好使駢語」互為表裏的是，孫覿尚且「好用成語」，而這亦是宋代四六文一項顯著的特點，此一方面得展現作者才識外，〔註38〕二方面同樣得形塑文章生新的風格。樓鑰分析：

〔註34〕莫山洪：《駢散的對立與互融》（濟南：齊魯書社，2010 年），頁 276。李海潔：《北宋四六藝術的傳承與創變》，（杭州：浙江大學中國古代文學博士學位論文，2016 年），頁 279、282。

〔註35〕莫山洪：《駢散的對立與互融》，頁 297。

〔註36〕【宋】洪邁：《容齋隨筆·四六名對》（北京：中華書局，2005 年），三筆卷八，頁 517。

〔註37〕《楊萬里集箋校·詩話》，卷 114，頁 4377。

〔註38〕如程杲《四六叢話·序》謂蘇軾四六「組織經傳，陶冶成句，實足跨越前人」，並認為這一創作「可以見才思」。《四六叢話》，頁 2。《四六叢話》（上海：黎青閣，1922 年），頁 2。

夫唐文三變，宋之文亦幾變矣。止論駢儷之體，亦復屢變。作者爭名，恐無以大相過，則又習為長句，全引古語，以為奇倔，反累正氣。〔註39〕

可見在樓鑰看來「全引古語」容易使文章趨於「奇倔」，乃由於「古語」在字句的組構上常和作者身處的時代所使用的「今語」有別。易言之，宋代的語言和先秦、漢魏六朝、唐代畢竟不同，故若將從前的語詞照搬入文，將製造一種不諧和感，因此催生「奇倔」之風。其實，引成語入文也算是「用典」的一種，而在修辭心理學上「用典」乃會製造出「距離感」，使讀者不能輕易進入文本，在閱讀上形成障礙。惟倘使用適切，表意清楚，能使讀者不至於產生過多的認知困難，那麼以典故形容指涉，自能催生讀者更多的遐想。〔註40〕

以孫覿為例，其通常在議論時頻繁使用成語，營造「奇崛」之餘，卻不流於晦澀。「使用成語」至少可以達成二個效果：一是縮合前人話語，增強文章的說服力；二是廣博徵引成語，取譬多方，提升文字的稠密度。

第一，以成語增強說服力，如〈和州含山縣學記〉旨意乃「學者不可一日而忘於天下」，而孫覿幾以成語展開論述，文云：

善惡無二本，而狂聖出於一念。屬人〔註41〕有夜半生子者，遽取火視之，汲汲然惟恐其似己也。然則荀卿所謂性惡者，其果然歟？人貧則欲富，賤者欲貴，天下之所同然也。夏桀、商受，貴為天子，富有天下矣，有號臧獲，曰：「汝行如桀紂。」則怫然而不說。人得食則生，不得則飢而死，亦天下之所同然也，至於蹴爾而與之，雖乞人亦不屑矣。屬人也、臧獲也、乞人也，而有羞惡之心焉。故孟子以謂聖人之道，始於不為穿窬，自其不欲為而充之，塗之人皆可為禹。學禮學詩，茲為儒矣，一念之差，而大儒小儒有時而為盜。是故學者不可一日而忘於天下。〔註42〕

〔註39〕〈北海先生文集序〉，《全宋文》第 264 冊，卷 5948，頁 103。

〔註40〕吳禮權：《修辭心理學》（昆明：雲南人民出版社出版，2002 年），頁 226。葛兆光：《漢字的魔方：中國古典詩歌語言學札記》（上海：復旦大學出版社，2017 年），頁 127。

〔註41〕《全宋文》所據底本常州先哲遺書本《鴻慶居士文集》原文本作「竇人」，然參閱葉萬校補明鈔本《孫尚書大全文集》、影印文淵閣四庫全書本《鴻慶居士集》該字當為「屬人」，語出《莊子‧天地》：「屬之人夜半生其子。」詳參：《全宋文》第 160 冊，卷 3481，頁 393。【清】王先謙：《莊子集解》，頁 111。

〔註42〕《全宋文》第 160 冊，卷 3481，頁 392～393。

蓋上文短短二百餘字，卻一連化用《六祖壇經・懺悔品第六》〔註43〕、《尚書・周書・多方》〔註44〕、《莊子・天地》〔註45〕、《荀子・性惡》〔註46〕、《論語・里仁》〔註47〕、《莊子・盜跖》〔註48〕《孟子・告子》〔註49〕、《孟子・盡心》〔註50〕、《莊子・外物》〔註51〕等至少九個成語，精妙抽繹儒、釋、道經典，結撰成文，凸出「為學」的重要。出人意料的是，如此繁密幾乎到了句句用典用成語的地步，讀來卻十分流暢，無生澀之感，自源於孫覿的才氣。

　　孫覿首先點明「善惡無二本，狂聖出於一念」訂下論述前提，其後蕩開一筆引「厲人夜半生子」之典故寫「羞惡之心」，既營造荒謬情境以嗤笑眾人之愚，又再次深化「善惡無二本，狂聖出於一念」之旨。其下隨即轉為對《荀子》性惡的提問，用「然則」和「其果然歟」誘發懸宕，開啟下文。次後抓緊「天下之所同然也」的普遍人性，於道家典籍《莊子》、儒家典籍《孟子》中列舉

<hr />

〔註43〕「善惡雖殊，本性無二。」【唐】慧能撰，丁福保箋注：《六祖壇經箋注》（濟南：齊魯書社，2012 年），頁 145。

〔註44〕「惟聖罔念作狂，惟狂克念作聖。」【清】王先謙：《尚書孔傳參正》（北京：中華書局，2011 年），卷 26，頁 822。

〔註45〕「厲之人夜半生其子，遽取火而視之，汲汲然惟恐其似己也。」《莊子集解》，卷 3，頁 111。

〔註46〕一次為「性惡」的拈出，另次為《荀子・性惡》：「『塗之人可以為禹。』曷謂也？曰：凡禹之所以為禹者，以其為仁義法正也。然則仁義法正有可知可能之理，然而塗之人也，皆有可以知仁義法正之質，皆有可以能仁義法正之具；然則其可以為禹明矣。」梁啟雄：《荀子簡釋》（北京：中華書局，1983 年），頁 334。

〔註47〕「富與貴，是人之所欲也。……貧與賤，是人之所惡也。」《論語集釋》，卷 7，頁 232。

〔註48〕「子張曰：『昔者桀、紂貴為天子，富有天下，今謂臧聚曰「汝行如桀紂」，則有怍色，有不服之心者，小人所賤也。』」《莊子集解》，卷 29，頁 265。

〔註49〕「一簞食，一豆羹，得之則生，弗得則死。嘑爾而與之，行道之人弗受。蹴爾而與之，乞人不屑也。」《孟子正義》，卷 23，頁 1695。

〔註50〕「人能充無欲害人之心，而仁不可勝用也。人能充無穿踰之心，而義不可勝用也。人能充無受爾汝之實，無所往而不為義也。士未可以言而言，是以言餂之也。可以言而不言，是以不言餂之也。是皆穿踰之類也。」《孟子正義》，卷 29，頁 1981。

〔註51〕「儒以《詩》、《禮》發冢。大儒臚傳曰：「東方作矣，事之何若？」小儒曰：「未解裙襦，口中有珠。《詩》固有之曰：『青青之麥，生於陵陂。生不布施，死何含珠為？』接其鬢，擫其顪，儒以金椎控其頤，徐別其頰，无傷口中珠！」《莊子集解》，卷 7，頁 239。

臧獲、乞人二例，再次證明人皆有「羞惡之心」，且又指人人皆可為禹，又一遍強調善惡只在一念之間，而文末則綜合以上，推導出「學者不可一日而忘於天下」的結論既可見孫覿匯通儒道的用心，二來亦可見孫覿之博學，能從各角度強化立意，更證孫覿長於搭蓋行文間架，善加剪裁，故得把諸多成語典故安排得井然有序，使之不因精簡而晦澀，不因冗長而拖沓。

　　如果說〈和州含山縣學記〉從人性的角度扣合「學」，那麼同樣身為學記的〈撫州宜黃縣學記〉則由聖人開物成務寫起：

> 事有迁而甚直，言有大而非夸。非常之元，黎民懼焉，君子之所為，眾人固不識也。昔周公營洛邑，而平王東遷乃在數百年之後；句踐棲會稽，著婚姻之令，待其生子，以為報吳之兵。大抵高明寥廓之見，不為小利近功，往往迂闊可笑而不近於人情。定鼎卜年，如此其安也，而一朝之憂效於數世；嘗膽忍詬，如此其急也，而斯須之詘伸於萬人。機事相乘，如執左契，交手相付，不間一髮，此霸王之略，所以傳世垂後，若是其巍巍也。天下大亂，盜賊蠭起，鉏耰棘矜，長槍大劍，馳騁於百戰之場，不習俎豆化為王侯者十八九。〔註52〕

本段文字概可分為三個部分：第一部分孫覿化用《孫子‧軍爭篇》〔註53〕和挪用蘇軾〈六一居士集敘〉〔註54〕之成語立意。二句中「事」與「言」平仄相對，正所謂「言事」者；「迁」與「大」平仄相對，正所謂「迁大」者，概見二者意思實相連屬，至「甚直」和「非夸」亦平仄相對，且一改為相反指涉，變化行文，製造波瀾。令人歎服的是，前句由成語轉化而來，後句則直接挪用成語，卻幾不見任何窒礙處，照顧到對仗格律外，並能精巧拈出意旨，述說事物繁多總有軼於常理者。其後挪用司馬遷《史記‧司馬相如列傳》〔註55〕之語，直接翻出背後意

〔註52〕《全宋文》第 160 冊，卷 3479，頁 357。

〔註53〕「凡用兵之法：將受命於君，合軍聚眾，交和而舍，莫難於軍爭。軍爭之難者，以迂為直，以患為利。故迂其途，而誘之以利，後人發，先人至，此知迂直之計者也。」【春秋】孫武撰，【三國】曹操等注：《十一家注孫子校理》（北京：中華書局，2012 年），卷中，頁 134～135。

〔註54〕「夫言有大而非誇，達者信之，眾人疑焉。」《全宋文》第 89 冊，卷 1931，頁 179。

〔註55〕「蓋世必有非常之人，然後有非常之事；有非常之事，然後有非常之功。非常者，固常〔人〕之所異也。故曰非常之原，黎民懼焉；及臻厥成，天下晏如也。」《史記》，卷 117，頁 3050。

旨即《孟子・告子》〔註56〕所云「君子之所為，眾人固不識也」說明前文，言簡意賅，典重十足，此又是二個成語。蓋以成語開頭指明「非常」狀況，又用成語突出「君子有為」主題，孫覿組織得當，未有斷裂。蓋綜上短短六句全用成語，取自四部典籍，得證在非應用類記體中，孫覿亦善於運使四六文剪裁的技巧。

　　但設若繼續以成語兩兩一組行文，雖可保持典重，也容易使文氣陷入膠著，無法舒展，故第二部分孫覿蕩開一筆引周公和句踐之例為證，達至疏緩之餘，並有加強論證之效，而同樣可見成語的使用，如《漢書・地理志》〔註57〕及《晉書・慕容德》〔註58〕，點出賢君應如周公及句踐安邦定國。

　　第三部分挪借《老子・七十九章》〔註59〕和蘇軾〈三槐堂銘〉〔註60〕回應前文，寫霸王之業的久長需奠基在賢者的「高明寥廓之見」上。其後綰合賈誼〈過秦論〉〔註61〕和崔羣〈送盧嶽處士符載歸蜀覲省序〉〔註62〕之成語，一方面極力鋪寫亂世，二方面直指禮崩樂壞，以暴制暴，勝者為王的狀況。其下，孫覿續言面對這一情形，州縣官吏乃無暇顧慮他事，然鄧庾卻能設立學校，顧及教育，後孫覿又是一番論說：

> 余聞十室必有忠信，三人猶有我師，況此堂堂一邑之大，豈可謂無人哉？讀古人之書，學王者之事，出而試之，必有濟艱難於一時，追前哲於千載。九合之勳，足以解中原被髮左衽之禍；一王之儀，足以制諸將拔劍擊柱之譁。此大儒之效，豈非學者之所願與？〔註63〕

語言上的援駢入散，使文氣殊異，本段文字亦兼含宋代四六文好用成語的特

〔註56〕「孔子為魯司寇，不用；從而祭，燔肉不至，不稅冕而行。不知者以為為肉也；其知者，以為為無禮也。乃孔子則欲以微罪行，不欲為苟去。君子之所為，眾人固不識也。」《孟子正義》，卷24，頁834。

〔註57〕「昔周公營雒邑，以為在于土中，諸侯蕃屏四方，故立京師。至幽王淫襃姒，以滅宗周，子平王東居雒邑。」《漢書》，卷28下，頁1650。

〔註58〕「句踐棲於會稽，終獲吳國聖人相時而動。」《晉書》，卷127，頁3162。

〔註59〕「和大怨，必有餘怨。安可以為善？是以聖人執左契，而不以責於人。」黃懷信：《老子彙校新解》（南京：鳳凰出版社，2016年），下編79章，頁84。

〔註60〕「今夫寓物於人，明日而取之，有得有否。而晉公修德於身，責報於天，取必於數十年之後，如持左券，交手相付。吾是以知天之果可必也。」《全宋文》第91冊，卷1985，頁285。

〔註61〕「鉏櫌棘矜，非銛于句戟長鎩也。」《全上古三代秦漢三國六朝文》，全漢文卷16，頁434。

〔註62〕「旃頭光明，垂三十載。不習俎豆，化為侯王者，十有八九焉。」《全唐文》，卷612，頁1744。

〔註63〕《全宋文》第160冊，卷3479，頁358。

點。首先使用《論語‧公冶》〔註64〕和《論語‧述而》〔註65〕之成語，剪裁得當，經語配經語，對仗精工，指人才輩出，其後轉言為學目的。再則，上聯二句一次綰合《論語‧憲問》〔註66〕二個成語，以及下聯二句一次組織《漢書‧酈陸朱劉叔孫傳》〔註67〕二個成語，允為精巧，以此言說學非無用，學王者之事更可於亂世中如管仲、叔孫通等大儒為國為民，遠勝武力。

上文除論述多組合自成語，值得注意者，相較於被稱為「學者之文」的尋常學記多平板考述學校制度和興學本意者，〔註68〕孫覿此篇揉合史事，從國家治理的角度，結合亂世背景，寫來氣勢雄渾，跌宕起伏，也頗為特殊。

又像，乾道三年（1167）〈自覺齋記〉對各式典籍的剪裁同樣巧妙：

> 嗟夫！萬物之靈莫靈於人，千金之貴莫貴於身，惟哲人智士不肯輕用其身，而一心之神，大撫四海，遠追千歲，介然之有唯然之音。來干我者，我必知之。見可而進，起而就功名，不可則止，卷懷而去。〔註69〕

以上文字援用《尚書‧泰誓》〔註70〕、《莊子‧德充符》〔註71〕一步步推進，指出人作為萬物之靈所貴者在身。迄後，則抄錄《列子‧仲尼》〔註72〕大段文字，強調一絲一毫的風吹草動，「我」必定會知曉。再下，孫覿綰合《左傳‧宣公十二年》〔註73〕、《論語‧衛靈公》〔註74〕、《論語‧先進》〔註75〕，精簡

〔註64〕「十室之邑，必有忠信如丘者焉，不如丘之好學也。」《論語集釋》，卷10，頁358。

〔註65〕「三人行，必有我師焉。擇其善者而從之，其不善者而改之。」《論語集釋》，卷14，頁482。

〔註66〕「桓公九合諸侯，不以兵車，管仲之力也。如其仁！如其仁！」「管仲相桓公，霸諸侯，一匡天下，民到于今受其賜。微管仲，吾其被髮左衽矣。」《論語集釋》，卷29，頁982、989。

〔註67〕「叔孫通舍枹鼓而立一王之儀。」「羣臣飲，爭功，醉或妄呼，拔劍擊柱。」《漢書》，卷43，頁2131、2126。

〔註68〕尋常學記的寫作特點，詳參劉成國：〈宋代學記研究〉，《文學遺產》2007年第4期，頁57。

〔註69〕《全宋文》第160冊，卷3483，頁418。

〔註70〕「惟天地萬物父母，惟人萬物之靈。」《尚書孔傳參正》，卷14，頁504。

〔註71〕「无趾曰：『吾唯不知務而輕用吾身，吾是以亡足。』」《莊子集解》，卷2，頁50。

〔註72〕「其有介然之有，唯然之音，雖遠在八荒之外，近在眉睫之內，來干我者，我必知之。」《列子集釋》，卷4，頁119。

〔註73〕「見可而進，知難而退。」《春秋左傳詁》，卷10，頁415。

〔註74〕「邦有道則仕；邦無道則可卷而懷之。」《論語集釋》，卷31，頁1068。

〔註75〕「所謂大臣者以道事君，不可則止。」《論語集釋》，卷23，頁792。

表述君子應審慎觀察環境，決定出處進退，如此透過大量成語的援用，徵引古人智慧語錄，誠更能突出徐子禮命齋為「自覺」的宗旨，加深文章的說服力。

　　第二，孫覿亦善於用堆砌的手法，不斷舉例，營造氣勢，令論述更加嚴謹，如〈崇安寺五輪藏記〉云：

> 嗚呼，盛矣哉！古人有言：論事易，作事難；作事易，成事難。在昔有志之士，撫劍抵掌，發憤慷慨，<u>馳逐大漠，一取單于</u>；或欲請<u>長纓係其頸</u>，或欲折<u>尺箠笞其背</u>，顧不壯哉？而終不見於功名，則作事之難也。有為之士，<u>愛日競辰，悼修名之不立</u>，<u>聞雞而舞，感二鳥而賦</u>，觀金城之柳而悲。然廢興有命，<u>非智巧果敢之列</u>，故有<u>攀分寸而一跌千丈，差毫釐而繆以千里</u>，則成事又難也。〔註76〕

上文首先援引蘇軾〈薦誠禪院五百羅漢記〉〔註77〕之語，透過對比的方式拈出行為的難易，乃論事易→作事難→成事更難。特殊的是，孫覿並不言明該語出自何處，亦不轉為作者自道，而是把原初普通的「蘇軾說」拉抬到「古人有言」，升揚到放諸四海皆準的普世價值，打下良好的議論基礎。

　　其後，孫覿大量舉隅佐證主旨，如取用班固《漢書‧李廣蘇建傳》〔註78〕、荀悅《漢紀》〔註79〕、韓愈〈送張道士序并詩〉〔註80〕將有志之士的雄心壯志表露無遺，卻也直指此些人「終不見於功名」，指出「作事之難」的意旨。再下的《楚辭‧離騷》〔註81〕、《晉書‧祖逖列傳》〔註82〕則點出有為之士發憤

〔註76〕《全宋文》第 160 冊，卷 3483，頁 415。
〔註77〕「嗚呼，士以功名為貴，然論事易，作事難，作事易，成事難。使天下士皆如言，論必作，作必成者，其功名豈少哉！其可不為一言？」《全宋文》第 90 冊，卷 1970，頁 434。
〔註78〕「昏後，陵便衣獨步出營，止左右：『毋隨我，丈夫一取單于耳！』」《漢書》，卷 54，頁 2454。
〔註79〕「夏五月，諫（議）大夫終軍、使者安國少季使南越，欲令入朝，比內諸侯。軍自請願受（大冠衣）長纓，必羈越王之頸致之闕下。」【漢】荀悅：《漢紀‧孝武皇帝紀五卷第十四》（北京：中華書局，2002 年），頁 234。
〔註80〕「開口論利害，劍鋒白差差。恨無一尺箠，為國笞羌夷。」《韓昌黎詩集編年箋注》，卷 8，頁 468。
〔註81〕「老冉冉其將至兮，恐脩名之不立。」《楚辭補注》，卷 1，頁 12。
〔註82〕「見者謂逖有贊世才具。僑居陽平。年二十四，陽平辟察孝廉，司隸再辟舉秀才，皆不行。與司空劉琨俱為司州主簿，情好綢繆，共被同寢。中夜聞荒雞鳴，蹴琨覺曰：『此非惡聲也。』因起舞。逖、琨並有英氣，每語世事，或中宵起坐，相謂曰：『若四海鼎沸，豪傑並起，吾與足下當相避于中原耳。』」《晉書》，卷 62，頁 1694。

向上之心。然而，孫覿又隨即轉折，引韓愈〈感二鳥賦〉〔註83〕發抒賢士不遇之悲，用《世說新語・言語》〔註84〕吐露人世興廢之感，再由《列子・黃帝》〔註85〕、韓愈〈聽穎師彈琴〉〔註86〕、《禮記・經解》〔註87〕之成語，鋪述「成事又難」。

由上可見，不過約150字的段落，孫覿便運使至少十種典故成語，並幾乎達到句句皆用的地步，概見孫覿善於剪裁與鎔鑄的功力。再者，孫覿行文亦富贍，舉凡「撫劍」、「發憤」、「係其頸」、「一跌千丈」皆極富氣勢與畫面。另值得注意的是，在連串開展突出有志之士後，孫覿用「而終不見於功名」轉折，再從有為之士起頭，以「然廢興有命」又轉折，但有志之士一節在轉折之後採短句收束，營造頓挫，而有為之士一節，則在轉折之後，又馳騁文氣，以長句作結，如此轉折頻頻且變化有致的安排，自也突出了「成事更難」的道理。

總括而言，全文予人的閱讀感受大抵能整理為：昂揚（嗚呼……顧不壯哉）→抑降（而終不見……則作事之難也）→昂揚（有為之士……觀金城之柳而悲）→陡降（然廢興有命……則成事又難也），曲折起伏，足見孫覿高超的寫作技巧，而成語的疊用，亦能收生新之效。

又像作於紹興九年（1139）的〈思樂齋記〉短短百餘字，至少使用十一個成語：

> 有以貧賤為樂者：簞食瓢飲，餐饘齧雪，茹草木之實，若不堪其憂，而氣塞天地，足以易窮餓而不怨，此聖賢之事，又非吾之愚所能及。特以桑梓之國，丘墓所寄，閉門高臥，日宴而起；無愧於中，無求於外，無畏途風波之虞，無徵呼發召之警，無罵譏訕笑之辱；有田以食，有屋以居，憂患已空，吾心偷然，了無一事，杞人奚懼而憂？偃師奚傷而怒？拔劍逐蠅奚誅？具獄磔鼠奚懟？優哉游哉，聊以卒

〔註83〕「念西路之羌永，過潼關而坐息。窺黃流之奔猛。感二鳥之無知。」《全唐文》，卷547，頁5542。

〔註84〕「桓公北征經金城，見前為琅邪時種柳，皆已十圍，慨然曰：『木猶如此，人何以堪！』攀枝執條，泫然流淚。」《世說新語箋疏》，卷上之上，頁135。

〔註85〕「列子問關尹曰：『至人潛行不空，蹈火不熱，行乎萬物之上而不慄。請問何以至於此？』關尹曰：『是純氣之守也，非智巧果敢之列。姬！魚語汝。凡有貌像聲色者，皆物也。』」《列子集釋》，卷2，頁48～49。

〔註86〕「天地闊遠隨飛揚。喧啾百鳥群，忽見孤鳳凰。躋攀分寸不可上，失勢一落千丈強。」《韓昌黎詩集編年箋注》，卷9，頁522。

〔註87〕「易曰：『君子慎始。差若豪氂，繆以千里。』此之謂也。」【清】孫希旦：《禮記集解》（北京：中華書局，1989年），卷48，頁1258。

　　歲，然後知余之樂有在於此也。〔註88〕

上文旨在發揚自我對「樂」的看法。先是援引《論語・雍也》〔註89〕、《漢書・李廣蘇建傳》〔註90〕、蘇轍〈東軒記〉〔註91〕成語舉例說明，言在逆境中涵養德性之「樂」，實「聖賢之事」，非己所能。在此，孫覿顯然十分注重節奏的安排，自「有以貧賤為樂者」後，呈現「四／四；五／五；五、八／五、八」的形式，使文氣整齊明快，絲毫不見窒礙處。

　　再下以王安石〈觀文殿學士知江寧府謝上表〉〔註92〕、溫庭筠〈寄分司元庶子兼呈元處士〉〔註93〕、蘇轍〈武昌九曲亭記〉〔註94〕、曾鞏〈天長縣君黃氏墓誌銘〉〔註95〕之成語鋪敘，極力狀寫身處於「思樂齋」的生活與感受是如此安逸閒適，而連番的排比自也使文章語意暢達。

　　於後連用四個問句，前組出自《列子・天瑞》〔註96〕、《列子・湯問》〔註97〕，後組出自《魏略・苛吏傳》〔註98〕、《史記・酷吏列傳》〔註99〕，在屬對上一則子語對子語，另則史語對史語，允為精工。又在此，孫覿頻頻以「奚」字詰問舉例，且營造雄博氣勢。最末猶使用《左傳・襄公二十一年》〔註100〕從容收尾，並指明「余之樂有在於此」，把緊迫的節奏陡然一轉為平和。由此

〔註88〕《全宋文》第 160 冊，卷 3480，頁 370。

〔註89〕「賢哉！回也！一簞食，一瓢飲，在陋巷，人不堪其憂，回也不改其樂。」《論語集釋》，卷 11，頁 386。

〔註90〕「天雨雪，武臥齧雪與旃毛并咽之。」《漢書》，卷 54，頁 2462～2463。

〔註91〕「及其循理以求道，落其華而收其實，從容自得，不知夫天地之為大與死生之為變，而況其下者乎？故其樂也，足以易窮餓而不怨，雖南面之王，不能加之，蓋非有德不能任也。」《全宋文》第 96 冊，卷 2095，頁 181。

〔註92〕「逸其犬馬將盡之力，寵以丘墓所寄之邦。」《全宋文》第 63 冊，卷 1375，頁 251。

〔註93〕「閉門高臥莫長嗟。」《全唐詩》，卷 578，頁 6722。

〔註94〕「無愧於中，無責於外，而姑寓焉。此子瞻之所以有樂於是也。」《全宋文》第 96 冊，卷 2095，頁 183。

〔註95〕「有田以食，有宅以居。」《全宋文》第 58 冊，卷 1269，頁 253。

〔註96〕「杞國有人憂天地崩墜，身亡所寄，廢寢食者。」《列子集釋》，卷 1，頁 30。

〔註97〕「王大怒，立欲誅偃師。偃師大慴，立剖散倡者以示王，皆傅會革、木、膠、漆、白、黑、丹、青之所為。」《列子集釋》，卷 5，頁 180。

〔註98〕《魏略》：「思又性急，嘗執筆作書，蠅集筆端，驅去復來，如是再三。思恚怒，自起逐蠅不能得，還取筆擲地，蹋壞之。」《三國志》，卷 15，頁 471。

〔註99〕「湯掘窟得盜鼠及餘肉，劾鼠掠治，傳爰書，訊鞫論報，并取鼠與肉，具獄磔堂下。」《史記》，卷 122，頁 3137。

〔註100〕「叔向曰：『與其死亡若何？詩曰：『優哉游哉，聊以卒歲。』，知也。』」《春秋左傳詁》，卷 13，頁 554。

見，孫覿在成語運用上的嫻熟。再則，彼時孫覿「歸田五年」，如此大量用典，聯繫古人，應也有以古人為友、為鑒之意，既表白心志，砥礪自我，亦澆胸中塊壘。

此外，乾道三年（1167）〈自覺齋記〉亦可窺見孫覿融化成語的功力：

> 世之君子寵利誘之於前，<u>妻子之計推之於後</u>，<u>踐危機</u>，<u>履畏途</u>，<u>捋虎鬚</u>，<u>嬰龍頷</u>。<u>跋前躓後</u>，<u>顛倒失據</u>。<u>劍頭炊米</u>，<u>刀頭舐蜜</u>，<u>燕巢幕上</u>，<u>蝨處褌中</u>，道盡途窮，困而欲返。禍發如此，不可及矣。〔註101〕

上段僅七十字就至少徵引十一個成語。首先以蘇軾〈賀歐陽少師致仕啟〉〔註102〕批評君子一遇利誘，便將妻子生計推之於後。其下使用李延壽《南史·劉穆之傳》〔註103〕、陸贄〈重優復興元府及洋鳳州百姓等詔〉〔註104〕、張勃《吳錄》〔註105〕、《韓非子·說難》〔註106〕設想各種處境，以四個三言短語組構，營造急促節奏，恰能凸顯君子為了追求利益，而不惜性命的情形。再後接的六個四言成語，兩兩相對，分別出自韓愈〈進學解〉〔註107〕、宋玉〈神女賦〉〔註108〕、房玄齡等《晉書·顧愷之傳》〔註109〕、《四十二章經》〔註110〕、《左傳·襄公二十九年》〔註111〕、阮籍〈大人先生傳〉〔註112〕，蓋孫覿透過不斷

〔註101〕《全宋文》第 160 冊，卷 3483，頁 418。

〔註102〕「君臣之恩，係縻之於前；妻子之計，推輓之於後。」《全宋文》第 87 冊，卷 1887，頁 250。

〔註103〕「長人謂所親曰：『貧賤常思富貴，富貴必踐危機。』」《南史》，卷 15，頁 425。

〔註104〕「洎駕言旋軫。躬履畏途。」《全唐文》，卷 463，頁 4727。

〔註105〕「桓進前捋鬚曰：『臣今日真可謂捋虎鬚也。』」《三國志》，卷 56，頁 1315。

〔註106〕「夫龍之為虫也，柔可狎而騎也；然其喉下有逆鱗徑尺。若人有嬰之者，則必殺人。」【清】王先慎集解：《韓非子集解》（北京：中華書局，1998 年），卷 4，頁 94。

〔註107〕「公不見信於人，私不見助於友。跋前躓後，動輒得咎。」《全唐文》，卷 558，頁 5646。

〔註108〕「徊腸傷氣，顛倒失據。」《全上古三代秦漢三國六朝文》，卷 10，頁 148。

〔註109〕「玄曰：『矛頭淅米劍頭炊。』」《晉書》，卷 92，頁 2404。

〔註110〕「佛言財色之於人，譬如小兒貪刀刃之蜜，甜不足一餐之美，小兒舐之，則有割舌之患。」【漢】迦葉摩騰，竺法蘭同譯，宣化上人講述，佛經翻譯委員會英譯：《四十二章經》（Burlingame, CA：法界佛教總會、佛經翻譯委員會、法界佛教大學，1995 年），頁 208。

〔註111〕「夫子之在此也，猶燕之巢于幕上。」《春秋左傳詁》，卷 14，頁 614。

〔註112〕「汝獨不見夫蝨之處于褌之中乎？」《全上古三代秦漢三國六朝文》，卷 46，頁 2630。

的堆砌舉例，層層渲染人為了追逐利益，所面臨的種種困境，如進退兩難、身
處危險等，由此凸顯「自覺」的重要。可注意的是，孫覿挑揀的意象，許多與
動物相關，如虎、龍、燕、蝨，頗能收新奇之效，而「劍頭炊米」和「刀頭舐
蜜」亦透過反差，生動地凸顯危殆。迄後，以嵇康〈與山巨源絕交書〉〔註113〕
點出人們最終將面臨「道盡途窮」的狀況，屆時後悔欲返，也為時已晚，所謂
「禍發如此，不可及矣」。

　　總結而言，約在歐陽脩以後，文人們撰寫記體基本上已不用成語。然孫覿
喜用成語入記體，明顯和宋代四六文的特色呼應，如王銍曰：「四六尤欲取古
人妙語以見工耳。」〔註114〕而使用成語適恰，其實頗有提升文章力度的功效，
蒲大受云：

> 大率詩語出入經史，自然有力；然須是看多做多，使自家機杼風骨
> 先立，然後使得經史中全語作一體也。如是自出語弱，卻使經史中
> 全語，則頭尾不相勾副，如兩村夫揹一枝畫梁，自覺經史中語在人
> 眼中，不入看也。〔註115〕

其實不只詩，〔註116〕四六文更是，一如本論文第三章第一節提到的王應麟在
詞科試卷中曾有不全用經語「故弱」的批評，在散文中亦似此。

　　由於成語乃典故的濃縮精鍊，字面承載的意思往往比尋常語詞更豐富，所
以較自出語「有力」，只是對許多作者來說，如何使用、連綴成語，誠是一項
重大挑戰，畢竟稍若不慎，則會如樓鑰說的「反累正氣」，故劉祁云：「文章各
有體，本不可相犯，故古文不宜蹈襲前人成語，當以奇異自強，四六宜用前人
成語，復不宜生澀求異。」〔註117〕四六文因為主於應用，應對進退皆需合度，
若過度申明己意難免有失冒犯，所以為莊嚴典重故宜使用成語，然古文與四六
文不同的是，古文尤重視暢明己意，故如在古文中大量使用成語可能會阻礙他
人理解，一般作者不會如此書寫，亦即四六文和古文之範式有別。然正如上述
所論，孫覿記體好用成語可視為一項新變，這使得孫覿的記體「有力」，具雄

〔註113〕 「若道盡途窮則已耳。」《全上古三代秦漢三國六朝文》，卷47，頁2643。
〔註114〕 《四六話》，卷上，頁1。
〔註115〕 【宋】蒲大受：《漫齋語錄》，收入【宋】魏慶之：《詩人玉屑》（北京：中華
　　　　 書局，2007年），卷7，頁214。
〔註116〕 宋詩即使較諸唐詩更好使用成語，然畢竟不及四六文之盛。再則，詩和古文
　　　　 的關係並不如四六文和古文的關係近，故謂孫覿記體文取法宋代四六文好用
　　　　 成語的寫法。
〔註117〕 【金】劉祁：《歸潛志》（北京：中華書局，1983年），卷12，頁138。

渾風格，不同於其他作家的記體。值得注意者，孫覿記體在高密度地運使成語下，亦能照顧到文意的表達，不致過於艱澀，故顯得特殊且難得。

第三節　刻意記載異事

在形式之外，孫覿的部分記體在內容上亦饒富特色。承如第一章緒論所言，《鴻慶居士集》42 卷本乃由孫覿和其子整理，而記體文皆集中於此。換言之，文章既經孫覿篩選，乃更透顯孫覿的撰作意識，和其對各體文章的認知偏好，可以發現孫覿有意收錄書寫神異事蹟的「記體」，〔註118〕這大抵能分為二類：一是記載不合常理的異象，以之寄寓道理或連結人的德性；二是和宗教感應相關者，以之讚揚宗教徒的行止。

第一，寫於紹興十二年（1142）的〈貓相乳記〉乃藉異象勸勉胡松年為國效力：

> 樞密胡公家畜一貓，產四子，其三以予人，其一留置于舍中。性柔馴，不敏於捕鼠，而孝慈則人類也。然又有人所難能者。二貓本不同棲，而食飲臥起，未嘗一日相舍。間從食案投魚肉飼其母，輒不食，呼其子至，乃食。他日飼其子，則四顧而求其母，亦如之。明年，母又生子，日往省焉。母出，則入據其棲擁護之，待母歸乃去。已而又自產四子，則又舍己子以飼其母之子如初。居亡何，四子連斃其三，則銜其一之尚乳者就母共乳之。又明年，產五子，而其母亦產六子，於是盡銜其子置母棲中，意若懲艾三子之夭，而從其母之利也。公遂易一大筐，徙置寢廬之側，二貓領十一子居中而臥護之，交相乳焉。夫貓之餔子也，他貓至，則噴怒而逐之；或出而就食，不及顧視，往往遭噬齧以死。遇食則爭，爭不已則鬥，凡天下之貓皆然。二貓者，推食相先，撫他子如己子，而不相禍。又將雛往就之，十一子施施然混為一區，不可復辨，非所謂人所難能者歟？某嘗觀公之治家矣，門內肅然，笑言不出墻屏，童妾數十輩，不聞一人疾步急呼者。諸郎以大臣子服御如寒素，古詩書皆成誦，屬文

〔註118〕惟需說明者，此些記體由於著重記敘奇聞異事，故大多以散語寫就，較少使用駢語，畢竟承如本章第一節所云，駢語因為形式兩兩對偶的關係，故短於記敘。再則，也因為偏重記敘，所以少用成語，畢竟其不旨在說理，大抵沒有增加說服力的需求。

辭有過人者，而無挾貴驕滿之色。某每造公，輒留數日，蓋五年而
內外偲偲如一日也。昔韓吏部記貓相乳以頌北平王父子兄弟之祥，
又賦雞犬相哺以為董召南孝慈之應。今公二貓之異世同符，天其或
者俾公推其法於天下，偃兵靖亂，使異類服馴而不相害，為蒼生之
福，或由此也夫！紹興十二年五月日，晉陵孫某記。〔註119〕

本文顯和韓愈〈貓相乳〉遙相呼應，同記述貓之「撫他子如己子」，且將此不
尋常之事，歸源於主人之德。不同的是，韓愈旨在將「其所感應召致」者比附
北平王「融融如也」的家風，而孫覿則不只言及胡松年家風，且由之推擴至「偃
兵靖亂」，以為此番異象乃上天寄望胡松年「推其法於天下」，期許其「使異類
服馴而不相害」。蓋胡松年嘗「專治戰艦」以抗擊劉豫與金國侵略宋朝邊鄙，
雖早在紹興五年閏二月「罷簽書樞密院事」，提舉「洞霄宮」，然其猶「居閑不
忘朝廷事」。〔註120〕由此見，「貓相乳」不過是引子，目的在引出其後的主旨，
即孫覿企盼胡松年能再度復出弭平亂事，亦間接證明孫覿並非過去朱熹等人
譏笑的賣國賊，其尚且孜孜於國事之長治久安。

　　以動物為兆之外，孫覿其實更喜以植物為徵，像紹興十八年（1148）〈朋
谿雙蓮記〉〔註121〕首先載記董棻〔註122〕築朋谿室〔註123〕之艷麗，指「芙蓉
城者，不能過也」，並轉言「忽產雙蓮，奇姿殊狀」，並道「公亦未之奇也」，
直到「騈頭並蒂，繁麗豐碩，翹然特出眾華之上」，而董棻始異之。在此，以
物的生長和人的反應逐步推演，大大凸顯該事之「奇」，孫覿更續載：

> 客曰：「古有至人，結茅宴坐，山靈為之築垣，一夕而就。如不見容，
> 則移文勒回俗駕，鬼嘯于梁，梟鳴于樹，妖狐夜噪，群鼠晝出，不
> 得須臾焉。」

轉化孔稚珪〈北山移文〉，拈出山靈、鬼、梟、妖狐營造奇詭氛圍，講論物尚
且會根據人的道德，或降福或降禍。再次，云董棻依倣舊制為母營建亭子，以

〔註119〕《全宋文》第 160 冊，卷 3480，頁 364～365。
〔註120〕《宋史》，卷 379，頁 11699。
〔註121〕《全宋文》第 160 冊，卷 3480，頁 368～369。
〔註122〕董棻，字令升，曾任度支員外郎、吏部員外郎，知衞州等，後在紹興三十二
　　　　年（1162）引年告老。
〔註123〕「朋溪以董令升弅得名，在宜興縣北五里。王、徐二志竝作縣東北五十里，
　　　　宋令董升居此，皆大謬。……《南畿志》：宜興縣古跡有瑞蓮亭，今縣北尚有
　　　　亭子圩，疑皆令升故跡，惜無可考。」【清】吳騫：《桃溪客語》，卷 4，收入
　　　　《吳騫集》4 冊（杭州：浙江古籍出版社，2016 年），頁 83。

舒緩母親「思望故里」之鬱悶，待母卒後，又現三年三見「雙蓮出池中」之異狀，發揚董棻之「隱德高行」。要之，本文亦同〈貓相乳記〉般用超乎尋常的神異之事稱頌人之「德」，不同的是其更著眼於「孝」。由此見，孫覿不至於千篇一律，其撰寫之主題，乃至撰寫的角度，皆會因人設事。

又紹興二十九年（1159）〈芝亭記〉〔註124〕轉載司馬光〈山陵擇地札子〉指責仁宗埋葬「拘泥陰陽」的不是，〔註125〕並評述司馬光埋葬夫人張氏乃「用士逾月之制」，其後言：

> 吳興陳公令舉都官，嘉祐中舉制策第一，名震天下，王荊公當國，上疏論青苗之害，得罪貶南康稅官，不幸遇疾而沒。既葬，而地學者以為不利，遂改建今車蓋山之上。基有亭，歲久蠹敗，子孫拘畏，不敢薙葺。歲時饋祀，間遇風雨，無尺椽片瓦之覆，則席地山下，望祭而旋。公之孫、左朝議大夫湯求，力排群議，斷然不疑，乃即故墓琢石為柱，旁累磚甓以取固，一亭屹然，壯麗深穩，十倍於舊。……是歲五月，產靈芝三本，一芝出新亭甍甓之間，二芝對植於冢前，九莖三秀，創見一時，奇形異狀，皆應圖諜。父老縱觀太息，以為未曾見也。大夫公讀古書，求古道，高風絕塵，度越拘攣之議，固已追配溫公於百世之下；而山靈土伯，復效殊祥於群疑眾惽之時，所以表異學士大夫尊祖之意。公今八十五歲，強健精明如壯者；諸郎皆著士籍。墳墓之祥，家庭之瑞，有蘭有芝，壽福固未艾也。某與公為同年進士，公之子文璉，尉晉陵，出公所記芝亭示

〔註124〕《全宋文》校注云：「《全集》卷五四題為『書芝亭記後』，《湖州府志》題作『跋芝亭碑後』。除首句『吳興陳公令舉葬車蓋山之上』稍異外，餘即本文『墓有亭』以下，按文意，本文當為題跋文，但似不應如《全集》另分一文。」《全宋文》第 160 冊，卷 3482，頁 398～399。蓋《全宋文》整理者從是文「遂書之卷末」和其他文獻題名判定〈芝亭記〉應屬題跋文，然〈芝亭記〉應屬「記體」，一是如上述所言《文集》畢竟早出，故資料應比其後的《全集》和《湖州府志》可靠；二是孫覿「記體」有 38 篇於文末加上「孫某記」，〈芝亭記〉亦無例外，而題跋文中僅〈跋朱德固所藏先世往來帖〉一篇言及「孫某記」。由此概可推知，於孫覿的認知裡，〈芝亭記〉較屬記體。

〔註125〕〈芝亭記〉：「仁宗皇帝山陵，議欲廣求吉地於永安四境之外，時司馬溫公在諫省，公奏言：『葬者，藏也。古之葬者，北方北首，未嘗擇地。擇地卜日，蓋出於近世，葬書、淫巫、瞽史不經之說，士庶之家拘泥陰陽，遂有累世不葬者。臣常欲朝廷禁絕其書以弭害教亂俗之弊。』」《全宋文》第 160 冊，卷 3482，頁 397～398。

余。三讀感歎，遂書之卷末。紹興歲次己卯，六月日，具位孫某記。
〔註126〕

上文有二奇：一奇為由地學者營造的「風水之奇」，使陳令舉子孫忌諱，而不敢動手薙葺墓亭；二奇為對「風水之奇」的翻轉，因陳湯求修墓尊祖，發生「靈芝三本」、「九莖三秀」等使「父老縱觀太息」的各式奇形異象，而孫覿將之歸於山靈土伯之殊祥以渲染「神」，並頌揚陳湯求的不惑陰陽，敬祖追遠，由此彰顯陳舜俞「高風絕塵」之賢，以及陳氏「家庭之瑞」，而由文末「三讀感歎」可見孫覿對此類奇事感應心有所感。值得注意者，孫覿曾於紹興二十五年（1150）〈黃林先墓記〉表示其「屢欲改築」先墓，卻「拘諱陰陽家之說」而遲遲未成，直到一日守冢僧命工修補罅漏，因為「桶瓦破腐」故失足流血，方始「決意改造」。〔註127〕合觀二文，可見孫覿書寫〈芝亭記〉異象的背後，並非只為單純頌揚，其更深的用意乃欲破除風水迷信，澆胸中塊壘。

〈梅露堂記〉同樣從植物異象寫起，然由前二篇的蓮花和靈芝，一改為梅花，特殊的是其甚且過接到地方治理上：

> 吳興莫公，以尚書刑部員外郎出守常州之明年紹興二十九年，州治寢廬之東少北，有梅著子可食矣，忽發一花，三重八出，色香良是而體質殊常，大抵如末利然。越數日，又連發四花於繁實亂葉之中，碧色白心，層見疊出，比前一花葩葉數倍，嘻，亦異矣！……客有過而言曰：「梅，鼎實也，濟百味以為和；露，天醴也，潤萬物以為澤。人有無告之冤而吏弗省，吾降色辭而導之使言，茲所以為和；上有惻怛之政而吏弗舉，吾奉詔令而宣之使通，茲所以為澤。自公臨此州也，適當守將數易、帑廩空虛、犴獄充斥之後，待士民如待其身，治公家如治其私，事無細大，畢入規矩；而後按五縣經數歲之入，以校一歲之出，窒姦偷，杜吏譣，不以一毫加賦於民，而上下贍足。博洽精練，長於用法，斷治皆自己出，而飾以儒雅，時有所貸舍，不為深文。……四封之內，和氣條達，惠澤涵濡，天之降祥，以類而至。草木眾矣而獨以梅，瑞物多矣而獨以露，積祲之交，捷逾響報。昔周公得禾，以名其書，叔孫勝狄，以名其子，皆所以識一時之盛，使後來者有考焉。於是為記。公諱伯虛，字致遠，今

〔註126〕《全宋文》第 160 冊，卷 3482，頁 398。
〔註127〕《全宋文》第 160 冊，卷 3482，頁 394～396。

　　為右朝奉郎。八月日，具位孫某記。〔註128〕

文中載記梅花「三重八出」、「如末利然」等奇象後，即抓緊「梅露」二字生發。孫覿首先從料理的角度切入討論「梅」，指出梅於烹調之時，能使味道被遮蔽的食物彰顯出來，有「濟百味以為和」的功用，藉此言官吏「降色辭」使原本「無告之冤」的人願意言說，亦類「梅」的功用。觀諸學者程杰研究宋代梅花審美文化中慣常強調的「人格象徵色彩」和「氣節情操立意」，〔註129〕孫覿此般以「梅」譬喻政治，顯然迥異於尋常文人對梅花的書寫，可謂十分特殊。

　　又梅露之「露」，孫覿則將之形容為「天醴」可潤澤萬物，並比附官吏能「奉詔令」，使聖上「惻怛之政」遍布天下，而與「露」同功。爾後，孫覿敷衍莫伯虛治理之績，並指出期盼使「後來者有考焉」，由此把虛浮的概念指涉落至實處。要言之，面對如此奇兆，又作為莫伯虛「以休其中」的堂廬，若是庸手或無甚仁民愛物之心的人撰作本文，極可能專主歌頌，流於吹捧應酬之作。然孫覿頗能避免此弊，以奇事為賓，主在講述執政之道，確屬難得。越明年，孫覿猶有〈梅露圖後記〉亦旨在寫梅的特異，包括「忽開四五花，其一特大，三疊而六出，瑰姿絕艷」及「一蓓蕾於枯槎之上，一夕浸大」云云，強調「斯亦奇矣」，並同指「奇祥異瑞表而出之」乃天道神鬼欲顯揚莫伯虛德政。〔註130〕蓋文集中相似主題一連二見，顯見孫覿對神異之事的濃厚興趣。〔註131〕進一步言，孫覿喜好書寫「靈芝三本」、「梅花三重八出」、「蓮花駢頭並蒂」之種種現象，應和徽宗朝崇尚祥瑞有關，迄南渡後孫覿依然延續此一認識徑路，故有諸多祥瑞的書寫，不過觀察孫覿記體或連結國事，或連結地方治理，可見其試圖為祥瑞現象賦予更深刻的意義。

　　如果說上述對物的異象書寫仍訴諸人事反應，則孫覿尚且有直述宗教感應奇蹟的篇章，如紹興二十年（1150）〈平江府吳江縣無礙院普賢感應記〉：

　　余嘗過松江無礙院，兵火凋殘，寺之入於草莽者十九，獨有普賢菩薩一堂像設中峙，丹青輪奐之飾炳然。余問其故，僧曰：「邑人宋某者營築此堂，為翁媼追福之地。已而夢一大士，戴華冠，被珠珞，

〔註128〕《全宋文》第 160 冊，卷 3482，頁 400～402。
〔註129〕程杰：《中國梅花審美文化研究》（成都：巴蜀書社，2008 年），頁 108～109。
〔註130〕《全宋文》第 160 冊，卷 3482，頁 402。
〔註131〕徽宗朝風行祥瑞的政治文化，詳參方誠峰：《北宋晚期的政治體制與政治文化（第二版）》（北京：北京大學出版社，2023 年），頁 330～350。

乘白象，手執如意，而翁媼導其前，神情蕭散自得如平生，不見缺
滯冥漠幽陰之態。既悟，歎曰：『此普賢菩薩也。』於是敬信之心日
以精進，又圖其像於家，尊事之益虔。晨香夜燈，寒暑不解；一方
道俗，咸共瞻仰，故能如此。」余聞惟聖人而後知生死之說，鬼神
之情狀。人子念親屬纊之後，影嚮昧昧然，不知其所之也，然後歸
依佛祖，涕淚請救，援之火宅為清涼山，出之苦海為極樂國，解六
結為脫解門，破十習為無上道。諸佛赴感，示現神通，起幽作匱，
捷逾響報，無足疑者。答曰：如是，請書其末。〔註132〕

由上可見，面對這類宗教感應，孫覿非但未斥為異說，甚且肯定其「示現神通」
的事蹟，此一方面自與孫覿篤信佛教有關，二方面當反映了孫覿好奇，故其答
以「請書其末」，選擇將之記錄下來，乃至收入文集中。

　　此外，紹興三十一年（1161）〈靜素法師鄭君祠堂記〉亦如上文從自身經
驗寫起，孫覿敘己嘗守平江，見到真壽聖宮之「高明鉅麗」乃「四顧而驚」，
凸顯真壽聖宮之奇，再拈出靜素法師鄭知微「有出塵之姿」，於「大盜入境，
州人奔散」的亂世之中尚能「言笑如平日」，並可「堅坐不動，言笑如平日」、
「解衣就榻，晏然而逝」。待亂事平定之後，鄭知微依然「一殯歸然在灰燼瓦
礫中，獨無恙」，孫覿乃讚揚「鄭君者一段奇特，見於死生之際，吳門父老至
今能言之」、「法籙浮水治疾病，人趨歸之」、「視財如糞土，視死生之變如夜旦」，
甚且鄭君被徽宗賜號沖和靜素法師云云，〔註133〕凡此種種皆在指稱鄭知微異
於常人的特質，印證孫覿慣以「奇」的角度記述事物。

　　至若，紹興二十二年（1152）〈常州資聖禪院興造記〉亦類此，文云：
宣和六年，吾州夏旱，州將率寮吏奉牲玉，徧走群祀，不見答。適
有比丘尼悟空師法堅，自錢塘至，曰：「吾能為公等致雨。」即日詣
城東資聖寺佛殿，闔扉趺坐，晝不食，夜不寢，凡三日，而澍雨沛
然。州人驚異請留，師曰：「吾奉詔住臨平之明因院，不可輒去。有
清智大師普璹者嗣吾法，可召而至也。」於是州將飭僧尼治舟檝，
具書幣，卜日以請。資聖寺者，按《圖經》，實唐咸通中所營，距今
二百餘年，頹垣敗屋，旁穿上漏。……余嘗過謁，周覽而歎曰：「松
隨肘而回，石點頭而應，不吾欺也。」於是為記。普璹，姓李氏，錢

〔註132〕《全宋文》第160冊，卷3481，頁384～385。
〔註133〕《全宋文》第160冊，卷3483，頁412～413。

塘人，賜號清智大師云。紹興二十二年，歲次壬申，四月日，晉陵
孫某記。〔註134〕

上段文字其實旨在講述「資聖禪院」興造經過和頌揚普璿，然文章開頭並非直
接進入主題，反倒是將時間倒推至二十八年前的宣和六年（1124），言說常州
夏旱，而「比丘尼悟空師法堅」為常州禱雨一事。如此神異的開頭，實是為引
帶其後「嗣吾法」的清智大師普璿，直指普璿亦同法堅之「神」，一方面呼應
下文普璿之「穎悟過人」故能說法「坐下率常數十百人」，以及「潔身勵行」
故能「奮然發弘願於百難之中」，二方面也凸顯資聖禪院的「魁奇偉麗」，且其
非聚斂人民錢財，煽以禍福的妖妄建物，而是神人示現神蹟的處所，於常州有
顯著功績。由此想見，孫覿以奇事起筆非是泛泛獵奇，而是經過仔細思量緊密
結撰的成果。再且，從文末「余嘗過謁，周覽而歎」云云，得見此文乃孫覿有
感而發之作，揭示孫覿喜寫奇事的偏好。

寫於紹興十五年（1145）〈靈巖智積菩薩殿記〉則以傳奇故事開篇：

梁天監中，以吳王館娃宮故地為靈巖寺。寺成，有異僧負鉢囊以入
憩殿廡下，長身鼇面，梵相奇古，其徒莫之省也。夜半，索筆墨自
圖其像于殿之東北壁而去，黎明不知所在，眾始驚異之。居亡何，
有胡僧顧見其畫，唶曰：「此西土智積菩薩像也，何為在此？」於是
道俗奔走來觀，稽首歸依，攀跽作禮，鼓舞抃蹈，歡喜踊躍，如師
出世。唐宰相陸象先，吳人也，有弟失其名，得危疾，國醫不能療。
一日，有僧扣門問疾，象先引至臥內，索杯水噀之，一噀而病良已。
象先驚謝，出金幣數姝。弗受，顧謂其弟曰：「我靈巖寺僧，他日還，
其來過我。」遂去不復見。其年，象先弟以尚書為郎，觀察桂管，
道吳中，趨靈巖如約。問僧所舍云者，徧訪寺僧求之，亦非是。方
悵然欲還閒，俄見殿壁所畫像肖焉，如言如笑，如見師友。驚喜亟
拜，施錢五十萬，羞齊供，作佛事，裴回數日而後去。……長老妙
空佛海大師智訥，飭其徒妙機、浩乘、惠珍、沖正者，募眾力大之。
高甍巨桷，雄視一方，像設中嚴，雲披月滿，極莊嚴相好之妙。人
天環繞，梵唄之聲震動山谷；涕慕感泣，又如師始亡於是。訥過余
晉陵，求文以為記。余曰：「眾生執迷，展轉六趣，出沒生死，莫覺
莫悟。諸佛菩薩哀憫一切，或示現神通，或化出光景；天龍負殿，

〔註134〕《全宋文》第 160 冊，卷 3481，頁 389～390。

山鬼築垣，卓錫而石泉涌，揮塵而雨花墜，凡所見聞，同悼齊喜；投體歸命，齋心悔過。……今雙林大士、泗州佛僧伽、靈巖智積，皆是也。……余嘗謂訥公才不減澄觀，屬時多虞，可以馳騁一世，列於功名之士。今老矣，凡五住靈巖，前後二十年，又築堂於寢廬之旁，榜曰五至云。紹興十五年歲次乙丑八月日晉陵孫某記。〔註135〕

記體文原旨在「敘事識物」〔註136〕，故本即帶有考述之性質及功能，而一般中規中矩的作者大多以客觀之筆考述史地，以求信實。齊州靈巖寺地理位置雖和蘇州靈巖寺不同，然其記載之神異事蹟幾乎雷同，故被贊寧評曰「同異之說，史氏多之」。〔註137〕張公亮寫有一篇〈齊州景靈巖記〉，與孫覿〈靈巖智積菩薩殿記〉可堪對比，然張公亮卻只是平板陳述山川景物，「按圖經」直面托出，旨言興造。〔註138〕兩相對照下，誠可見孫覿以奇事破題的特殊性，其效果在於一方面能迅速攫取讀者目光，引帶閱讀興趣；二方面亦為靈巖寺裏上一層神秘色彩，讚頌其靈應之跡。

綜言之，孫覿創作這類記體的比例為 9/41，而如果以唐宋八大家記體為觀察對象，將發現八大家多不喜好書寫「奇事」，比例為韓愈 0/7〔註139〕、柳宗元 0/35、歐陽脩 1/36〔註140〕、曾鞏 0/39、王安石 0/27〔註141〕、蘇軾 3/57〔註142〕、蘇轍 0/25、蘇洵 0/5，至若與孫覿同時代者，像汪藻 0/19、王庭珪

〔註135〕《全宋文》第 160 冊，卷 3480，頁 373～375。

〔註136〕陳懋仁：《文章緣起注》，收於《文體序說三種》，頁 228。

〔註137〕【宋】贊寧：《宋高僧傳·感通篇第六之一》（北京：中華書局，1987 年），卷 18，頁 459。

〔註138〕《全宋文》注曰：「其他諸書文題或作『靈巖寺記』、『齊州景德靈巖寺記』、『重修靈巖寺記』」詳參《全宋文》第 48 冊，卷 1032，頁 54～56。

〔註139〕〈貓相乳〉未以「記」名篇，概見韓愈似不將之歸為記體。

〔註140〕歐陽脩〈海陵許氏南園記〉旨在表彰許元的孝順，並藉之教化海陵人，其中寫及對許元園林的想像，以為許元的園林將來會出現「駢枝而連理」、「（禽鳥）不爭巢而棲，不擇子而哺」的異象。整體而言，歐陽脩的描述較諸孫覿簡略不少。詳參：《全宋文》第 35 冊，卷 740，頁 118～119。

〔註141〕王安石〈芝閣記〉藉真宗、仁宗兩朝君民對待靈芝或貴或賤的態度，抒發對士人之貴賤、遇與不遇之感慨，非旨在記錄祥瑞異事。

〔註142〕〈勝相院經藏記〉寫菩薩各種神通；〈應夢羅漢記〉寫自己「夢一僧破面流血」，後經過一廟，見到裏頭的阿羅漢聯想到昔日的夢境，心有戚戚焉，乃把阿羅漢修復好，並置放在安國寺；〈子姑神記〉寫自己初貶黃州，目睹到的一樁扶乩事件。大抵除了〈子姑神記〉有較細節的描寫外，其他二篇則較簡省。詳參：《全宋文》第 90 冊，卷 1969、1970，頁 428～429、435、445～446。

1/14〔註143〕、周紫芝 1/17〔註144〕，可見一般作者少有這類作品，孫覿對記體的創作態度和眾人不盡相同。〔註145〕

孫覿和其子孫介宗編輯文集之時，刻意收入諸多撰寫奇事的篇章，乃反映了孫覿好奇的人格傾向。難能可貴者，孫覿並未流於「諂媚主人家」〔註146〕而成為無聊的應酬之作，其猶且以之勸勉友人胡松年，寄寓對國事的關懷，或闡揚孝道，或破除風水迷信，或取譬為政之道，或突出神蹟嘉許宗教徒的勤謹，乃至為地方祈雨的貢獻，並藉此論示佛理等。要言之，孫覿不只好運奇事，並擅長從中藏蘊深意，因此添增了文章的豐富度和可讀性。

小結

總結而言，孫覿記體文之形式與內容確有可觀之處：

首先，在以散語為主要形式的記體創作之中，孫覿頻繁使用駢語，這在歐陽脩之後駢散分道揚鑣的時代，顯得異常特別。再者，孫覿亦不若楊億等人之記體全篇充斥駢語，而是用交互穿插的方式。可以說，孫覿對駢、散語各自的長處實有很清楚的認識和高超的駕馭能力，例如駢語可透過層層的堆疊，讓文章益發富贍，利於鋪排物象，而散語能透過長短句的交相替用，幫助文章推進

〔註143〕 王庭珪〈西山記〉寫縣宰向子貴因為縣內久旱，故向西山之靈祈雨一事，並指出「神之威德，實不繫封爵之有無」，以之比附「今之大官大職」者不見得能「惠澤斯民」，詳參:《全宋文》第 158 冊，卷 3412，頁 256～257。

〔註144〕 周紫芝〈時山觀音神像記〉寫觀音像經歷戰亂仍完好無缺，輾轉多手，後周紫芝始於龍溪見之，文中對菩薩之神通作了一番申發，詳參:《全宋文》第 162 冊，卷 3529，頁 280～281。

〔註145〕 可思考者，〈貓相乳記〉、〈朋谿雙蓮記〉、〈芝亭記〉、〈梅露堂記〉、〈梅露圖後記〉孫覿狀寫異象的同時，亦嘗試與人物的道德連結，如「忠」、「孝」、「德」等。魯迅分析:「唐人小說少教訓，而宋則多教訓。」側面顯示孫覿記體與宋代小說傾向的雷同性。參見魯迅:《中國小說的歷史的變遷》，《魯迅全集》(北京:人民文學出版社，2005 年)，第 9 卷，頁 319。另外〈平江府吳江縣無礙院普賢感應記〉、〈靜素法師鄭君祠堂記〉、〈常州資聖禪院興造記〉、〈靈巖智積菩薩殿記〉對於宗教靈應的描述，亦涉及佛理的講述，也和學者對宋代佛教靈驗類故事的觀察呼應，是「進行世俗道德教化的工具」，參見張歡:《宋代佛教靈驗類故事及其世俗化》(成都:西南交通大學中國語言文學碩士論文，2017 年)，頁 1。

〔註146〕 王基倫〈韓愈記體文章的抒情性書寫〉云:「韓愈〈貓相乳〉⋯⋯這篇文章寫得平凡乏味，不容諱言，帶有諂媚主人家的成分，歷來不受到重視。」《成大中文學報》第 34 期 (2011 年 9 月)，頁 75。

記述。是以，孫覿或在一篇文章中駢散間用，使其各司其職，或將「駢語散化」
成為「排比化駢語」兼融駢散，營造輕快兼蘊含氣勢的風格，讓記述方式更顯
多樣，增添文章的可讀性。

又且，孫覿記體善於剪裁成語，此乃宋代四六文的特色，在一般記體中少
見，故孫覿以之用來創作記體，使文章異常生新。孫覿對成語的使用至少有二
個層面，一是徵引前賢話語，增強說服力；二是濃縮故事大量舉例，提升文字
密度，因此塑造孫覿記體雄渾的風格。值得稱許者，孫覿即使大量援引成語，
猶能表意清楚，連接自然，不致過於奇崛，影響閱讀。如果說駢語在歐陽脩等
人推行散語書寫後逐漸淡出，則孫覿記體好用駢語及成語的書寫方式，可視為
駢語的重新復歸，為日益形式化的記體注入新的活力。

此外，觀察孫覿記體內容，可發現較諸其他作者，孫覿有許多書寫奇事的
篇章，或云奇事感應，或云宗教神蹟，而其常常非只流於單純的記述，尚且長
於從中提煉道理，或與治道關聯，或與國事連結，或與德性相關，或為破除風
水迷信，為奇事尋找意義，避免流於虛浮的歌頌。

第五章　墓誌銘

　　墓誌銘自韓愈改創以來，正如葉適所言乃成為文章家們最重視的文體之一。耙梳宋代墓誌銘書寫，大抵可區分為二條主線：一為長於記述，疏於議論，文風平易者，如歐陽脩；二為長於議論，疏於記述，文風奇崛者，如王安石。然此畢竟只是概括性的化約分類，若嘗試深入文本內部挖掘，注意各作家書寫上的細節，將更能明晰墓誌銘的發展演變。

　　桑麗影統計宋代創作墓誌文數量前 22 名作家，孫覿排行第 14 名，計 57 篇。〔註1〕然值得注意者，生卒年早於且所作墓誌文數量多於孫覿的作者，僅歐陽脩 108 篇、張方平 69 篇、曾鞏 63 篇、王安石 126 篇、范祖禹 234 篇、黃庭堅 76 篇。〔註2〕此六人之中，歐陽脩、曾鞏、王安石的墓誌銘已有豐碩的研究成果，目前只張方平、范祖禹、黃庭堅的墓誌銘，少有學者深入探討其文學價值。所以如此，部分源於張方平、范祖禹寫的多是宗室墓誌文，這些宗室子弟因為幾乎一輩子被限縮於皇宮之中，生活空間狹小，故少有什麼值得記錄的事蹟，加上宗室墓誌銘有一定的撰作要求，通常以端莊典重為原則，故撰作者鮮少有發揮的空間，整體而言文學性偏低。再者，翻檢黃庭堅創作的墓誌銘，文字雖偶有奇崛處，也有一些值得討論者，但篇幅多短小，書寫對象集中於沒有顯著功業的小人物上，內容難免貧乏，大抵而言文學性亦十分薄弱。

〔註1〕桑麗影：〈宋代墓誌文獻的撰者與文體研究〉，2014 年，中華石刻數據庫宋代墓誌銘數據庫，http://inscription.ancientbooks.cn/docShike/shikeRead.jspx?id=1441236&searchValue=%E6%A1%91%E9%BA%97%E5%BD%B1&libId=1，瀏覽日期 2020 年 6 月 29 日。

〔註2〕歐陽脩（1007～1072）、張方平（1007～1091）、曾鞏（1019～1083）、王安石（1021～1086）、范祖禹（1041～1098）、黃庭堅（1045～1105）。

披覽孫覿墓誌銘，可發現具豐富的文學性，有「奇」的特點。更且，孫覿乃兩宋之際創作墓誌銘數量最多者，[註3] 在研究上誠有一定意義。[註4] 惟有關孫覿的墓誌銘，宋人雖屢屢提及，可惜的是人們多不分析其在書寫上有何特色，反倒側重在指摘孫覿「諛墓」的行徑。[註5]

有鑑於此，以下希冀透過與此前作品的對看，凸顯孫覿墓誌銘特點。第一節討論孫覿如何由「外在環境」襯顯人物之奇；第二節進一步由外而內，探究孫覿如何刻畫人物「內在本質」之奇；第三節指出孫覿如何在人物生命終了之際突出其「死亡」之奇。

第一節 大背景下的角色定位

「墓誌銘」作為記人敘事的文體，如何深刻凸顯墓主特質，如何清楚編織

〔註3〕 孫覿〈與侍御書〉：「交舊委作墓志、行狀數十家，不受一金之餽。」《全宋文》第 159 冊，卷 3428，頁 34。可見人人爭相請孫覿作墓誌銘。

〔註4〕 據桑麗影統計，在孫覿之後，於墓誌文創作能進前 22 名的作家，是胡銓（1102～1180）51 篇、李石（1108～1181）46 篇，然胡銓、李石一方面創作數量比孫覿少，二方面出生年代晚孫覿 20 餘年，在靖康之變時也僅約 20 餘歲，活動時間主要在南宋，比較難列入兩宋之際的作家中。

〔註5〕 有關孫覿諛墓的批評，一方面指其好收受錢財，如王明清；二方面指其進小人退賢良，如岳珂。值得注意的是，韓愈亦被批評「諛墓」，然韓愈改創墓誌銘的成就有目共睹。進一步言，孫覿雖被批評「諛墓」，但也間接顯示人們承認其隱惡揚善的書寫技巧甚高，換個角度而言，未嘗不是一種肯定。王明清：「孫仲益每為人作墓碑，得潤筆甚富，所以家益豐。有為晉陵主簿者，父死，欲仲益作志銘，先遣人達意于孫云：『文成，縑帛良粟，各當以千濡毫也。』仲益忻然落筆，且溢美之，既刻就，遂寒前盟，以紙筆、龍涎、建茗代其數，且作啟以謝之。仲益極不堪，即以駢驪之詞報之，略云：『米五斗而作傳，絹千匹以成碑，古或有之，今未見也。立道旁碼，雖無愧詞；諛墓中人，遂成虛語。』瞿無逸云。」【宋】王明清：《揮麈錄》（上海：上海古籍出版社，2012 年），後錄卷之 11，頁 137。岳珂：「孫仲益覿鴻慶集，太半銘誌，一時文名獵獵起，四方爭輦金帛請，日至不暇給。今集中多云云，蓋諛墓之常，不足咤。」「其誌韓世忠墓，直謂先臣為『跋扈』，而儷之范瓊，臣故不能無說焉。夫人之賢不肖，天下固有公論，而非一人之私可以臆決也。夫呂頤浩之元勳，而呂惠卿之誤國，莫儔之附虜，其為人皆不待言而見。而覿之序惠卿，則謂魁名碩實，為世大儒，而自願託名於其文。誌莫儔則惜其投閑置散，老死不用，而謂廟堂為非。是其識固可想矣。而於頤浩則直指為山東噉棗栗一氓，是豈復有是非之公哉！覿之取捨如此，則詆先臣以『跋扈』，固無怪者。」【宋】岳珂：《桯史》（北京：中華書局，1981 年），卷 6，頁 70 【宋】岳珂著，王曾瑜校注：《鄂國金佗稡編續編校注》（北京：中華書局，1989 年），卷 23，頁 1061～1062。

事件經緯，乃十分重要的課題。可惜的是，墓誌銘發展之初，為頌揚墓主「德善功烈」的事蹟，以俾使其「傳於無窮」的應用性質過於強烈，〔註6〕乃削弱了其敘事性。

中言之，蔡邕等漢人雖大量創作墓誌銘，〔註7〕書寫上仍旨在稱頌墓主，就敘事而言多流於平板，角色特質連帶難被彰顯，如蔡邕的代表作〈郭泰（有道）碑〉旨在褒揚郭泰「孝友溫恭」、「仁篤慈惠」等，但幾乎只流於浮泛的表面形容，未再詳述人物事蹟，此應與蔡邕「樹碑表墓，昭銘景行，俾芳烈奮於百世」的墓誌銘創作觀有關，〔註8〕延及六朝及唐代多數墓誌銘亦大抵類此，〔註9〕不免令讀者披覽墓誌銘有千人一面之感。

惟以上情況約至韓愈始有創變，方「行文敘事，面目首尾，不再蹈襲」〔註10〕。是以，錢基博曰：

> 碑傳文有二體：其一蔡邕體，語多虛贊而緯以事歷，魏、晉、宋、齊、梁、陳、隋、唐人碑多宗之；其一韓愈體，事尚實敘而裁如史傳，唐以下歐、蘇、曾、王諸人碑多宗之。〔註11〕

所謂「事尚實敘」乃改換「語多虛贊」，著重在人物事蹟的撰寫，以替代虛浮之歌頌，而「裁如史傳」乃革新「緯以事歷」，用心在文字記述的剪裁，為凸顯人物的特質。易言之，較諸從前的墓誌銘，韓愈墓誌銘多能彰顯墓主的獨特性，文學性較強，爾後繼韓愈而起的歐陽脩，又發揚光大之，〔註12〕讓史傳筆法成為後世墓誌銘主要的書寫範式。〔註13〕即使如此，仍非代表每一位作者彰表墓主的方式類近。

就文章布局而言，如何破題，如何結題，對創作者來說，誠是極須審慎思

〔註6〕《文體序說三種》，頁174。

〔註7〕《文心雕龍‧誄碑》云：「自後漢以來，碑碣雲起。才鋒所斷，莫高蔡邕。」《增訂文心雕龍校注》，卷3，頁155。

〔註8〕《全上古三代秦漢三國六朝文》，全後漢文卷76，頁1767。

〔註9〕洪适〈跋歐書唐瑾碑〉：「唐初文章承五代之衰，務以駢儷為工，碑誌之作多浮靡而無事實。」《全宋文》第213冊，卷4738，頁306。

〔註10〕《文體序說三種》，頁62。

〔註11〕錢基博：《中國文學史》（北京：中華書局，1996年），頁360。

〔註12〕何寄澎：「歐陽作文重簡潔、重信實、重氣韻、重唱歎，取史又多於取韓。」參氏著：〈歐陽修古文作法探析〉，收入《唐宋古文新探》（台北：大安出版社，1990年），頁192。

〔註13〕「文章撰述之士，莫不爭為銘誌，大抵取法歐公。」【清】吳闓生：《漢碑文範》（北京：中國書店，1993年）。

考的問題，因其攸關文章的成敗。畢竟若未有良好的破題，則難以順利引帶其後的內容，將削弱本有的精采，而沒有良好的收束，則難以給讀者留下深刻的印象，不免有虎頭蛇尾之譏。

一般墓誌銘破題不外乎以下數種：像是先點出墓主名字，如「公諱某字某」；或載記墓主族出，如「其先某」；或交代墓主死亡，如「薨於某」；或講述寫作緣由，如「某屬予銘」。總括而言，墓誌銘用上舉方式開頭者佔絕大多數，而其多著重於人物基本資料的介紹上，故往往平鋪直敘，沒有太多起伏。

試觀歐陽脩名篇〈資政殿學士戶部侍郎文正范公神道碑銘并序〉寫一生有許多豐功偉業的范仲淹，開頭云：

> ①皇祐四年五月甲子，資政殿學士、尚書戶部侍郎、汝南文正公薨於徐州，以其年十有二月壬申，葬於河南尹樊里之萬安山下。②公諱仲淹，字希文。③五代之際，世家蘇州，事吳越。太宗皇帝時，吳越獻其地，公之皇考從錢俶朝京師，後為武寧軍掌書記以卒。④公生二歲而孤，母夫人貧無依，再適長山朱氏。既長，知其世家，感泣去之南都。入學舍，掃一室，晝夜講誦，其起居飲食，人所不堪，而公自刻益苦。居五年，大通六經之旨，為文章論說必本於仁義。〔註14〕

以上段落的結構能整理為：寫墓主的亡故→言墓主的名諱→介紹墓主的家世→記述墓主的事蹟，此大抵是歐陽脩墓誌銘「開篇」慣常的書寫模式，乃至也是許多墓誌銘「開篇」慣常的書寫模式，可以感受到作者在記述上較四平八穩，有時難免缺乏趣味。

反觀孫覿則不然。孫覿墓誌銘雖也有部分作品如歐陽脩等人的墓誌銘，以較為平穩的方式破題，然在不少篇章中實可見到孫覿對文章「開篇」的經營。要言之，孫覿尤擅把人物置入大背景中加以定位，彰顯人物「奇」的特點，令讀者對墓主可以有更深刻的印象，而此可分為二個層面：一是將人物置放於兩宋之際動盪的「時代情境」裡，直指人物特殊的事蹟；二是將人物置放於兩宋之際複雜的「政治生態」中，突出人物與眾不同的作為。

首先，像是〈宋故翰林學士莫公墓志銘〉破題時，便不惜用大段文字一路鋪述紹聖至建炎的時代背景，藉以解釋墓主莫儔（1089～1164）的遭際：

〔註14〕《全宋文》第 35 冊，卷 746，頁 222。

①紹聖初，新宰相用事，首按元祐諸臣變更法度、和戎棄地之罪。生者削籍，流竄嶺海；死者追貶，禁錮子孫。不用赦除，以示永廢。已而蔡京當國，盡疏名氏，第為四等，立石朝堂，號「姦黨碑」。②嗟乎！立法本以便民，當適變通之宜；禦戎本以安邊，欲紓戰鬥之禍。而權臣修怨，建為紹述，脅制上下。凡議論之臣，疆場之吏，輒有一言議令便民，解仇安邊，皆以「陰懷異意，動搖國事，沮壞先烈」，入元祐黨。以故士大夫避讒畏禍，便文自免。終蔡京之世二十六年，猶有險佞中傷，文致疑似，為害紹述，而觸大罪者。③靖康之變，金人擁騎數萬，長驅河朔，直犯京闕，於時臺諫爭請和戎，以備倉猝不測之難，皆斥廢不用。而二三狂生抗首大言，乘險徼幸，起於小吏，驟擢將相，試之一擲，卒至誤國。二帝蒙塵，中原陷沒，億萬生靈，肝腦塗地，太上皇狩維揚，移蹕臨安。國步阽危，至此極矣。而進取之士，尚循紹述之利，終以和戎為諱。④此翰林莫公所以投閒置散，至於老死不用，固其理也。〔註15〕

上述引文旨在陳述莫儔所以會「投閒置散，至於老死不用」的原因。特殊的是，孫覿從宋哲宗時期開始說起，並一路層層推進，扣緊「和戰」議題發揮，而此處約可劃作四個部分理解：

第一，孫覿先是回顧了紹聖（1094～1098）時的政治背景，敘說新黨得勢。在此雖未指明，然可以推知孫覿乃在說新宰相章惇甫上任，便按劾元祐諸臣的事件，其中一項罪名乃「和戎棄地之罪」。

第二，孫覿慨歎章惇、蔡京等新黨人士全然不知「立法本以便民，當適變通之宜；禦戎本以安邊，欲紓戰鬥之禍」的宗旨，而在高壓統治下也讓士大夫們「避讒畏禍」，不敢為正義發聲。換言之，孫覿實是在譴責新黨人士以「和戎」為罪，大肆迫害「元祐黨人」的不是。

第三，過接到「靖康之變」，暗指李綱、姚平仲等「二三狂生」執意抗擊，遂至誤國一事，藉此襯顯主張「和戎」的合理性，又孫覿並將那些進取之士與蔡京等群小連結，諷刺其「尚循紹述之利，終以和戎為諱」。

第四，孫覿就上述種種事件，推導出莫儔不被重用的緣由，是因為莫儔主張「和戎」，和彼時李綱、姚平仲等狂生「主戰」的意見相左。

必須知曉者，「元祐和戎」和「靖康和戎」的背景有別，「元祐」是對抗西

〔註15〕《全宋文》第 161 冊，卷 3494，頁 97～98。

夏，而「靖康」是對抗金國，又「元祐」時期宋朝國力畢竟較強盛，故和戎實被認為是「合於禮義」，用兵則是「不合禮義」。〔註16〕反觀「靖康」時期的局勢則截然不同，當時金人已瀕臨開封府，宋朝正處於存亡之際。總之，無論由哪一個角度觀察，兩件事根本不可同日而語。孫覿如此書寫應別有用心，其欲透過事件的比附，製造莫儔和戎的主張，乃和昔日正直的元祐黨臣一樣，出發點是為國為民，詎料反被主張和戎的小人李綱、姚平仲等主戰派阻饒，而他們的心跡簡直與章惇、蔡京雷同，出發點皆是為私人的情緒，未顧全國家大局。

再則，莫儔所以「投閒置散」和章惇、蔡京等人擾亂國政並沒有關係。蓋章惇在紹述時期推行新政時，莫儔不滿十歲，而蔡京掌權時，莫儔不只考中狀元，猶擔任翰林學士等高官，完全未因蔡京而「避讒畏禍」。換言之，如與江西詩派等舊黨人士多選擇蟄伏、拒絕出仕相比，莫儔無疑是顯達的。

但仔細體察孫覿的破題設計，明顯會讓讀者誤以為莫儔是因為章惇、蔡京等小人而「避讒畏禍」憂鬱一世，〔註17〕而莫儔乃是被一批規模龐大的小人集團所殘害。如此寫作，立刻會讓讀者對莫儔之不遇心生憐憫。立基於此，孫覿繼續寫道：

①靖康元年十一月，粘罕自河東來，頓兵州南青城；阿離不自河北來，頓兵州北劉家寺，遣使請淵聖會盟，復三關故地。時公為翰林學士，為館伴，又命防禦使高世賞副公報聘。公抵粘罕帳中，或折以義理，或諭以逆順，禍福甚辯。凡四反，粘罕始改請宰相議和，親王割地。②何㮚以執政、宗室代行，粘罕大怒，不交一談，攻圍日急，馴致城陷。㮚始遣李若水、司馬朴、王倫等告知，屆淵聖〔註18〕幸青城，予三鎮外，又割河中府十數州。粘罕置酒端誠殿，面約土地人民還南，宋盡斂城內金銀犒軍而去。酒罷，淵聖還內，而富室大家占吝寶貨，莫肯赴國家之急。虜中移書皇帝，卜日再會。何㮚入見請行。群臣力爭，謂金銀不厭其意，故邀天子為質，且云卜日，設有期會，尚當辭行，虜情叵測，詎可再乎？不聽。詰朝，淵聖再幸青城，群胡有獻計者曰：「天予弗取，反受其咎。」廢立之義，蓋

〔註16〕相關論述可參考，方震華：〈和戰與道德──北宋元祐年間棄地論的分析〉，《漢學研究》第33卷第一期（2015年3月），頁67～91。
〔註17〕孫覿雖於墓誌銘後段提及莫儔考中狀元、任翰林學士，然一般讀者係依照文章書寫順序閱讀，故易受孫覿的破題設計影響。
〔註18〕指宋欽宗。

啟於此矣。於是宰執、侍從、中貴人、衛士，悉分置諸寨，中外隔絕不相聞。③逾月，張邦昌請馮澥、曹輔以下五十餘人，公亦在遣中得還。邦昌進數從官於政地，日詣延和殿後駕玉軒會議，俟歸師渡河，請昭慈太后御簾聽政；訪大元帥所在，勸進踐天子位，外廷無知者。五月，太上皇〔註19〕自濟州至，登至尊。六月，李綱入相，盡按邦昌共事者為偽命，入之法，除名。公自述古殿直學士責授寧江軍節度副使、潮州安置。建炎三年，遇恩北歸。議者論徽宗皇帝北遷，公與孫傅送虜檄十人之數，再徙韶州。公既就道，妻淑人劉氏詣闕訟冤，仍引少保高世則、戶部侍郎王俣等十數公為證。朝廷下其問，驗實如章。其年八月，得旨改正自便，脫然無事矣，而言者終不置也。④嗚呼噫嘻，命矣夫！⑤公莫氏，諱儔，字壽朋。其先吳興人，徙錢塘，又徙平江，今為平江吳縣人也。〔註20〕

上段文字同樣可見，孫覿將莫儔置諸大背景下定位，包括五個層面：

第一，孫覿記述莫儔前往帳中和粘罕對話，相互往返四次，方成功說服粘罕與宋廷議和。在此，用「折以義理，或諭以逆順，禍福甚辯」形容莫儔舉止，其中「折」、「諭」、「辯」下字斬截，句子精短有力，很好地凸顯莫儔的忠義形象。

第二，云何㮚「以執政、宗室代行」，使和議破局，讓粘罕大怒攻陷汴京，又使欽宗被俘。蓋此事緊接在莫儔議和後，可推論孫覿乃欲透過與何㮚的對比，反襯出莫儔的正面形象。

第三，言張邦昌請解大臣，而莫儔「亦在遣中得還」，並指出莫儔放歸後，因曾從事於偽楚張邦昌，故責授，後又遭議者論說罪狀，徙韶州，所幸妻子劉氏申訴，莫儔才能「改正自便，脫然無事矣」，然最終仍落得終生不遇的結果。要之，孫覿又一次指出莫儔所以厄運連連，乃不幸受小人陷害。

第四，孫覿將莫儔上述的遭遇歸因於「命矣」。在大段鋪敘之後，孫覿忽然以「嗚呼噫嘻」短促作結，形成反差，自也加深了對莫儔的歎惋。

第五，正式指陳墓主莫儔的基本資料，交代莫儔的生平。

值得注意者，孫覿似有意淡化莫儔曾經出仕偽楚的事實，並嘗試翻轉世人對莫儔的評價。張邦昌於靖康期間主張議和，後汴京城破，被金國扶植為大楚

〔註19〕指宋高宗。
〔註20〕《全宋文》第 161 冊，卷 3494，頁 98～99。

皇帝，而彼時莫儔乃擔任居中溝通的角色，但由於「傳道意旨，往返數四」過分勤謹，彷彿迫不及待地想把國家賣掉，故被「京師人謂之捷疾鬼」〔註21〕。迄後，張邦昌建立偽楚，任傀儡皇帝時，莫儔則擔任尚書右丞相。縱使莫儔可能迫於情勢不得不然，又最後張邦昌還政於宋高宗，但這段經歷在時人眼中畢竟不光彩，乃成為他人攻擊之標靶。

是以，孫覿身為莫儔的好友，選擇忽視莫儔仕偽楚的事蹟，只言「張邦昌請馮澥、曹輔以下五十餘人，公亦在遣中得還」，委婉暗示莫儔曾仕偽楚，具體作為一概省略。又孫覿亦直指張邦昌非有意建立偽楚，此是權宜之計，故等到金人離去，張邦昌乃「請昭慈太后御簾聽政；訪大元帥所在，勸進踐天子位」，只是「外廷無知者」，才會讓大家誤以為張邦昌欲篡位。換言之，在孫覿筆下張邦昌既然情非得已，且對宋朝忠心耿耿，那麼間接也表示莫儔亦是如此。

再者，孫覿記述李綱入相「盡按邦昌共事者為偽命」，又議者奏「公與孫傅送虜檄十人之數」令莫儔遷謫，惟孫覿記述幸虧最後莫儔妻子申冤成功，而朝廷亦「驗實如章」，但遺憾的是莫儔雖未被判刑，也因此「改正自便」。進一步言，孫覿乃藉欲此昭示莫儔之無辜，其是遭李綱、議者等群小陷害。

至於，孫覿所以如此撰寫，倒也有借他人酒杯，澆胸中塊壘之意。孫覿嘗因彈劾李綱，故於李綱即位後自請外放，又曾被他人指控「受偽楚官爵」，其雖矢口否認，但仍被遣歸州安置。孫覿和莫儔的遭遇幾近，而其將莫儔的遭遇歸於「命矣」，也可以說是自我人生的投射。〔註22〕

暫無論史實真假，亦不管孫覿、莫儔心跡為何，畢竟主戰派與主和派雙方各執一詞，難以徵驗。然綜觀上述引文，可以感受到孫覿墓誌銘對開篇破題的經營，其未和尋常墓誌文般平板地依照人物的名諱、家世、生平等順序一路書寫下去，反倒起首就拈出偌大的時代背景，為人物定位兼作出評價，並透過結構的安排、史事的剪裁、敘述的輕重，在在彰顯莫儔的正面形象，指出莫儔的不遇是遭奸人所害，並認為是「命矣」。凡此皆令讀者有深刻感受，正是此篇文章高妙處，從而在一定程度上達至翻轉世人對莫儔評價的效果。

〔註21〕【宋】徐夢莘：《三朝北盟會編》（臺北：大化書局，1979年），頁461。
〔註22〕是以，本文後段才會寫莫儔向孫覿怨歎「功同有不賞者」及「罪同有不罰者」，對於連自己在內的許多偽臣被貶，而亦曾仕偽楚的呂好問卻能「以蔡攸客、本中之父，更進尚書右丞」一事感到不平，但即使不平也無可奈何，故二人最後只能「相視啞然」。

　　除此之外，孫覿亦為南宋不少知名的武將撰寫墓誌銘，而其同樣擅長將人物安放在時代情境裏，如為韓世忠（1089～1151）寫〈宋故揚武翊運功臣太師鎮南武安寧國軍節度使充醴泉觀使咸安郡王致仕贈通義郡王韓公墓志銘〉，一開始便將人物置於與金人交戰的緊張關係中：

> ①建炎三年冬，金人合諸種數萬騎，絕淮泝江，鼓行而南，如踐無人之境。一時將吏望風逃散，竄伏草莽間，無一人敢嬰其鋒者。②當是時，太師、鎮南武安寧國軍節度使、咸安王韓公，以兩浙西路制置使提孤軍駐揚子之焦山，募海舶百餘艘，具糗糧，治器械，進泊金山下。連艫相銜為圍陣，束向邀其歸路。植一幟，書姓名表其上。金人望見，大笑曰：「此吾機上肉耳。」平旦，擁千舟譟而前。③先是，公命工鍛鐵相聯為長絙，貫一大鉤，徧授諸軍之亢健彊有力者。比合戰，分蠻舶為兩道出其背，每縋一絙，則曳一舟而入。大酋立萬馬江上，銳為救，孰視躁擾，莫能進一步。曾不逾時，掩獲數百舟幾盡，遂大敗，閉壁不敢復出。④已乃並治城西南隅，鑿一大渠，亙三千里，欲潛師度建康，而地勢高仰，潮不應。一日，乘南風，縱火千餘艘抗吾師，破巨浪，冒百死趨瓜洲渡。公曰：「窮寇勿追。」縱使去，於是錄俘囚，束之，沈江中，金帛盡分麾下；贐遣吾人之被係執者，書婦女州里姓氏，揭諸道，以訪其家。然後獻捷行在所。⑤是後，兩淮交兵，伏尸流血，千有餘里，而虜人卒不能飲一馬於江者，繫公揚子一戰之捷也。⑥公諱世忠，字良臣，綏德人。年十八，始隸延安府兵籍。慓悍過絕人，不用鞭轡，騎生馬駒，挽彊馳射，勇冠軍中。〔註23〕

與岳飛、劉光世、張俊齊名，被稱為南宋抗金四大名將的韓世忠，〔註24〕孫覿撰寫其墓誌銘以「黃天蕩之戰」開頭，深刻凸顯韓世忠英勇的抗金形象。

　　孫覿首先拈出建炎三年冬天金人在大將兀朮的帶領下，一舉攻破建康，直逼臨安的大時代背景，而南宋軍隊全面潰敗之際，面對金人節節勝利卻「無一人敢嬰其鋒」，正是在如此前提下，韓世忠挺身而出捍衛宋朝國祚的舉動，方顯得難能可貴，勇敢非常。

〔註23〕《全宋文》第 161 冊，卷 3491，頁 49～50。
〔註24〕「南渡後，俊握兵最早，屢立戰功，與韓世忠、劉錡、岳飛並為名將，世稱張、韓、劉、岳。」參見：《宋史・張俊傳》，卷 369，頁 11475。

關於韓世忠與兀朮的對戰，孫覿寫來亦極具波瀾，像金軍見到韓世忠軍隊前來，情緒上的「笑」頗見金軍的自豪，話語上的「吾機上肉」〔註25〕表露金軍鄙夷的嘴臉，畫面上的「擁千舟」傳達金軍之強盛，皆生動預示金軍「驕兵必敗」的道理。質言之，正因為金軍魯莽，方更能襯顯韓世忠的料敵機先、智勇雙全，另孫覿記述韓世忠「金帛盡分麾下」、「贖遣吾人之被係執者」亦能見到韓世忠仁民愛物之情懷。

職是，孫覿下了一個結語，指出爾後宋金交戰如何激烈，但金人終不能侵占兩淮，並將這份功勞歸因於韓世忠「黃天蕩之戰」的勝利，現代學者宋志紅亦指出：「這是南宋政權建立以來政府軍隊給金軍的第一次沉重打擊，是宋金戰爭史上的一大奇蹟。」〔註26〕是知「黃天蕩之戰」無論對韓世忠個人或對整個宋朝而言，都有非凡意義，故孫覿選擇率先彰顯韓世忠英勇之事蹟，把其他千餘字關於韓世忠的生平介紹挪移至後，如此破題實為突出焦點，讓文章輕重得宜，瞬間吸引讀者目光。

又像，寫郗漸（1091～1152）的〈宋故左中大夫直秘閣知蘄州軍州事郗公墓誌銘〉起首則提及兵變：

> ①建炎丁未秋八月，錢塘戍卒夜中起為變，囚守將，殺轉運使，據城以叛。書聞，詔遣將吏捕誅。行次嘉興，眾大譁，盡甲以出，逐其帥領辛道宗者，又叛。所過焚掠州縣，官吏逃匿，莫敢誰何。②當是時，左中大夫郗公以通直郎知常州無錫縣。縣無城郭甲兵守戰之具，而眾奄至，公跨一馬，挾以二卒，直抵賊中，大言曰：「車駕幸東南，先驅且至，知之乎？」皆曰：「不知也。」公曰：「若等幸無他，轉禍為福，於此在矣。」眾相視矍然，斂兵不敢動。公即日具酒肉糧糧，勞送出境，縣以無事。③士民感說，相與傳載其事，書之石，以示子孫，俾世世無忘公之德。④公諱漸，字子進，姓郗氏，大名府臨清縣人。〔註27〕

同樣先指明時間點，述說發生的事件乃「錢塘戍卒夜中起為變」。其後，即在

〔註25〕或作「几上肉」，指砧板上的肉，形容任人隨意宰割。「賈案劍曰：『曹子丹，汝非屠几上肉，吾質吞爾不搖喉，咀爾不搖牙，何敢恃勢驕邪？』」《三國志》，卷21，頁609。

〔註26〕宋志紅：《南宋名將韓世忠研究》（廣州：暨南大學歷史學博士論文，2006年），頁1。

〔註27〕《全宋文》第161冊，卷3488，頁1。

此一大背景下，形塑郗漸的形象。在「縣無城郭甲兵守戰之具」之情形下，但叛賊即將殺到，郗漸乃自告奮勇「跨一馬，挾以二卒，直抵賊中」，拐騙叛賊皇帝車駕已巡幸東南，朝廷軍隊先驅將至，讓叛賊懼怕，最終郗漸成功將叛賊「勞送出境」，維護無錫縣之和平，並讓縣民萬分感恩。爾後，孫覿才真正進入概述郗漸之名諱及生平。孫覿將上段文字置於開首，乃在在凸顯郗漸之英武、智慧、仁愛。

其次，如果說上述篇章開頭，孫覿較偏向將人物置於亂世背景之中，去形塑角色形象，那麼尚有部分篇章，孫覿是把人物放進南宋的政治生態裡，去凸顯角色的殊異之處，試觀〈宋故特進觀文殿大學士河南郡開國公致仕贈少師万俟公墓志銘〉記述秦檜亡逝時的朝堂變化：

①紹興乙亥冬十月，太師秦公檜薨，天子慨然收威柄，為治道之首，屏遠壬佞，驛召故老於湖海數千里之外。於是右丞相万俟公復資政殿學士、提舉萬壽觀、兼侍讀，進左通奉大夫，賜札趣還，問賚甚寵。越明年三月，公自沅湘至，翌日入見，除參知政事。②當是時，天子屬精更化，一時丞輔諫爭侍從之臣，皆上親擢。公被讒斥，去國十五年，上記其忠，即日馳召。既見，條五事以獻：曰綱紀，曰人材，曰財用，曰軍政，曰風俗。③其略以為：「權臣執國命，威福之柄下移，人不知有上。故相舊弼擯斥殆盡，而讒佞欺負之徒造為險膚，中傷善類，人不自保，道路以目。貪夫暴吏，竊取無藝。公私埽地赤立，而大臣姻族之家，粟窖金穴，至不可校。軍政墮壞，士不知勞，將帥豢養於富貴之樂，一旦有緩急，皆不足恃。士風不競，避讒畏譏，襲常蹈故，隨波湛浮，無致身許國之忠。」陳義凜然，然皆世務之要。④不旬月，拜左宣奉大夫、尚書右僕射、同中書門下平章事。搢紳相慶：大賢得路，必將盡行其言，副聖主倚注責成之重。而公病不能朝，以二十七年三月辛卯薨於位，嗚呼，命矣！〔註28〕

上段文字先是點出紹興二十五年秦檜逝世後，天下秩序重整，万俟卨（1083～1157）復官一事。令人玩味的是「天子慨然收威柄，為治道之首，屏遠壬佞」，雖直指秦檜係奸惡之徒，以及現今聖上的英明，但亦彷彿間接表示宋高宗之昏庸，必要至秦檜逝世後，才成為發號司令之人。然無論孫覿是否有此意，從本

〔註28〕《全宋文》第 161 冊，卷 3490，頁 42～43。

段文字中確實可以感受到一個時代的結束，以及一個時代的開始。換言之，秦檜的倒臺讓宋朝邁向一個新的紀元，而正因為如此政治生態的轉變，万俟卨才得以「拜左宣奉大夫、尚書右僕射、同中書門下平章事」。

基於朝廷「厲精更化」之背景，万俟卨洋洋灑灑給出綱紀、人材、財用、軍政五大改革面向，而孫覿以「陳義凜然，然皆世務之要」評說，精要帶出万俟卨正面形象。惟爾後猛然轉折，沒想到在如是大好的時代下，万俟卨政治前途一片光明之際，竟忽而亡故。可以說，万俟卨的幸與不幸，彷彿不是操之在己，乃和外在的政治生態及個人天生的運命息息相關，而面對這種無力感，不禁令孫覿發出「嗚呼，命矣」的感慨。

又如〈右從政郎台州黃巖縣令楊元光墓表〉提到李光與秦檜，云：

①紹興八年，端明殿學士、知洪州李公光召拜參知政事，會稽楊元光作而喜曰：「吾鄉先生得位，必將盡行平日之言，上副吾君倚注之重，下以慰中外搢紳之望矣。」久之無所聞，元光慨然移書鐫誚，殆欲痛哭，所謂愛人以德者。公省書不以為懟。②後十年，元光為台州黃巖令，治有迹。誅鉏凶狡，一境翕然。會提典刑獄秦昌時者，宰相檜之猶子，怨家得其書，書有訕時相語，又誣以非罪，馳告昌時，昌時以聞。檜怒，逮元光繫廷尉獄，飭有司發卒大索，得元光萬言書薰於笥中，議刺時政，語益切。檜愈怒。獄上，入之法，除名徙萬安軍，是歲紹興十九年也。③當是時，元光母年八十，諸子未勝衣，官籍其家，老幼數百指瀕於飢寒，至不能存，而元光兄某官矩亦連坐，羈置邕管，道過賓州，感瘴死，聞者皆為之出涕。④積六七年，秦檜薨，天子親郊，一時士大夫竄流嶺海不得歸者，至是始用赦除，皆得歸。元光行次英州，遇疾亦不起。悲夫！〔註29〕

以上文字可劃分為四個段落理解：

第一，先拈出時代背景乃紹興八年，而李光任職參知政事，同鄉人楊煒恭賀之餘並寄予期許，惟李光未能達成楊煒之期許，故楊煒又去書詰問李光。如此書寫乃彰顯楊煒是「汲汲欲人向善」之輩，所謂「愛人以德者」。

第二，敘說秦檜對楊煒的迫害，從楊煒「議刺時政，語益切」之中，可見楊煒耿耿愛國之心。反觀秦檜則被形塑為喜愛大興文字獄以陷害忠良的卑鄙小人。據載孫覿曾因為作書賀秦檜，而被秦檜認為在譏笑自己，因此結怨，推

〔註29〕《全宋文》第 161 冊，卷 3497，頁 146～147。

論孫覿對楊煒的遭遇應頗能感同身受。〔註30〕緣此，本文側顯了南宋初期激烈的政治鬥爭。

第三，指出被害的不侷限於楊煒個人，連同楊煒的親族亦被影響乃至清算，再度凸顯秦檜之惡劣，寄予楊煒更多的同情。

第四，忽一轉折云秦檜死去，政治風向改變，許多被流放的臣子歸國，但楊煒卻「行次英州，遇疾亦不起」，這番遭際不免令人悲戚。易言之，於孫覿的敘述中，楊煒乃是大時代下政治鬥爭的受害者。總之，孫覿對楊煒形象的塑造，實是藉由外在政治生態的變化所襯顯。

孫覿〈宋故顯謨閣學士左太中大夫汪君墓誌銘〉既言及兩宋之際時代的動盪，也觸及政治生態的述寫：

①建炎、紹興間，大盜據中原，群惡嘯亡命相聚為寇，於是環四海為盜區矣。天子慨然仗一劍出入兵間，禁暴除殘，拯溺弔凶於戎馬喋血之餘，以建中興之烈。②當是時，顯謨閣學士、左太中大夫、新安汪公為中書舍人、翰林學士，一時詔令往往多出公手。凡上所以指授諸將、感屬戰士、訓飭在位、哀憫元元之意，具載誥命之文。開示赤心，明白洞達，不出戶窺牖，而天威咫尺，坐照萬里，學士大夫傳誦，以比陸宣公。③居亡幾何，權臣樹黨，除不附己者，公亦抵罪，斥居永州。積十二年，更四赦，不得還。間遇勝日，幅巾葛屨，登西山，循鈷鉧潭，入愚谿，並湘流，沈文以弔古人，而自肆于山水。年益高，文益奇，詩益工，筆妙精深，與柳儀曹相望於數百載後，文章格力與之相上下，何其盛也！④公既沒，諸孤護喪歸葬，且致公治命，屬余銘。余與公游四十年，知公為審，乃序而志之，系以銘。〔註31〕

破題即點出建炎、紹興間的混亂的社會，並云幸賴「天子慨然仗一劍出入兵間，禁暴除殘，拯溺弔凶於戎馬喋血」，才能順利開啟中興之業，其後再就此一大背景定位汪藻的角色，指稱汪藻身為中書舍人和翰林學士，彼時皇上所下的種種詔令多出自汪藻之手，頌揚汪藻「不出戶窺牖」卻能讓「天威咫尺，坐照萬里」，道出汪藻即使沒有真正參與亂軍的平定，但其位居幕後輔助國

〔註30〕【宋】李心傳：《建炎以來繫年要錄》（北京：中華書局，1988 年），卷 42，頁 766～767。
〔註31〕《全宋文》第 161 冊，卷 3488，頁 13。

家,仍舊功不可沒。然而,汪藻縱使居功厥偉,迄後在南宋紛亂的政治生態裏,仍無法置身事外,最終捲入朋黨的鬥爭中,而被斥居永州,只能自放於山水之間。

　　準上,孫覿墓誌銘開篇擅長把角色置於大背景下定位,突出角色的特殊經歷,並善於剪裁史事,把人物一生中最精華的部分濃縮成一段繁簡適中的文字,以此破題既能凸顯角色形象,更重要的是能吸引讀者目光,讓讀者對書寫者的文筆和被書寫者的生平都有深刻的印象,乃至激起想進一步瞭解的求知慾。

　　又值得注意者,孫覿的書寫動機及其表露的感思。在南北宋之際動盪的時代背景中,究竟如何居處在一個合適的位置上,既能「明哲保身」又能「兼善天下」,誠考驗著每個士人,因為在如此動盪的時局裡,任何一舉一動皆可能成為他人攻擊的標靶,一有不慎便會招來重大的災患。〔註32〕

　　綜觀前舉例證,孫覿墓誌銘破題常把人物置放在一個「選擇」上。兩宋之際士人面對的是「和」或「戰」的選擇,再後且面臨是否「阿諛」或「不阿諛」執政的選擇,而在孫覿看來,這些人物的選擇率皆合理正確,惟令人憂傷的是,他們的下場盡是淒慘的。於靖康之際,莫儔主和是正確的,最後卻「投閒置散,至於老死不用」;在南渡之後,韓世忠對抗金人是正確的,最後卻因高宗主和,致無能施展復國的抱負,乃「杜門謝客,絕口不論兵」;郗漸主戰是正確的,但其後「南北解仇,遂息肩矣」,隱退頃刻即「遇疾卒于州之正寢」。又且,在秦檜等人掌權之時,万俟卨、楊元光、汪藻剛正不趨炎附勢的選擇,亦導致三人皆受讒,而被遠謫僻地。大凡只要是正確的選擇,士人皆將面臨「不遇」的困境,故文中孫覿乃時時感慨此些正義之士際遇淒涼。換個角度言,從中亦可見孫覿的自我投射,因其正是和莫儔一樣在靖康時「主和」,與韓世忠、郗漸一樣在南渡後「主戰」,並終其一生像万俟卨、楊元光、汪藻般被秦檜等人陷害。爰此,重新思考孫覿墓誌銘破題將人物置於大背景下書寫之用意,可以說孫覿一方面欲表彰人物德善功烈的事蹟之外,另方面亦在悼念人物不幸的遭際,並且抒發自我對時代的憂傷與忿忿。

〔註32〕在韓世忠的墓誌銘中,孫覿載紹興二十一年(1151)韓世忠家人來請銘,但孫覿指「余方以罪斥」婉拒,之後過了七年至紹興二十八年(1158),孫覿方「除罪籍遂不辭」。蓋紹興二十五年(1155)秦檜死,孫覿復召,隔一年寫下韓世忠的墓誌銘,由此得見兩宋之際紛亂的政治生態,實直接影響了孫覿對墓誌銘的撰寫。

第二節　懷奇負氣的人物塑造

　　如果說將人物置於偌大的時代背景下定位，乃是藉由對「外在情境」的描繪，彰顯人物的獨特之處，那麼值得注意的是，孫覿猶能就「內在本質」細緻刻劃，狀寫人物「奇」的一面。所謂「內在本質」乃聚焦人物的「個性」和「行止」，不同於第一節所述的從「外在情境」像是「時代」或「他人」去襯顯人物的特色。易言之，「內在本質」之「奇」乃源於人物本身。

　　需說明者，墓誌銘有關人物「內在本質」之「奇」的書寫概可分為二條脈絡：一是韓愈近於「傳奇」的筆法，二是歐陽脩偏向「史傳」的筆法。要之，有關墓誌銘發展脈絡，雖如本章第一節所述，自韓愈「史傳」筆法已漸趨成熟，然正同于景祥、李貴銀指出：

> 韓愈的碑誌文創作重視闡發人物真實的個性，已經開始了以史筆為碑誌的探索，但是他在重視碑主個性特徵時往往帶有獵奇傾向，常抓住碑主最富傳奇特徵的事蹟，運用小說筆法大肆描繪。這種寫法自然使其碑誌篇篇各具特色，但是一味地求奇，畢竟與史家筆法相去甚遠。〔註33〕

同樣凸顯「奇」，但「傳奇小說」有別於「史傳散文」之處，乃「傳奇小說」善於營造事件場景，多用人物動作和對話推進情節，並會言及人物的心理狀態。試觀韓愈墓誌銘中，最為人津津樂道屢被指出像傳奇小說者的〈試大理評事王君墓誌銘〉云：

> 初，處士將嫁其女，懲曰：「吾以齟齬窮，一女憐之，必嫁官人；不以與凡子。」君曰：「吾求婦氏久矣，唯此翁可人意；且聞其女賢，不可以失。」即謾謂媒嫗：「吾明經及第，且選，即官人。侯翁女幸嫁，若能令翁許我，請進百金為嫗謝。」諾許，白翁。翁曰：「誠官人邪？取文書來！」君計窮吐實。嫗曰：「無苦，翁大人，不疑人欺我，得一卷書粗若告身者，我袖以往，翁見未必取眎，幸而聽我。」行其謀。翁望見文書銜袖，果信不疑，曰：「足矣！」以女與王氏。〔註34〕

上文記述主角王適看上侯高和侯高的女兒，乃和媒婆聯手偽造文書騙婚。韓愈鋪述如此「奇人奇事」時，全段幾乎由侯高、王適、媒婆三人的對話組成，又

〔註33〕于景祥、李貴銀：《中國歷代碑誌文話》（瀋陽：遼海出版社，2009年），頁87。
〔註34〕【唐】韓愈著，閻琦校注：《韓昌黎文集注釋》（西安：三秦出版社，2004年），卷6，頁127。

中間頻頻穿插人物的動作像「謾謂媒嫗」、「白翁」、「計窮吐實」、「行其謀」、「翁望見」等，亦有人物心理的描繪，如王生心想「吾求婦氏久矣，惟此翁可人意」等，而在事件書寫上也層層轉折，能營造緊湊生動的情節，以上皆和「傳奇小說」相仿。

反觀歐陽脩寫人物之「奇」，則偏向用「陳述」的方式寫人物的個性和事蹟，如〈故霸州文安縣主簿蘇君墓誌銘并序〉寫蘇洵（1009～1066）云：

> ①有蜀君子曰蘇君，諱洵⋯⋯翰林學士歐陽修得其所著書二十二篇，獻諸朝。書既出，而公卿士大夫爭傳之。其二子舉進士，皆在高等，亦以文學稱於時。眉山在西南數千里外，一日父子隱然名動京師，而蘇氏文章遂擅天下。②君之文博辯宏偉，讀者悚然想見其人。既見，而溫溫似不能言。及即之，與居愈久而愈可愛，間而出其所有，愈叩而愈無窮。⋯⋯③而君少獨不喜學，年已壯，猶不知書，職方君縱而不問，鄉閭親族皆怪之。或問其故，職方君笑而不答，君亦自如也。年二十七，始大發憤，謝其素所往來少年，閉戶讀書，為文辭。歲餘，舉進士，再不中。又舉茂材異等，不中。④退而歎曰：「此不足為吾學也。」悉取所為文數百篇焚之，益閉戶讀書，絕筆不為文辭者五六年，乃大究六經、百家之說，以考質古今治亂成敗、聖賢窮達出處之際，得其粹精，涵畜充溢，抑而不發。久之，慨然曰：「可矣。」由是下筆，頃刻數千言，其縱橫上下，出入馳驟，必造於深微而後止。〔註35〕

歐陽脩雖亦帶出蘇洵「奇」的特質，如「名動京師」、「博辯宏偉」、「愈叩而愈無窮」等，但歐陽脩的敘述方式迥異於韓愈〈試大理評事王君墓誌銘〉。首先，歐陽脩並未特別寫及蘇洵與他人的對話。其次，文中對蘇洵亦未做到細緻的人物刻劃或心理描繪，如「不喜學」、「發憤」、「閉戶讀書」等都較是浮泛的詞語，不能生動呈顯人物的動作或心理。最後本文轉折少，幾無情節可言。易言之，韓愈比較像在講述一則「故事」，而歐陽脩比較像在介紹一個人的「事蹟」，見二種墓誌銘撰寫人物之「奇」的方式有別。〔註36〕

〔註35〕《全宋文》第 35 冊，卷 756，頁 370～371。

〔註36〕必須說明者，韓愈並不只有「傳奇」筆法，其不少篇章亦有類近「史傳」筆法者。惟因為其在人物的塑造和文字的使用上，往往過於「奇崛」，故離「史傳」仍有一定距離。是以，茅坤云：「世之論韓文者，其首稱碑誌，予獨以韓公碑誌多奇崛險譎，不得《史》、《漢》序事法，故於風神處或少逍逸，予間亦鑴記

又可注意者，歐陽脩寫人物之「奇」時，大抵仍維持其「平易」的筆調，如上舉蘇洵的墓誌銘旨從個性、學識、行為突出蘇洵之「奇」，像是文字劃線處第一例記述蘇洵個性，說蘇洵文章「博辯宏偉」，讓他人想當然耳以為「文如其人」，詎料與蘇洵見面後才發現其「溫溫似不能言」，形成反差。歐陽脩又一個轉折說與蘇洵相處既久，乃會發現蘇洵其實是一個「愈叩而愈無窮」的人。此外，再與蘇洵應試科舉一事合觀，可發現歐陽脩狀寫蘇洵之「奇」雖有轉折亦有寫出蘇洵獨特之處，但都比較是平平托出，未見顯著的波瀾。畢竟，即使在結構上有所轉折，就內容而言，蘇洵的個性和對科舉的反應皆較為平和，不見奇氣，近於儒家形容的「即之也溫」的翩翩君子，只是有些不遇而已。

歐陽脩所以如此書寫人物之「奇」的原因，與其創作態度息息相關。歐陽脩十分推崇「簡而有法」，意謂文章需以「簡要有法度」為原則，故其不會作太多矯飾的鋪排轉折，對於人物的個性動作也不會作刻意的強調，以成就平淡沖和的文風。此種呈顯人物之「奇」的方式，常也是歐陽脩以後許多文人的書寫型態。

然而，孫覿彷彿有意擺落歐陽脩平易的文風，而對人物「奇」的形象多所描繪，此可從兩方面觀察：一是孫覿常刻劃人物英豪奇杰的個性，卻落得懷才不遇的結果；二是孫覿常書寫處士如何轉化不遇為奇行異舉，以另種方式成就自我。

首先，試觀〈宋故從事郎涂府君墓志銘〉寫涂大向（？～1141）的性格和其「卒無所就」的原因，云：

> ①余紹興初南邊，過臨川境上，少留曹山佛舍。邑之賢士大夫不余藉轑，不遠數百里過余，相勞勉於羈寓留落之中，子野其一也。②子野一日邀余過其家，堂戶清深，占林壑之勝。聚書千餘卷，迎師教其子弟。而寓公羈客滿坐上，擊鮮置醴談燕，日以為常，無厭怠之色。③縣大夫時時詣舍次問所疑，里中鬥訟不得其平，君一言折衷，人人意滿而去。④問召吏有所屬，則具衣冠，抱牘趨而至，惟

其旁。至於歐陽公碑誌之文，可謂獨得史遷之髓矣。」【明】茅坤著，高海夫主編：《唐宋八大家文鈔校注集評》（西安：三秦出版社，1998年），頁4。可以說「史傳」筆法的應用，歐陽脩較韓愈成熟。至於，韓愈那些類近「史傳」筆法，但「奇崛」的作品大抵可歸為第三類，惟在此不再深入說明，畢竟其和孫覿墓誌銘風格相距甚遠。

恐後。⑤所舍一大聚落，百賈所棲，凡市井無賴、屠沽馹儈、兼并之豪，唯唯聽命，不敢輒忤。目指氣使，欻然響應，殆古任俠劇孟、季心之儔。⑥余寓宜黃時，目睹其如此。方時多虞，盜賊半天下，區區之言已窮於無所用，而材堪治劇如子野，亦卒無所就，悲夫！
〔註37〕

孫覿先記述自我的親身經歷，帶出子野乃是自己在羈旅生涯中相勞勉的友人之一，此書寫至少有二樣效果，一是添增豐富性，像在述說一段美好的往事；二是增加說服力，讓讀者知道這並非孫覿聽來或從他人所擬的行狀中獲得的資訊。

再後，涂大向乃被孫覿比擬作劇孟、季心之類的古代遊俠。蓋涂大向喜好結交朋友，善於解決鄉里紛爭，人人皆敬畏他，凡此率與《史記》中的游俠舉止類近，油然可見人物「奇」的特質。

然這樣任俠好義，身懷奇氣，鎮日好似志得意滿的樣子，固然為自己贏得聲名，卻未必是中國士大夫們普遍的終極追求，大抵中國士大夫們仍希冀有朝一日可以「致君堯舜上」，建立偉壯的功業，故孫覿寓居宜黃時，親見涂大向這樣「材堪治劇」的人才，卻「卒無所就」只能擔任小官小吏，不禁發出「悲夫」的歎息。

又這般豪俠風範，寫李端方（1074～1142）〈宋故左朝請大夫李公靖之墓志銘〉表現得更為突出：

①元符末，余始著籍鄉校，識靖之與其兄宗子學博士相之，為同舍生。是時方尊王氏三經、《字說》之學，學者數百人，手鈔口誦，連榻累笱，非王氏之書不讀也。靖之兄弟魁壘豪健有氣節，彊記洽聞，不專事舉子業。間出東坡先生詩文為余讀之，音節諧亮，耳目醒然，如挽天河覆八溟，一洗先儒箋注蟲魚之陋，而一時諸老先生往往竊笑其迂。②遇休告則出，從所厚善抵掌劇談，縱酒博弈，歌呼竟日而後已，真天下之奇男子也。③後數年，余與靖之同登進士第，宦遊四方不相聞。又數年，余以御史斥，靖之亦縣平江從事代還，相與握手談笑，道舊故以為樂。靖之意象索然，無復故時俊壯邁往之氣，而相之亦病矣。余固怪之，靖之曰：「平江大都會，而朱勔以窶人子為蛇豕，侵暴一方，奴使將佐，與之驅除惟恐後，吾如彼何哉！」

〔註37〕《全宋文》第161冊，卷3490，頁41～42。

已乃脫巾几上，怒髮竦立，椎牀大叫，又復悵然以悲。④自是湛浮
里中逾二紀，不復有進取意。嘗一佐永嘉郡，以避建炎之亂。秩滿
徑歸，築室田間，不交人事；益復飲酒，時有感遇，作詩歌舞以自
娛戲，卒不究所施，遂齎志以沒。〔註38〕

上文可概分為四節：

第一，先點出元符末王安石新學盛行的背景，而對比人人「非王氏之書不
讀」的風氣，李端方（靖之）乃「間出東坡先生詩文」為孫覿誦讀，此是一「奇」。
又孫覿使用譬喻兼誇飾的修辭如「如挽天河覆八溟」等，生動呈顯李端方的誦
讀聲，此是二「奇」。孫覿透過他人的訕笑再次對比，此是三「奇」。另可注意
者，從「耳目醒然」開始句子分別為四／七／十／十三字，可見逐步增長的趨
勢，節奏流利緊湊，亦有助於人物形象的塑造。

第二，記述李端方平時的舉止，共五句，句句皆突出「奇」的特質，連同
第一節，總計八「奇」。

第三，以時序為線索，孫覿寫自己和李端方同登進士以後，就「宦遊四方
不相聞」，直到孫覿「以御史斥」才與李端方再次見面，卻發現李端方「無復
故時俊壯邁往之氣」，而李端方告訴孫覿是因為擔憂國事的緣故，語畢「乃脫
巾几上，怒髮竦立，椎牀大叫，又復悵然以悲」，表露憤怒卻又無可奈何的心
情，情緒澎湃，四句皆奇，總計十二「奇」。

第四，陡然轉折，敘說李端方自此一蹶不振，頹然「不復有進取意」，乃
「築室田間，不交人事」，終於「齎志以沒」。

綜上所述，誠見本文層層轉折，波瀾十足，先是一次又一次地拔高狀寫人
物之「奇」，瞬而陡落，轉寫李端方的凋零，以此記述一個知識分子的殞落，
令人心有戚戚焉。

有別於上舉二篇多集中寫人物的任俠使氣，〈右從政郎台州黃巖縣令楊元
光墓表〉尚且著力描摹楊煒（1106～1156）「疾惡好善」的性格，文云：

①元光疾惡好善，出於天性，所居官，興除利病，若嗜欲然，不俟
終日。②在新昌，禱雨白鶴祠，屢禱不應，元光怒曰：「汝為神，廟
食一方，而不知其事耶？」命撤祠屋，毀神像，犁其庭而去之，一
邑大驚。③黃巖俗尚鬼，一老巫，縣人尊事之，人有疾病，禁絕醫
藥，惟巫之聽。元光笞而逐之。④嘗讀史傳，見大姦佞盜國威福，

而不即刀鋸之戮者，則奮怒起立，拊几大呼。大夫公驚問曰：「汝誰怒耶？」已而悟笑曰：「不平有動於中而為此也。」⑤天台太守蕭公振，亦喜事者，每聞元光無顧忌大語，則擊節稱善。嘗屢薦於朝，不報。⑥嗟夫！元光好直而尚氣，不量事之可否，人有能不能，而責其所不能。〔註39〕

上引文字開首或可寫作「元光疾惡好善，所居官，興除利病，不俟終日」，如此固然簡潔，卻也平板。是故，孫覿加入「出於天性」為楊煒（元光）尋找行為的內在動力，又「若嗜欲然」則強調了楊煒由內而外揚發的激進，使人物形象愈發鮮明。於後，結合楊煒之行止和各人物的情緒變化，營造行文波折，如楊煒因為屢禱不應，甚且「怒」而摧毀神祠又笞逐巫醫，使「一邑大驚」；楊煒嘗讀史傳，見不公不義之事，乃「奮怒起立，拊几大呼」，讓「大夫公驚問」，而楊煒反倒「悟笑曰」。對楊煒和他人的情緒和動作上的刻劃，皆在在凸顯了楊煒我行我素，異於尋常官吏的作為。

　　然而，孫覿忽轉言蕭振對楊煒的欣賞而「屢薦於朝」卻失敗的結果，與此前敘述形成高度反差。申言之，在孫覿一連串鋪展楊煒之「奇」後，難免使讀者以為像這樣的奇傑之士，應會建立莫大的豐功偉業，但出乎意料的是，楊煒竟不被重用，在敘述上陡生波瀾，文氣先昂揚鋪張，後結以「不報」短短二字，急轉直下，造就頓挫節奏，予人突兀之感。如此懷才不遇的遭際，自也使孫覿其後的感慨被襯托得更加沉重。細觀上文，從內容書寫到行文安排，實處處可見孫覿墓誌銘之「奇」，乃至孫覿對楊煒的惋惜。

　　要言之，上舉諸例乃聚焦書寫人物的豪俠奇氣，感歎不遇的傷悲。然除此之外，孫覿尚有一些作品，旨在寫處士的奇行異舉，例如〈宋故劉府君墓表〉書寫劉珪（？～1154）的豪傑義行：

①永嘉有隱君子諱珪，字伯玉，姓劉氏，倜儻不羈，有高世之行；讀書不求甚解，而強記過人。間嘗出遊，道路所見仆碑斷碣與名公巨人記遊屋壁閒，多或千言，少或數百言，一再讀輒成誦。而不樂求選舉，浮湛里中，遇人無貴賤、少長、戚疏、厚薄，無不得其歡心，猝然以是非利害加之，而莫見其慍喜。②吳越之俗喜奉佛僧，信機祥，至誘男女昏夜聚為妖。有司嚴賞捕，莫能禁。人有疾病，巫史入門，屏醫却藥，斷除酒肉，一聽於神，不敢有觸。君賦士、

〔註39〕《全宋文》第 161 冊，卷 3497，頁 147。

農、工、商四詩以衛名教，而著君臣、父子、兄弟、夫婦之所當為者。一日，朝廷下詔令餉州縣毀淫祠，君讀詔欣踴，諷誦累數月猶不去口。君生於其鄉，且老矣，而天資卓越，超然獨鶩，不淪所習，豈彼所謂豪傑之士者歟？③不惟如此，廉靖寡欲，恥言利，而尤喜振人之急。推食以飯餓者，解衣以衣寒而無衣者，儲醴酒以待好飲而無貲者，視遇傭丐，調護孤弱，諰諰然如以身受責，無厭倦色。有鬻田園者，中更兵變，幸君券契之亡，請贖而歸之，家人曰：「券書故在，何可得？」君固與之不校。嗚呼！君未嘗學佛也，而種德蓺善，哀窮振乏，克己裕人，如君之為者，此真佛法也，特不好其徒耳。〔註40〕

身懷「強記過人」絕技的劉珪，卻「不樂求選舉」，與世俗之人迥異，是「一奇」。再又，對於鄉里間的宗教亂象，官府無能為力時，劉珪卻「賦士、農、工、商四詩以衛名教」，得見劉珪正義凜然的形象，是「二奇」。其後，孫覿以大段文字描寫劉珪的「尤喜振人之急」，則和《史記》游俠好濟人以急的作為類近，是「三奇」。未曾學佛，「種德蓺善，哀窮振乏」的所作所為，卻是「真佛法也」，是「四奇」。以上劉珪的「超然獨鶩」、「不淪所習」、「克己裕人」等特質，正是孫覿眼中的「豪傑之士」。

又且，寫鄒陝（1092～1153）的〈宋故鄒府君志南墓誌銘〉述及鄒陝曾經應舉，然最後選擇退耕於田的心路轉變：

①志南尚幼，從師授經，不待程督，已能感厲自奮於學。既冠，學成，屢試有司輒不售，撫卷而歎曰：「吾屈首受書，為五斗米耳，況忍窮耐老，望望而未可得耶？孰如治田，不用積功次，可一奮而取二千石。」於是築室反耕，不數年，貲聚沛然，遂至千金。②顧謂二子曰：「吾讀書屬文詞不落人後，而貧竇無篋囊之蓄。當是時，州縣三舍選補之法，銖稱寸累，俟以歲月，然後可冀一名於卿大夫之書，則已索我於枯魚之肆矣，以故忍而就此。今有屋廬以舍汝，有田園以飯汝，汝曹勉讀父書，無落吾事。」已乃闢屋數楹，聚書其中，招聘名儒之師，而二子者彬彬焉為一鄉秀出之士。③志南慷慨有氣節，喜振人之急。有販夫者，奴輩利其財，刺之不殊，宛轉臥道上，志南見而載與歸，館之舍旁，具湯液，分食飲，旦旦撫之，

〔註40〕《全宋文》第 161 冊，卷 3497，頁 144～145。

> 俟其復，贐遣而去。族人客遠方，得疾死，貧不能歸，志南贏糧往
> 赴之，擁護老幼持喪而還。其勇於為義，蓋天性也。資沈默落落少
> 所諧，交合則歡然無閒，為有終始。晚喜作詩，有所感寓，則琢為
> 句，以韻次之，為行歌坐嘯之適。〔註41〕

面對「屢試有司輒不售」的困境，鄒陔乃選擇治田維生，結果人生竟一路順暢，甚且「貲聚沛然，遂至千金」，而可以「振人之急」。是故，鄒陔乃告誡子孫「無落吾事」，意謂勿強求功名，而讓自己貧困又不自得。易言之，鄒陔認為即使不能在現實中透過科舉成就功業，然退耕一隅，養兒教子，為善地方，亦是另一種成就自我的方式。

孫覿嘗撰作鄒家三人的墓誌銘，分別為鄒陶（1085～1153），字志新；鄒陔（1092～1153），字志南；鄒宗謨（1105～1146），字次魏。其中，鄒陶為鄒陔的兄長，而鄒宗謨為鄒陶之子。鄒陶「論說古今，劇談世事」頗具英爽豪邁之氣，孫覿評論鄒陶：「性不容常人，而欲放臣逐客獨厚如此，宜其窮至於老死而不遇也。」孫覿嘗記述自己被貶謫，來到象州，只有鄒陶無絲毫輕鄙，而「一見傾蓋如舊」。要言之，在孫覿看來，正因為鄒陶熱心救濟「放臣逐客」如楊煒和自己等人，才會「老死不遇」，〔註42〕此與另一篇文章〈送鄒志新序〉參看，當更能明白孫覿深意：

> 爭名者必於朝，爭利者必於市，今天下之阨窮遺佚，而車轍馬迹不
> 接乎朝市如吾志新者幾希矣。……志新惟無所求也，故千里命駕，
> 不於朝，不於市，而過余於羅爵之門，促席晤言，不及榮利，興盡
> 而反，翛若虛舟。此天下之奇男子，非世俗之所能量也，余何德以
> 堪之？酒行，書之以識別云。〔註43〕

見孫覿對鄒陶的行徑多所欽佩，更譽其為「天下之奇男子」。申言之，「不遇」乃能避免捲入複雜的人事紛爭中，也由於置身事外，方可幫助那些受政治迫害的士人安頓生命，就某層面而言，也算是一種完成，一種介入社會的方式。

此外，鄒陶之子鄒宗謨亦是一位才德兼備的有志之士，一次應舉不第後即果斷放棄，被形容為「終不肯出一伎投眾人之耳目，以阿世俗之所好」與「驚然不屑」，選擇不投身紛濁人世，保全自我高潔。〔註44〕

〔註41〕《全宋文》第 161 冊，卷 3493，頁 87。
〔註42〕〈宋故鄒府君志新墓志銘〉《全宋文》第 161 冊，卷 3493，頁 84～86。
〔註43〕《全宋文》第 160 冊，卷 3475，頁 296。
〔註44〕〈宋故鄒府君次魏墓志銘〉，《全宋文》第 161 冊，卷 3491，頁 64～65。

又孫覿〈宋故府君陳公景東墓表〉狀寫隱士醫生陳景東之奇言異行，云：

①余聞古之處士，或隱於山，或隱於市。隱於山者寓耕釣，而隱於市者寓醫卜。均之卜也，日閱十數人，得百錢足以自給，則閉肆下簾，不更筮也；均之醫也，聞人疾痛，欲去之如在己，而不志於利。繇漢以來，逸民隱士懷奇抱寶，高蹈一世，深藏於市，汎然與漁商農圃雜此土以處而莫辨也。然孫思邈隱太白山，而龍公授《玉函秘方》，為《千金》之冠；韓伯休賣藥長安市，口不二價，而婦人女子能識之。譬如珠玉在泥沙，光景發見，有不可掩者。今嘉禾陳景東者，其一人也。……②趨人之急，不以存亡為解，亦不以戚疏為薄厚，而尤工於醫。宣和中，嘉禾大疫，連墻比屋，呻呼之聲相聞。公日挾數僕，持藥物自隨，以飲病者，窮閻委巷，靡不至焉。而困絕不能自存者，又分金周之。晨出暮歸，竟數月而後已，所全活不可勝數。嘗有黃氏婦舁疾詣公，公曰：「病閒矣，勿藥可也。」而黃氏弟在旁，公視之有小異，試察其脉，告以亟去勿留，疾作則不可為矣。比還，一夕而逝如公言。公之醫不由師授，自得之心，故奇中多類此，蓋士之寓於醫者也。③嘉禾介居杭、蘇，為冠蓋舟車走集之路，於是名公巨卿、高人勝士、州刺史、縣大夫皆往從游，晨起未盥櫛，而車轍已滿門矣。公廉靖寡欲，凡榮名寵利、世人群趨交鶩爭所欲得，公皆無求於其閒。其子騤，性至孝，有英毅過人之才，為公築大第，闢園館，疏池沼，蒔花竹，供耳目之玩。公領客居閒，擊鮮置醴，縱飲歌呼，終老如一日。……④余嘗觀王丞相荊公表處士徵君之墓，同時有杜嬰者隱於醫，不擇貧富貴賤，召之輒往，人致餽謝，非其義不受也；有徐仲堅者隱於卜，人召筮，雖疾病中，不正衣巾不見。二人之賢聞於世矣，公猶懼其久而無傳也，故併列之。三人者，名跡赫然，在人耳目，如前日事。今景東冢上之木拱矣，賢士大夫稱思如新，而墓碑至今無辭以刻。嗟乎！隱德高行，既不顯於世，宜與三人者並傳於後。予衰病廢學，言之不文，不敢以既老為辭，遂表而出之，揭之墓道，以備他日史官之訪云。〔註45〕

上文處處可見陳景東之「奇」，能分為四個段落探析：

〔註45〕《全宋文》第 161 冊，卷 3495，頁 112〜114。

第一，孫覿透過對「古之處士」的歸納，指出古之處士大率「懷奇抱寶」，即使混處塵世，亦將「光景發見」，帶出陳景東乃「其一人也」。將陳景東與孫思邈、韓伯休並提，頗有「附驥尾而行益顯」的功效，在在彰顯了陳景東的特出。又文中提及「隱於山者寓耕釣，而隱於市者寓醫卜」，乃轉化自「小隱隱陵藪，大隱隱朝市」的思想，亦突出陳景東的「奇」。換言之，其並非不關世事只喜潔身自愛的庸俗隱士，反倒是用心於醫，以另一種方式在經世濟民者。

第二，寫陳景東致力於醫，猶且「趨人之急，不以存亡為解，亦不以戚疏為薄厚」，明顯與《史記》描寫的游俠行徑雷同。〔註46〕此外，關於陳景東的醫術，孫覿先就較大的層面而言，指出宣和中瘟疫四起，而陳景東「晨出暮歸，竟數月而後已，所全活不可勝數」，言其醫術之精，中間再述及陳景東「窮閻委巷，靡不至」視情況甚且「分金周之」，見其仁心仁術。爾後，孫覿又以個案舉例，特別的是這次不是在講陳景東如何醫人，而旨在云陳景東如何一眼看穿「黃氏弟」的隱疾，預知黃氏弟不久將死亡，故選擇不治療他，改而連忙交代黃氏弟趕緊回去打點後事。綜合上述二例，一個「醫」及一個「不醫」，實可見陳景東不只善醫，更知道醫療的侷限，又孫覿繼續寫到此皆是陳景東「自得之心」者，是知陳景東高超的醫術不只藉助後天的學習，其與生俱來就有治病的天分，彷彿是上天選派的行醫濟世之士。凡此，盡顯揚了陳景東之「奇」。

第三，陳景東好結交朋友「領客居閒，擊鮮置醴，縱飲歌呼，終老如一日」的行徑，「廉靖寡欲」對錢財無興趣的個性，亦和《史記》中的游俠彷彿。〔註47〕

第四，特殊的是，孫覿連結王安石〈處士征君墓表〉，此文向來被視為「變體」之作，〔註48〕乃因王安石採史傳附傳的寫法，在一篇文章中併寫淮南善士

〔註46〕「夫一旦有急叩門，不以親為解，不以存亡為辭，天下所望者，獨季心、劇孟耳。」《史記》，卷101，頁2744。值得注意的是「不以存亡為解」六字，在孫覿墓誌銘便使用了三次，符合陳亮所說的「蓋古之義俠所謂『不以存亡為解』者。」《全宋文》第280冊，卷6344，頁86。

〔註47〕例如，「魯朱家者，與高祖同時。魯人皆以儒教，而朱家用俠聞。所藏活豪士以百數，其餘庸人不可勝言。然終不伐其能，歆其德，諸所嘗施，唯恐見之。振人不贍，先從貧賤始。家無餘財，衣不完采，食不重味，乘不過軥牛。專趨人之急，甚己之私。既陰脫季布將軍之阨，及布尊貴，終身不見也。自關以東，莫不延頸願交焉。」《史記》，卷124，頁3184。

〔註48〕《唐宋八大家文鈔校注集評》，頁3594。

三人，一是「寓於醫」的杜嬰，二是「寓於筮」的徐仲堅，三是「樂賑人窮急」的征君。王安石指出杜嬰和徐仲堅尚且因為醫筮「多為賢士大夫所知」，然征君卻「獨不聞於世」，故王安石乃將杜嬰和徐仲堅二人的名字併題於墓上，〔註49〕欲以杜嬰和徐仲堅來襯托征君，而孫覿的用意亦近於此。進一步言，孫覿實藉由開首講述的孫思邈、韓伯休，以及末尾言說的杜嬰、徐仲堅、征君，共五人，來襯顯陳景東，希冀將來「他日史官之訪」將陳景東的奇行異舉記錄下來。兩相對比下，王安石只是點到為止，並未提到要「史官」前來記錄，證孫覿推舉陳景東，希冀陳景東能名傳後世的企盼更深。觀察「士之寓於醫者」及宋代社會背景，〔註50〕可以料想陳景東是一個仕途不順之人，才會轉而在民間默默行醫濟世，而像陳景東這樣的遭遇在孫覿眼中自然是偉大的。

綜言之，孫覿撰寫以上處士之時，除特別突出人物「奇」的特質，更指明即使與世俗不合而「不遇」，但並不表示人生自此一無所成，人們仍能在其他方面成就自我，甚且換個角度而言，「不遇」可能是「幸」，而非「不幸」。

與本節初始指出孫覿撰寫的第一類英豪奇杰卻不遇的人士合觀，得見孫覿對於「仕」與「不仕」以及「遇」和「不遇」的思考。質言之，在孫覿看來，身處在兩宋之際紛亂的社會裡，固然仍應以建功立業為優先選擇，然當面臨「不遇」的困境時，是否要繼續在這口大染缸中攪和？或者轉而退居田野，保全己身，為善鄉里，也可以是一種成就自我的方式？觀察孫覿的墓誌銘，可窺知這樣的問題時時縈繞在他的心裏。

第三節　突兀神奇的死亡記述

經上分析，可見孫覿對「奇」的描寫，不只能藉由「外在環境」去襯顯人物之「奇」，更且能在「內在本質」的摹狀上，突出人物之「奇」。如果說這二個面向，聚焦的主要是人物的生前之事，那麼特別的是，在人物的「死亡記述」上，孫覿亦別具用心，能再次深化人物之「奇」。

披覽唐宋墓誌銘，對於人物死亡的記述，通常不會太過留意，常常在敘述完人物生平時，即直接交代人物的死亡和卒年，多是「何時／卒／某地／年若

〔註49〕《全宋文》第 65 冊，卷 1412，頁 120～121。
〔註50〕祝平一：〈宋、明之際的醫史與「儒醫」〉：「隨著科舉越來越難考中，即使中舉，亦得官不易，投身醫界，往往成為後代士人的選擇之一。」收入《中央研究院歷史語言研究所集刊》第 77 本（2006 年 9 月），頁 417。

干」的形式，例如：「貞元十九年四月四日，卒於東都敦化里，年六十有九」〔註51〕、「慶曆八年十二月某日，以疾卒於蘇州，享年四十有一」〔註52〕。即使有時各元素會調換順序，或會省略部分，或會拆分為前後兩段，但無論如何多是平板乏味的。

觀察孫覿對人物死亡的記述，有兩點值得注意：一是孫覿常設計人物突兀的死亡，製造文章的轉折起伏，突出士不遇主題；二是孫覿常會書寫人物神奇的死亡或埋葬過程，乃至死去後的異象，以彰顯人物的德行。

第一，以韓愈而言，其常會設計突兀的死亡強化墓主的奇行異舉，〔註53〕反之若書寫的是尋常人物，則大抵會直接交代卒年，〔註54〕以〈韓滂墓誌銘〉、〈河南令張君墓誌銘〉為例：

> 羣輩來見，皆曰：「滂之大進，不惟於文詞，為人亦然。」既數月，得疾以死，年十九矣。吾與妻哭之傷心，三日而斂。既斂七日，權葬宜春郭南一里。於戲！其可惜也已！〔註55〕

> 公卿欲其一至京師，君以再不得意於守令，恨曰：「義不可更辱，又奚為於京師間。」竟閉門死，年六十。〔註56〕

韓滂特色在「為文詞，一旦奇偉驟長，不類舊常」，然而韓愈寫到眾人對韓滂的誇讚，以為韓滂不只「文詞」連「為人」也大進時，沒想到文章陡然一轉，短短幾個月後，韓滂便「得疾以死」，強調其英才早逝，令人深感惋惜。至於，張署「方質有氣，形貌魁碩」，卻對公卿們想邀請他至京師一事，感到不以為然，指出「義不可更辱」，於是竟然就「閉門死」，見張署懷奇負氣的個性。

〔註51〕 韓愈〈唐故河南府法曹參軍盧府君夫人苗氏墓誌銘〉，《全唐文》，卷564，頁5708。

〔註52〕 歐陽脩〈湖州長史蘇君墓誌銘〉，《全宋文》第35冊，卷753，頁340。

〔註53〕 像是〈劉統軍碑〉、〈唐故監察御史衛府君墓誌銘〉、〈唐故河南令張君墓誌銘〉、〈鳳翔隴州節度使李公墓誌銘〉、〈故太學博士李君墓誌銘〉、〈司徒兼侍中中書令贈太尉許國公神道碑銘〉、〈唐故朝散大夫尚書庫部郎中鄭君墓誌銘〉、〈唐朝散大夫贈司勛員外郎孔君墓誌銘〉、〈殿中侍御史李君墓誌銘〉、〈唐故江西觀察使韋公墓誌銘〉、〈國子助教河東薛君墓誌銘〉、〈故幽州節度判官贈給事中清河張君墓誌銘〉、〈南陽樊紹述墓誌銘〉等，大抵只有〈貞曜先生墓誌銘〉及〈河南少尹李公墓誌銘〉二篇有凸顯人物「奇」的地方，而沒有寫及突兀的死亡。

〔註54〕 〈故中散大夫河南尹杜君墓誌銘〉、〈太原府參軍苗君墓誌銘〉未突出人物之奇，但言及「暴卒」，只點到為止，仍可算是少數例外。

〔註55〕 《全唐文》，卷564，頁5711。

〔註56〕 《全唐文》，卷565，頁5720。

　　觀察上舉二例可以感受到韓愈對人物之「死」的記述，在某種程度上能製造文意的頓挫，而愈發凸顯人物之「奇」，又如此書寫常能彰顯人物「不遇」的遭際，誘發讀者對人物產生更深刻的惋惜。

　　孫覿也同韓愈一樣深諳此道，如〈宋故左朝請郎主管亳州明道宮孫公墓志銘〉寫孫杞（1072～1137）的死亡，云：

> 公平生無所嗜，惟讀書，至老不去目。自六藝、百家、史氏之籍，翰林、子墨之文章，傳注、箋疏之學，浮圖、老子之言，靡不記。旁穿獨騖，馳騁上下，務為深博無涯涘。屬文操紙立就，雄深辯麗，頃刻千言。至於感微託遠，論美刺非，則寓於詩。今參知政事張公守、吏部尚書孫公近交薦公可備文章翰墨之選，而公病矣。以紹興七年八月戊戌卒于家。嗚呼！公之學足以命一世，而不遇於崇儒右文之時；公之辯足以謀一國，而不用於用智尚賢之日。官不過七品，仕不出州縣，幸而有氣力得位者推挽之，庶幾遂奮拔以見於世，而又遇疾以死，悲夫！〔註57〕

對比孫杞先前與新將相不合而「絕口不論世事矣」，上段文字首先極力推崇孫杞超凡的才能，但推闡至頂點，言及張守、孫近交相薦舉孫杞「可備文章翰墨之選」時，卻突然轉言「公病矣」、「卒于家」，陡然直落，更強調孫杞的懷才不遇。又其下孫覿進一步以「嗚呼」抒發感慨，再次指出孫杞才能「足以命一世」、「足以謀一國」，而對孫杞「庶幾遂奮拔以見於世，而又遇疾以死」的遭遇，表達的悲傷更深切。要之，全文旨在凸出墓主的「不遇而死」，書寫策略為：先揚→後抑→再揚→再抑，經由對墓主「死亡」的敘寫，發表惋惜。孫覿並非像過去許多墓誌銘的作者，簡要且客觀地交代墓主的死亡，其更欲透過對「死亡」的狀寫，強化人物形象。

　　再者，書寫傅諒友（1067～1118）的〈宋故左承議郎權發遣和州軍州事傅公墓志銘〉云：

> 其學自六經、太史氏、百家諸子、浮圖、黃老之書無所不讀，其文自歌詩賦頌、表箋傳序、箴銘記志，亦無所不工。而彊直任氣，負所學，未嘗以一言徇人，故裴回於小官，益自重，無躁戚。徽宗皇帝召見，言治道中上意，擢為尚書郎。行且用矣，而遇疾不起，悲夫！……將遂施行所學，世其家，而公病矣，治命載其柩從少師以

　　葬。〔註58〕

如傅諒友這般多才的士人被皇帝召見，本「行且用矣」、「將遂施行所學」，豈料突然「遇疾不起」、「病矣」。孫覿一連書寫二次傅諒友的遭遇，見孫覿哀戚之深，而其也近於孫杞墓誌銘，採用先揚後抑的手法，凸出墓主「奇」的特質之餘，突然轉言墓主的死亡，襯顯其「不遇」。

　　再若〈宋故右朝奉郎王公夢得墓志銘〉寫王夢得（1095～1165）同樣觸及「士不遇」的主題，惟孫覿從自身的經驗說起：

> 紹興初，余自嶺表還，聞里人王夢得獻陳便宜中上意，命以官，一時閭巷之士奔走歆歆艷以為寵。余不識夢得，又方解禁錮，追懲往咎，營一區於村巷農圃中，不入州縣，不交人事，積三十年不相聞。而夢得所涖有迹，號能吏。一日，余上冢，繫舟津亭，夢得在焉。儀狀頑碩，談詞傾一坐，有過人者。余歎曰：「名不虛得矣。」久而夢得棹小舟過余，接語移日，劇談時事，校古推今，有濟世之用。且云：「蒙恩假守巴東，老矣不堪遠官四方，丐奉祠為終焉之計。」余曰：「君相求賢如不及，而公倦游欲休，惜也！」<u>別去纔數日，夢得遂屬疾不起。</u>不及葬，余甥婿蔡謙之過余，言：「公每哀王歸州之死，不為世用，今四子在門，欲因謙之以見。」於是四人者被墨衰，銜書袖中，趨而至，泣曰：「先君以功名自期，止效一官，簿書刀筆之閒，齎志以沒。欲得公銘內之壙中，地下有知，殆為慰焉。」余不果辭，次其語為志，而系以銘。〔註59〕

不同於寫孫杞的直接陳述，孫覿使用大量文字鋪述自我與王夢得的交往過程，藉時間層層推進，孫覿先云自己「不識夢得」，但常聽聞到王夢得「所涖有迹，號能吏」，直到有朝一日方與王夢得相見，印證傳聞所言不虛。但是，讓孫覿惋惜的是像王夢得這樣有「濟世之用」的人，卻只能充當小官小吏，又且「倦游欲休」，故孫覿講述「君相求賢如不及」的道理勉勵之。詎料，話語甫畢「別去纔數日，夢得遂屬疾不起」，如此有志不能伸，或將伸未伸之際，卻面臨早死的命運，讀之令人酸楚。王夢得的子孫「被墨衰，銜書袖中」，訴說自己的父親「齎志以沒」，前來向孫覿請銘，孫覿「不果辭」的行為，亦見孫覿心有所感，故孫覿於序文最末寫到：「嗚呼，使公得位行道，其功利之在天下，可

〔註58〕《全宋文》第 161 冊，卷 3488，頁 11～12。
〔註59〕《全宋文》第 161 冊，卷 3497，頁 154～155。

勝計哉！」對王夢得之哀歎尤深。

　　再者，〈亡叔墓志銘〉孫覿言自己的叔叔孫稷（1075～1135）是一位「有高節大度過人之材」、「洞見肝膽」、「疏財樂施」的奇人，但仍舊不遇，而關於他的死亡，孫覿這樣寫道：

> 某，君之從子也。兒童時，出所為文辭見君，君喜而稱之，先大夫命某師焉。中閒宦游四方，離合不常，而視諸族子獨親且厚也。某守臨安，觸罪遷嶺表，君曰：「嘻！此南柯太守夢也。一切世閒共一蟻垤，況身履而親見之耶？」於是欣然悟笑，遂別。別三年，蒙恩北歸，而君沒矣。〔註60〕

因為「觸罪遷嶺表」，孫覿心情自是低落的，而叔叔孫稷以南柯一夢的典故安慰孫覿，但沒想到二人才相談甚歡「欣然悟笑」，不久孫稷便亡故。在此，「遂別，別三年」字句上的頂真，乃製造節奏的短促，帶出時間的短暫，使之後的「君沒矣」更見突兀，可以說孫稷彷彿印證了自己之前的言論，即人生如南柯一夢，生命本無常，是得是失不必過於計較。這一書寫乍看之下，孫稷似乎是一位淡泊名利，面對任何事物都能處之泰然的智者，但仔細推敲應非如此，畢竟文章開頭孫覿提及孫稷「慨然自喜，庶幾於一遇，而單游孤立，無黨友之助，故卒於無所就以死」的處境，並以「悲夫」二字抒發傷感。換言之，對於叔叔孫稷的遭遇，孫覿不無感觸，回觀孫稷南柯一夢的言論，與其說孫稷乃真正看破世事無常，毋寧說那更是一種遣懷，是孫稷對自己和孫覿的不遇所尋求的慰藉。

　　第二，除卻以突兀的死亡凸顯人物之「奇」外，孫覿亦喜好狀寫人物死亡前或死亡後的各式神奇事蹟，如〈宋故翰林學士莫公墓志銘〉：

> 弟俱臥疾崑山丞舍，公馳小舟冒大暑往省。財過旬，公亦遇疾而歸，臥起如常日，無甚苦。忽一旦，自興於榻，召家人至前，以後事屬其子同者，端坐而逝，容貌如生。里巷姻族奔走驚呼，瞻望出涕，真所謂有以善吾死者。是歲隆興二年七月十五日也。享年七十六。〔註61〕

和尋常人物奄奄病死不同，莫儔生病時不只「臥起如常日」，甚且臨死前能夠「自興於榻」交代後事，並「端坐而逝，容貌如生」，故被眾人稱說「善吾死者」。而這「善吾死者」的描述，實又對應到此前墓誌銘提到的莫儔得罪次臨

〔註60〕《全宋文》第 161 冊，卷 3490，頁 38。
〔註61〕《全宋文》第 161 冊，卷 3494，頁 101。

川時，對疏山老僧說的一席話，曰：「此身一墮世網，纔脫兵火中，又落炎方瘴癘之地，吾知其無以死矣。願聞第一義，冀有以善吾死也。」能見孫覿書寫莫儔「善吾死」乃欲指稱莫儔即使遭到朝廷放逐，仍可以在佛經中尋得安頓，對於世間萬事皆淡然處之。若此，乃帶出了莫儔和常人不同之處。

　　追索「善吾死」概念的源頭，源出《莊子》：「善吾生者，乃所以善吾死也。」〔註62〕顯見孫覿乃欲彰表莫儔善於生活、修行卓絕，即使面臨挫敗，遭遇陷害，仍能涵養自身，不累於物。進一步言，孫覿這般書寫也有意安慰莫儔之不遇，並召告讀者莫儔乃有德之人，非如讒言所云。

　　或由於孫覿篤信佛教，故與上述類近的例子頗多，如：

> 公晚學佛，誦其書而有得於死生之說。病且革，顧謂家人曰：「吾行在日中時」已而日亭午，宴然而逝，實宣和二年七月癸丑也。〔註63〕

> 公領客居閒，擊鮮置醴，縱飲歌呼，終老如一日。平生未嘗讀佛經，比感疾，書四句偈而瞑，皆菩薩語，雖禪翁老宿，皆歎驚，自以為不及。享年七十四，紹興三十年七月乙巳卒於正寢。〔註64〕

> 太淑人晚喜學佛，讀其書，能信踐之，非直玩其辭者也。歲饑，里中之豪閉糴待賈，太淑人發廩粟以飯餓者。親見其子踐高華，冠法冠，進延閣，典大州，門戶光顯矣，而恭儉守家法，不改其操。初感微疾，無甚苦，俄索紙筆書一偈，皆出世閒語，晏然而逝。嗟夫！死生之變亦大矣，而處之如此。〔註65〕

不論是預知到自我的死亡將屆，告訴他人「吾行在日中時」，或書寫「四句偈」、「一偈」，都在在揭示人物的「善吾死」，也即「善吾生」。由此見，孫覿十分關注人物死的過程，及其如何對待死亡，並擅長藉之彰表人物崇高的修行。雖然，像這類信仰佛教而能預知死期並安然而逝的例子，在唐代甚或唐代以前的墓誌銘便已出現，〔註66〕至宋代亦偶爾可見，然若與孫覿多寫懷才不遇者合觀，此番對生死的述寫，當表徵孫覿對死者的安慰與敬意。申言之，較諸過去部分旨在歌頌人物生平事蹟者的作品，不同的是，孫覿無論在行文的鋪排，抑

〔註62〕《莊子集解》，卷2，頁59。

〔註63〕〈宋故太子少師巫公墓志銘〉，《全宋文》第161冊，卷3491，頁57。

〔註64〕〈宋故府君陳公景東墓表〉，《全宋文》第161冊，卷3495，頁113。

〔註65〕〈宋故太淑人劉氏墓志銘〉，《全宋文》第161冊，卷3496，頁128～129。

〔註66〕凃宗呈：〈唐代士人的臨終場景初探——以兩京地區的墓誌書寫為中心〉，《興大歷史學報》第27期（2013年12月），頁29～52。

或在寓意的寄託上，應比許多作者更有自覺，此在書寫李端方（1074～1142）的〈宋故左朝請大夫李公靖之墓志銘〉尤其明顯：

> 靖之晚喜誦佛書，不囿於因果名相之說，遇住處則據榻臥讀之。客曰：「奉佛當如是乎？」靖之曰：「禍福竟何在？通其意而已。」二日，忽書：「辛酉四月某日，獲麟於所居之壁。」纔逾月，遂屬疾不起。嘻，亦異矣！[註67]

李端方書「獲麟於所居之壁」預告自己的生命即將抵達終點，後來果然「纔逾月，遂屬疾不起」。最後「嘻，亦異矣」的評論可證這一書寫顯非無精神內涵的格套之語，此時孫覿已不是客觀的記述者，其更介入了文本，透過將人物的死亡神異化，突顯人物之「奇」，以此與人物「不囿於因果名相之說」且通達禍福呼應。

再又，寫王剛中（1103～1165）的〈宋故資政殿大學士王公墓志銘〉則從天象的角度鋪寫：

> 昔曹參相齊，齊國大治，其後以所以治齊者治天下，號稱賢相。公之治蜀，大功數十，度越古今。以所以治蜀者相天子，必有以驚世絕類。而百不一試，賫志以沒，命矣夫！前薨一夕，有大星隕於寢廬之側，里人望而驚焉。諸孤以某年某月某甲子奉公之柩，葬於縣永善鄉石榴峰車馬原上，公所自卜也。[註68]

中國古代向來有以星體喻人事的傳統，而文中的「大星」乃王剛中的化身，形容其「驚世絕類」、「度越古今」的政治才能，以此強調王剛中「奇」的特質。但是，最終「大星隕於寢廬之側」則寓託賢者的殞落，「里人望而驚焉」則從眾人的反應，又一次凸顯了現象之「奇」，[註69] 而如與「賫志以沒，命矣夫」并觀，實可見此一「奇」的書寫，既指涉亡者懷才不遇，也含蘊對亡者的慰藉。

除表現人物的賢明不得志及對世事的洞澈外，神奇的死亡亦連結到福報的授受，像〈宋故右承議郎吳公墓志銘〉寫吳慤（1063～1144）之死則與夢境連結：[註70]：

[註67]　《全宋文》第 161 冊，卷 3490，頁 37。
[註68]　《全宋文》第 161 冊，卷 3493，頁 94。
[註69]　觀察孫覿述李端方和王剛中「賫志以沒」的遭遇，亦能推知孫覿撰寫二人死亡時，當和書寫莫儔死亡時，有類似的心情。
[註70]　可堪對比者，宋初墓誌銘駢化尚深，作者們亦會以夢來指代人物的死亡，然多是典故上的形容使用，而少觸及墓主的實際作為，如楊廷美〈故推誠奉義翊戴功臣開府儀同三司檢校太師右金吾衛上將軍上柱國許國公食邑五千戶食實封

公在秀時，歲大飢，民墊於水，詔州縣發廩粟賙之。為吏者視遇無狀，流遣紛然，老弱相枕藉欲死。部使者檄公代往，公為治次舍，視燥濕，進淖糜，旦旦撫之，蓋活數千人云。一夕，夢至一官府，有大吏據案謂曰：「是嘗食餓者，當獲壽祉之報。」已而果然，享年八十二。〔註71〕

吳愨身為賢良的地方官，扶貧賑濟，甚且救活數千人，故嘗「夢至一官府」，被告知「當獲壽祉之報」，一直活到八十二歲。由此見，孫覿猶會將人物的死亡與人物的德行彼此聯繫，書寫福報，襯顯墓主與眾不同之處。

對人物死亡過程的關注外，孫覿亦會書寫人物死後的神異現象，若：

諸孤侍兩殯，執喪盡禮。俄產三芝於寢中，色黃而澤，按瑞牒，所謂金芝者，人以為純孝之感。〔註72〕

二十七年，上書致仕，積官至左朝議大夫，職直顯謨閣，佩服三品，爵文安縣開國男，食邑三百戶。享年八十一。公事親誠孝，居喪毀瘠甚。既葬，有雙芝產墓上，冢舍成，遂以名之。〔註73〕

墓主死後「產三芝於寢中」和「雙芝產墓上」，以為是受墓主或墓主子孫的孝順所感，皆在在凸顯了人物之「奇」。值得注意者，寫陳豫（1050～1117）的〈宋故左中奉大夫致仕贈少師陳公神道碑〉則大篇幅記述埋葬的過程：

始，秀公葬其母荊國太夫人於潤之五州山，遂家焉。秀公薨，又祔荊國之次。至是，諸孤奉公之喪還次潤，亦卜地于五州，不獲。一夕，夢公刺汝州，擁騎從，張呵引如平生。黎旦，瀛國與諸郎夢皆合，而不曉所謂。它日行焦山道中，顧見一穴，水深土厚，曼衍相屬，卜者曰吉。問山中人，皆曰：「農家主人母所卜壽藏也。」遂相

一千三百戶贈太子太師太原王公墓誌銘〉：「方將再提虎印，重領雄藩，忽嬰二豎之祅，俄夢兩楹之奠。即世之日，年五十四。」姜利用〈宋潁川長史于琛墓碑〉：「公堂前列森森之桂，日暮薄舟冉之雲。待子晨省，言云：『余昨夜夢當奠兩楹之間。』」蔡宗道〈大宋故左班殿直銀青光祿大夫檢校國子祭酒兼監察御史武騎尉宋公墓誌銘〉：「無何，二豎構災，兩楹入夢，遽嬰沉痼，俄謝亨衢，于當年秋八月二十有七日捐館于東京望春門外春明坊之私第，享年四十有五。」三文分別見諸：《全宋文》第 3 冊，卷 41，頁 40；《全宋文》第 5 冊，卷 104，頁 400；《全宋文》第 16 冊，卷 327，頁 136。

〔註71〕《全宋文》第 161 冊，卷 3488，頁 9。

〔註72〕〈宋故撫幹周府君墓志銘〉，《全宋文》第 161 冊，卷 3491，頁 63。

〔註73〕〈宋故左朝議大夫直顯謨閣致仕汪公墓志銘〉，《全宋文》第 161 冊，卷 3492，頁 79。

> 隨造其家。一嫗出見，曰：「老婦異日藏骨於是矣。忽夜夢，若迎新
> 太守者。俄頃，一大人衣紫佩金，踞胡牀而坐，呼老婦前曰：『此吾
> 所居，非爾所當有也。』方悸窹，而諸君適至，願奉此地以獻。」即
> 其日書券予直。問其名，則汝山也，遂舉以葬於是。諸孤屬待制馮
> 公志其葬，而墓隧之碑至今無辭以刻。〔註74〕

葬地作為人最後安身的棲所，其不只關係到人的形軀保存，甚且被認為是重要
的風水地理，將影響到後代子孫的禍福。是以，上文不論是陳豫的族父為其母
親尋找葬地，或是陳豫的妻兒皆很謹慎地在對待埋葬之事，希望為親人尋找一
塊良善的居所。殊為奇異者，孫覿寫到陳豫死後以託夢的方式，向眾人預示其
理想的葬地在何處，以「擁騎從，張呵引如平生」、「衣紫佩金」、「踞胡牀而坐」
形容陳豫夢中的舉止和樣貌，充分展現陳豫英豪的形象。又從陳豫妻兒初夢
「不知所謂」到「它日行焦山道中」發現一穴，而詢問山中人，再到「一嫗出
見」自訴夢境，終於覓得葬地，一路寫來洋洋灑灑，鋪述的情節生動靈活，尤
見神奇，亦顯揚積善之人必有福報之旨。

　　綜言之，孫覿撰作墓誌銘常會透過精密的篇章設計書寫人物突兀的死亡，
且與人物的「不遇」扣合。再者，孫覿亦會記述人物「不凡」的死亡過程，或
者死後及埋葬後的各式神奇異象。凡此種種，皆有助於凸顯人物「奇」之特質，
發揚人物異於常人的才能或修行，就另一角度而言，亦可見孫覿對墓主不遇之
悲慨，及對墓主德行之欽佩。

小結

　　本章一方面縷析孫覿墓誌銘的寫作筆法，二方面亦窺探孫覿對兩宋之際
人物遭際的看法。

　　第一，就筆法而言，不同於過去許多墓誌銘開篇即平板地交代人物基本資
料，孫覿墓誌銘開篇更慣常把人物放置在大背景下，藉由兩宋之際動盪的「時
代情境」或者「政治生態」去定位人物的遭際，並襯顯人物「奇」的特質。

　　再者，孫覿墓誌銘對人物「內在本質」之「奇」的描摹十分生動，敘述上
雖不如韓愈墓誌銘「傳奇」式筆法的夭矯多變，卻也不若歐陽脩墓誌銘「史傳」
式筆法的簡淡平易。可以說，孫覿繼承歐陽脩墓誌銘「史傳」式筆法之餘，更

〔註74〕《全宋文》第 161 冊，卷 3489，頁 29～30。

能發揚之，改創之，成就自己獨特的風格。

　　此外，孫覿猶會著意人物的死亡記述，或會刻意透過行文的安排，強調人物突兀的死亡，或會載記人物神異的死亡或埋葬過程，此皆有助突出人物之「奇」，彰顯其特出的才能或修行。

　　第二，孫覿墓誌銘寫得最突出者乃懷才不遇的士人，他們因為動盪的時代背景、詭譎的政治生態，鬱鬱而終，讓孫覿深感惋惜。然值得注意的是，孫覿筆下尚有一群人，他們即使不遇而選擇退居鄉里，但仍然透過濟弱扶傾，乃至救濟政治逃難者，來肯定自我存在的價值。在此，孫覿沒有區辨孰優孰劣，但可以想見孫覿對出處的看法是多角度的，而這或能代表兩宋之際士人們面對紛亂的社會所持守的態度，亦即對「出」與「處」的抉擇存在更多游移的情形。

第六章 結 論

　　兩宋之際為宋代文學的夾縫期，其一方面上承歐陽脩（1007～1072）、王安石（1021～1086）、蘇軾（1037～1101）、黃庭堅（1045～1105）等北宋大家，二方面下開陸游（1125～1210）、范成大（1126～1193）、周必大（1126～1204）、楊萬里（1127～1206）等南宋名家，而此時期向來被認為是大作家闕如、小作家林立的時代。

　　就文學內部發展而言，或由於北宋大家對文學作出顯著革新後，兩宋之際的作者難以於短時間內再次開創突破。又從社會背景而論，在北宋末新舊黨爭激烈、南宋初施行高壓統治的情況下，文化活動受到抑制，故士人們的視野難以開闊。緣此，兩宋之際的文學日趨「形式化」。

　　是故，陳植鍔將兩宋之際的詩歌劃歸為宋詩的「凝定期」，《四庫全書總目》認為兩宋之際的四六文「大都以典重淵雅為宗」，記體文和墓誌銘的創作亦逐漸形成套式。朱迎平綜理南宋散文發展，便指出其「缺乏宏大的氣魄」，又「議論愈趨於精細深微」，而「這種現象不僅充斥於碑志、傳狀等敘述文體中，在奏議、論說以至一些序記文中，也時有可見」。〔註1〕因此，學界對兩宋之際至南宋的文學研究向來不十分熱衷。

　　然孫覿卻是頗為特殊的案例，藉由上述研究成果，能進一步回應本論文初始的研究目的：「定位孫覿於宋代文學史上的意義」。

　　第一，孫覿詩以「清麗曠達」為主調，常以白描的手法細緻點染景物，遭逢貶謫時多展現清曠的心境。其次，孫覿詩亦有「新奇宏肆」的一面，常能寫

〔註1〕朱迎平：《宋文論稿》，頁138。

出新穎的比喻和轉化,並營造宏肆富含想像力的詩境。再者,孫覿詩不論在記述或情感層面上,常能做到「波瀾跌宕」的詩意轉折。

第二,孫覿的四六文在屬對上常能達至「精工」,既頻繁使用「事對」和「反對」,又多能營造「經史子語」兩兩相對,更可把握「生事對熟事」的原則,且典故應用上也能「清新」可喜。孫覿四六文更且具「雄博」的風格,多用有力量的詞彙,善於運用虛字轉折連接,又好使長句長聯。最後,孫覿四六文亦有「奇傑」的一面,常能寫出新奇的屬對、特殊的句型、具畫面感的文字。

第三,孫覿的記體文善於利用駢、散語各自的長處組織文章,如駢語善鋪成、散語善記述。此外,孫覿亦會將駢語散化,讓文氣有更豐富的變化。又且,孫覿記體融入宋代四六文好剪裁成語的特色,可增添說服力,並提升文字的稠密度。於內容方面,孫覿記體則表現出愛寫奇事的偏好,舉凡各樣的奇事感應或宗教神蹟,都成為孫覿記錄的對象,又特殊的是,孫覿常會藉此寄寓深意,或與國事連結,或與德性相關,與宋代志怪小說的道德化傾向類近。

第四,孫覿墓誌銘常一開始便將人物置於大背景下,以定位人物生平,而其中多和兩宋之際動盪的時代背景,及南宋紛亂的政治生態有關。其次,孫覿又多突出人物擁有英豪奇杰的個性卻懷才不遇,及處士們如何轉化自身的不遇為奇行異舉。此外,孫覿常調動敘事的結構,刻意設計人物突兀的死亡,強調人物不遇的處境,又藉神奇的死亡或埋葬過程,表彰人物的德性智慧。一方面可見孫覿高超的書寫筆法,二方面可見孫覿對兩宋之際士人的看法,及其對出處的深層思考。

總括而言,孫覿詩不特別講究字句上的鍛鍊或對仗上的工整,而側重表意的「波瀾」;四六文不「標精理于簡嚴之內」而選擇「藏曲折于排蕩之中」;記體文避免直述,而大量運用「成語」使文章有力;墓誌銘少制式化開頭,常把人物放置於「大背景」中定位,以上乃呈現孫覿詩文「雄渾」的特色。

再者,孫覿詩「清麗」的描寫和「曠達」的心境,多「新奇」的想像及「宏肆」的詩境營造;四六文能作到「精工」不亂雜,且多有「奇傑」的造語;記體文好用「駢語」,又好記「奇事」;墓誌銘長於描寫人物「懷奇負氣」的性格和「突兀神奇」的死亡,凡此乃彰顯孫覿詩文「清奇」的特色。

質言之,孫覿詩文誠有不同流俗的表現,能用「雄奇」概括。「雄」即「雄渾」代表風格的雄壯渾厚,使孫覿詩文沒有因為過度「形式化」而產生的冗弱。「奇」即「清奇」代表風格的清麗新奇,使孫覿詩文沒有因為過度「形式化」

而產生的板滯。申言之，「雄」與「奇」二者相輔相成，共同組構孫覿詩文獨特的風貌。藉由與前代作家的歷時性比較，及與同時代作家的共時性比較，誠可窺知孫覿於宋代文學史的特殊意義，整合過往學界對各作家的研究成果，[註2]並加入一己之見，茲論述如下：

詩歌方面，孫覿一方面繼承蘇軾「清奇」的詩風，二方面亦承接杜甫、蘇軾「雄渾」的詩風。其中，「清奇」為孫覿詩的主調，「雄渾」為孫覿詩的副調。相較之下，與當時流行宗法黃庭堅的江西詩派「瘦硬執拗」、「奇崛窄仄」、「拗折凝滯」者不盡相同。再者，孫覿詩亦幾無理學色彩，未受到由北宋中期逐漸興起的理學詩潮影響。就內容而言，孫覿多寫景詩和述懷詩，自然意象明顯較人文意象強，這點和黃庭堅不同，與蘇軾類近。然而，孫覿諧謔詩、諷諭詩、議論詩偏少也沒有太多特殊處，這點就遠不及蘇軾。在學杜甫詩方面，孫覿未若江西詩派較師法杜甫夔州以後偏好自我內省、強調立格的詩作，孫覿接受的更多是杜甫的愛國詩風。觀察與孫覿同時代的詩人：

程俱（1078～1144）詩《宋詩鈔》稱：「取塗韋、柳以窺陶、謝，蕭散古澹，有忘言自足之趣，標致之最高者也。」[註3]徐曉慧云：「清勁古澹是程俱詩歌的主體詩風。」[註4]頗見不同於孫覿師法杜甫、蘇軾的「雄奇」，程俱承繼的更多是六朝至唐代山水田園詩人「古澹」的風格。

汪藻（1079～1154）詩早期曾受江西詩派影響，後期逐漸擺落江西詩風，轉而趨近蘇軾，此時詩歌風格更圓活流轉。錢鍾書稱其「五七古亦雅練」、「七律尤俊健」，[註5]賀裳評「意氣高曠，一往俊逸，亦與大蘇仿佛」[註6]，程杰稱「汪藻作詩不太有拘束雕琢之苦，寫景抒情都能揮灑自如，語言或勁爽明快，或坦易清新」[註7]。錢鍾書嘗道孫覿「筆力頗健」，然汪藻又多幾分「靈動」，文句錘鍊自然，善於經營意象，與孫覿詩的「清麗」不同，汪藻詩更「深

〔註2〕兩宋之際的作家數量繁多，僅分析學界探討較多，或作品數量較多，或個人認為較有特色者。

〔註3〕〈北宋小集鈔〉，【清】吳之振、呂留良、吳自牧選，【清】管庭芬、蔣光煦補：《宋詩鈔》（北京：中華書局，1986年），頁1563。

〔註4〕徐曉慧：《程俱及其詩歌研究》（濟南：山東師範大學中國古代文學碩士學位論文，2015年），頁34。

〔註5〕錢鍾書：《錢鍾書手稿集·中文筆記》第2冊（北京：商務印書館，2011年），頁275～276。

〔註6〕【清】賀裳：《載酒園詩話》，收入郭紹虞編：《清詩話續編》，頁440。

〔註7〕《宋詩學導論》，頁252。

厚麗密」〔註8〕。

　　王庭珪（1080～1172）詩雖「不乏清新流麗之作」，但整體而論一如楊萬里讚譽的「自少陵出」、「大要主於雄剛渾大」〔註9〕，學者連國義亦持相似見解。〔註10〕要言之，王庭珪乃以「雄渾」為主調，不同於孫覿以「清麗」為主調，而王庭珪「少時志尚已高，視功業如拾芥」〔註11〕的性格，也使其「矯然亢厲之氣，時流露於筆墨間」〔註12〕，與孫覿詩「清曠」的心境未盡相同。

　　周紫芝（1082～1155）詩陳天麟曰：「清麗典雅」〔註13〕，四庫館臣評：「其詩在南宋之初特為傑出，無豫章生硬之弊。」〔註14〕錢鍾書說：「沾染江西派的習氣不很深，還爽利不堆砌典故。」〔註15〕周紫芝曾云：「作詩先嚴格律，然後及句法。」〔註16〕大抵而言，周紫芝詩亦同孫覿般有「清麗」之風，惟因為特別重視格律、句法，故又多了幾分工緻。周紫芝另項特色是其繼承了杜甫和新樂府社會寫實的精神，創作大量反映民生的作品，這些詩作風格較「沉鬱蒼涼」，〔註17〕不只在孫覿詩中罕有，即連兩宋之際的其他士人亦少這般創作。〔註18〕

　　李綱（1083～1140）詩風格多樣，最為人注意者是其「雄詞勁氣」〔註19〕和「雄深雅健」〔註20〕的詩作，然李綱其實亦有風格「沖淡」者。〔註21〕不過，大抵而言李綱詩的「雄渾」源自直抒胸臆的表達，有時過於直白不免淪為

〔註8〕 《石洲詩話》，卷4，頁65。

〔註9〕 〈盧溪先生文集序〉，《全宋文》第238冊，卷5320，頁213。

〔註10〕 連國義：《王庭珪研究》（南京：南京師範大學中國古代文學碩士論文，2007年），頁76。

〔註11〕 謝諤〈盧溪文集序〉，《全宋文》第220冊，卷4872，頁23。

〔註12〕 《四庫全書總目》，卷157，頁1355。

〔註13〕 陳天麟〈太倉稊米集序〉，收入祝尚書編：《宋集序跋彙編》（北京：中華書局，2010年），頁1082。

〔註14〕 《四庫全書總目》，卷158，頁1366。

〔註15〕 《宋詩選註》，頁204。

〔註16〕 陳天麟〈太倉稊米集序〉引，《宋集序跋彙編》，頁1081。

〔註17〕 周玉：《周紫芝詩歌研究》（合肥：安徽大學中國古代文學碩士論文，2014年），頁55。

〔註18〕 任群：〈論周紫芝的樂府詩〉，《南京師範大學文學院學報》第3期（2007年9月），頁26～34。

〔註19〕 〈李忠定手抄詩〉，《劉克莊集箋校》，卷105，頁3492。

〔註20〕 《四庫全書總目》，卷156，頁1344。

〔註21〕 劉義：《李綱詩歌研究》（南京：南京師範大學中國古代文學碩士論文，2007年），頁80。

流水帳，〔註22〕故遭錢鍾書批評「冗長拖沓」〔註23〕，不似孫覿透過鋪排所呈顯的「雄渾」風格。

呂本中（1084～1145）詩少年時期以黃庭堅為師，詩風類江西詩派，其後意識到模仿黃詩的弊病，轉而兼學杜甫、蘇軾，提倡「活法」，方回評：「居仁在江西派中最為流動而不滯者，故其詩多活。」〔註24〕呂本中比江西詩派許多人士更輕快流轉，然與孫覿不同的是，呂本中部分詩作理學色彩較濃，孫覿詩則幾乎不沾染理學思想。此外，呂本中有一系列關於靖康之難的描寫，不若孫覿幾無。

陳與義（1090～1138）亦為兩宋之際重要作家，劉克莊稱其：「以簡嚴掃繁縟，以雄渾代尖巧。」〔註25〕吳淑鈿指出陳與義詩表現的最多是「閑淡」的風格，又間出雄渾壯麗，〔註26〕程杰評其：「重視體格音律，講究字句錘鍊，較少鋪陳張揚，與蘇軾一派相異。」〔註27〕質言之，陳與義詩的密度又較孫覿高。另外，陳與義亦同呂本中有一系列書寫靖康之難的作品，且陳與義嘗言：「但恨平生意，輕了少陵詩。」〔註28〕今觀陳與義的許多詩篇對世亂後的感慨尤深，可見其對杜甫詩的繼承意念甚至比孫覿強烈。〔註29〕

四六文方面，自歐陽脩改創四六文之後，宋代四六文大致分為兩派發展，一是王安石，二是蘇軾。有別於兩宋之際的作家多學習「謹守法度」的王安石四六，而慣採典重的四言、六言，及短句短聯的形式。孫覿繼承的更是蘇軾四六「雄深浩博」的風格，常可以見到八言以上的長句，及三句以上的長聯，長句長聯的鋪排甚至比蘇軾更多。另外，孫覿四六文亦常會選用有力量的詞彙，營造雄渾的氣勢，不以典雅為宗。觀察宋代其他四六文大家，如：

王安中（1075～1134）四六文多採四言、六言的形式，少長句長聯，傾向王安石嚴謹典重的四六文。再則，不若孫覿由於多事對、反對而風格精工生新，

〔註22〕姜曉潔：《李綱詩歌研究》（桃園：中央大學中國文學研究所碩士論文，2012年），頁117。
〔註23〕《宋詩選註》，頁181。
〔註24〕【元】方回：《瀛奎律髓》（上海：上海古籍出版社，1993年），頁207。
〔註25〕《劉克莊集箋校》，卷174，頁6730。
〔註26〕吳淑鈿：《陳與義詩歌研究》（臺北：文津出版社，1993年），頁204。
〔註27〕《宋詩學導論》，頁258。
〔註28〕《陳與義集》，卷17，頁274。
〔註29〕孫覿雖曾在〈與李主管帖二〉、〈押韻序〉等文章稱揚杜甫，但皆未如陳與義有較強的體認。再則，孫覿憂國憂民的詩作，質與量上也確實不及陳與義。

王安中四六文被四庫館臣評「尤為雅麗」〔註30〕,乃因其多採言對,運用的成語和故事較少,文字較溫婉清亮的緣故。

翟汝文(1076～1141)四六文經陳振孫稱:「汝文制誥古雅,多用全句,氣格渾厚。」〔註31〕龔明之載:「公文章甚古,所作制誥,皆用《尚書》體。」〔註32〕篇章多短小精鍊,用字常見古語,又不只制誥,即使是表啟,翟汝文亦多採用四言、六言等尋常的短聯形式,與蘇軾不同,繼承的更多是王安石嚴謹典重的四六文。

汪藻(1079～1154)四六文被認為「集大成者」〔註33〕,其以四言、六言等尋常形式為主,然偶爾亦可見長句長聯的使用,融合王安石和蘇軾四六文長處,〔註34〕且又有歐陽脩曉暢平易的一面。〔註35〕然而,正同錢鍾書云:「其(汪藻)駢文對仗精切而意理洞達,自擅能事。然較之同時孫仲益,無以遠過。仲益屬詞比事,鉤新摘異,取材之博,似尚勝彥章也。」〔註36〕質言之,汪藻又汲取歐陽脩少用典和用典平易的特色,不似孫覿四六文頻繁用典且用典多樣。〔註37〕

綦崇禮(1083～1142)四六文被樓鑰譽為「平時為文不為崖異之言,氣格渾然天成,故一旦當書命之任,明白洞達,雖武夫遠人曉然知上意所在,非規規然取青媲白以為工者比也」〔註38〕,四庫館臣稱「明白曉暢,切中事情,頗與《浮溪集》體格相近」〔註39〕,劉敏云「綦崇禮駢文言簡易明,不好用繁難之典、生僻字詞」〔註40〕,陳元鋒指出兩宋之際制誥為修正宣和以來四六文「多用全聯長句為對」,故掀起追求平易的文風,汪藻與綦崇禮可視

〔註30〕《四庫全書總目》,卷156,頁1345。
〔註31〕《直齋書錄解題》,卷18,頁526。
〔註32〕【宋】龔明之:《中吳紀聞》(上海:上海古籍出版社,1986年),頁119。
〔註33〕《直齋書錄解題》,卷18,頁526。
〔註34〕袁桷〈答高舜元十問〉:「汪彥章則游乎蘇、王之間。」《全元文》,卷724,頁405～406。
〔註35〕周子翼:《論汪藻的駢文創作》(南昌:江西師範大學中國古代文學碩士論文,2003年),頁25。
〔註36〕《錢鍾書手稿集・容安館札記》,頁392。
〔註37〕劉克莊〈林太淵文蘽序〉曾批評孫覿四六文「欠融化」,《劉克莊集箋校》,卷98,頁4122。而今綜觀孫覿四六文偶而確有過於顯露及頻繁用典之弊。
〔註38〕〈北海先生文集序〉,《全宋文》第264冊,卷5948,頁103。
〔註39〕《四庫全書總目》,卷157,頁1355。
〔註40〕劉敏:《綦崇禮駢文研究》(長沙:湖南師範大學中國古代文學碩士論文,2016年),頁53。

為首開此風的典範。〔註41〕質言之，綦崇禮四六文更趨近歐陽脩「以文體為對屬」、「不用故事陳言而文益高」，而今觀覽其文，多四言、六言形式，少長句長聯，不似孫覿。

記體文方面，〔註42〕孫覿記體不乏抒情、議論之作，然其不若蘇軾記體有較多哲理上的思考，孫覿記體特殊處主要仍在語言方面。蓋自歐陽脩推行古文運動成功後，駢、散文已大抵分流，一般而言應用類的文書如制、詔、表、啟為便於宣讀，故多用四六文寫就，其他較偏向私人著述性質的如記、序等文體，則多採用散語的形式，縱使用駢語一篇文章中也多僅一、二句而已。不過，孫覿記體卻呈現明顯的駢化現象，並且取法宋代四六文好用成語的特點，凡此皆使孫覿記體的風格趨向「生新」，與諸多作家不同。此外，孫覿記體尤好記載異事，亦罕見於其他作家。兩宋之際的記體文作家，像是：

汪藻（1079～1154）記體文一如黃震云：「浮溪之文，明徹高爽，歐蘇之外邈焉寡儔。」〔註43〕錢基博稱：「有識有筆，辭意曠如。」〔註44〕汪藻記體文不論是記述、議論、抒情，文字皆簡潔清爽，不似孫覿擅於鋪排堆疊。又或因為汪藻同樣長於四六文，故有時亦會使用駢語，甚或有長句長聯者，但數量上畢竟較孫覿少，汪藻記體文慣常以點綴的方式運用駢語。再者，汪藻記體文少使用成語，也大抵沒有記載奇事的篇章。

王庭珪（1080～1172）記體文與其詩一般，同樣有「雄」的特質，〔註45〕然其表現在語言的精鍊上，少有虛字冗句，並多用有力量的文字，此與孫覿迭用駢、散語和成語鋪排文章形成的雄渾風格，自是不同，另王庭珪記載奇事的篇章只〈西山記〉。

周紫芝（1082～1155）記體文風格流麗清新，多採散語形式，少有駢語，記述、論說、抒情皆圓轉靈活，慣以簡要直敘的方式，不會如孫覿層層堆砌鋪排事物之盛或使用大量成語增強論說力道，而周紫芝僅〈時山觀音神像記〉記載奇事。

〔註41〕陳元鋒：〈南宋翰林制詔「平易」文風探析——以炎、紹、乾、淳為中心〉，《斯文》第七輯（2021 年 6 月），頁 31～45。

〔註42〕目前對兩宋之際作家的記體文研究近乎無，以下乃泛覽兩宋之際作家記體文的初步觀察。

〔註43〕【宋】黃震：《黃氏日抄》（臺北：大化書局，1984 年），頁 733。

〔註44〕《中國文學史》，頁 616。

〔註45〕連國義：《王庭珪研究》，頁 89。

　　李綱（1083～1140）記體文風格質樸平暢，常「以論為記」言儒家或佛教義理，佛教記體多議論，不同於孫覿少議論。此外，李綱記體文少成語，語言形式也大抵無甚特別，惟稍特殊者在部分篇章以「主客問答」方式說理，〔註46〕這在孫覿記體文中幾無。李綱記載奇事的有〈報德菴芝草記〉、〈武威廟碑陰記〉、〈邵武軍泰寧縣瑞光巖丹霞禪院記〉三篇，較其他作者多，然仍不如孫覿的九篇。

　　墓誌銘方面，〔註47〕，孫覿墓誌銘鮮少議論，且多長篇記敘，故與王安石墓誌銘有別。與尋常墓誌銘多平板記述不同，孫覿尤擅凸顯人物「奇」的形象，主要運用「史傳」筆法，而其撰寫人物之「奇」未繼承韓愈的「傳奇」筆法和「奇崛」文風，較傾向歐陽脩對人物之「奇」的描寫，但有別於歐陽脩崇尚「簡而有法」，孫覿墓誌銘更長於鋪排，其置諸大背景下突顯人物特色，並且強調人物的懷奇負氣，歎惋人物不遇的處境，這一方面是孫覿才氣使然，另方面也與其身處動盪的時代與個人際遇相關，兩宋之際的其他作家就難以有如此書寫，像是：

　　汪藻（1079～1154）墓誌銘，錢基博稱：「大抵碑傳以逶迤為提挈，不支不蔓，本末粲然，其體出歐陽修。」〔註48〕知其繼承歐陽脩平易簡淡的「史傳」筆法。實則，在兩宋之際的作家中，舉凡程俱（1078～1144）、劉一止（1078～1160）、王庭珪（1080～1172）等亦大抵類此。進一步言，以上作家縱使有對人物「奇」的描寫，然泰半如歐陽脩未特別突出之，也極少像孫覿墓誌銘會特別書寫人物突兀神奇的死亡。〔註49〕

　　綜上所述，孫覿的詩、四六文、記體文、墓誌銘，於兩宋之際的文壇中，特色顯著，能自成一家。

　　有關孫覿其人評價，可發現從宋代至現代不斷有批評孫覿人品低下的言

〔註46〕〈求仁堂記〉、〈拙軒記〉、〈蘄州黃梅山真慧禪院法堂記〉。

〔註47〕目前對兩宋之際作家的墓誌銘研究近乎無，以下乃泛覽兩宋之際作家墓誌銘的初步觀察。

〔註48〕《中國文學史》，頁616。

〔註49〕雖然，亦有起頭便將人物置於大背景中定位者，如李邴〈宋故朝散郎尚書吏部員外郎特贈徽猷閣待制累贈開府儀同三司諡忠肅傅公墓誌銘〉、〈劉翰墓誌銘〉；乃至鮮明突出人物懷奇負氣者，如葛勝仲〈左承議郎致仕丁公墓誌銘〉、李流謙〈費府君墓誌銘〉；以及記述人物突兀神奇的死亡，如王倫〈吳玠墓誌銘〉、虞仲瑜〈宋故劉居士墓誌銘〉。然則，披覽兩宋之際作家的墓誌銘創作，大抵沒有一位作家能在「質量」與「數量」上勝過孫覿。

論，但回到兩宋之際的時代背景中，實能見到宋室南渡後孫覿和許多主戰派人士友好，孫覿為其撰作記體文或墓誌銘，如胡松年、王剛中、韓世忠等人。是以，比較正確的理解或許為孫覿傾向「主守派」，主張「以退為進」，在靖康之難非常時期「主和」，希冀等宋廷氣力恢復後再對金反擊，故南渡後孫覿亦有抗金表述，並不時有心繫國事的作品，畢竟和秦檜等人一味屈辱求和的「主和派」迥異。過去人們所以會將孫覿視為賣國賊，應如蔡涵墨之分析，是受到朱熹等道學家的影響，與彼時詞臣及道學家間在政治及文學上的對立有關。〔註50〕

至若，孫覿文集所以能「流傳藝苑已數百年」，除孫覿「詩文皆工」且子孫及常州鄉賢孜孜矻矻保存外，〔註51〕應也和孫覿長於四六文，文章成為士子們的教科書有一定關聯。孫覿在世時就曾有人「履請不已」向他索取四六文，後其「手鈔三編遺之」，〔註52〕王應麟《詞學指南》則指明要誦讀「仲益文」，〔註53〕並云孫覿的表文「可為格」。〔註54〕質言之，由於考試的推波助瀾及日常應用所需，〔註55〕孫覿四六文乃成為人們寫作的範本，形成另項助長文集保存的動力，從而使孫覿成為兩宋之際現存作品數量名列前茅的作家。

最後，奠基於本文研究成果，能再擴充討論的議題，包括：（一）、與孫覿同時或之後其他繼承蘇軾詩的作家特色為何？（二）、汪藻、孫覿、洪邁、周必大、楊萬里，可謂南宋前期至中葉，經常被文評家點名的四六文作家，五位作家創作上有何異同？（三）、宋代公文應用類和私人記述類文章，駢散語呈現怎麼樣的分流或交融？（四）、兩宋之際的作家在墓誌銘或其他文體中，如

〔註50〕許浩然：《紫庭文思：詞垣、詞臣與宋代士大夫文化史》（上海：復旦大學出版社，2023 年），頁 188～266。

〔註51〕如陳用光〈論孫覿專祠摺子〉便檢討了是否要為孫覿立專祠之事，顯示到了清代孫覿子孫仍不忘祖，參見【清】陳用光：《太乙舟文集》（臺北：新文豐出版公司，1989 年），卷 1，頁 26～27。尤有甚者，2006 年孫覿子孫更籌組孫覿紀念館編纂《孫覿研究文集》。

〔註52〕〈宜興姜宰亥文昌集書其後〉，《全宋文》第 160 冊，卷 3478，頁 342。

〔註53〕《詞學指南》，卷 1，頁 404。

〔註54〕《詞學指南》，卷 3，頁 449。

〔註55〕謝伋：「三代兩漢以前，訓誥、誓命、詔策、書疏無駢儷粘綴，溫潤爾雅。先唐以還，四六始盛，大概取便於宣讀。本朝自歐陽文忠、王舒國敘事之外，自為文章，製作混成，一洗西崑礫裂煩碎之體。厥後學之者益以眾多。況朝廷以此取士，名為博學宏詞，而內外兩制用之，四六之藝咸曰大矣。下至往來牋記啟狀，皆有定式，故謂之應用。四方一律，可不習知？」《四六談麈》，頁 1。

何書寫彼時動盪的社會背景和詭譎的政治生態？（五）、南宋中後期作者對孫覿詩文的繼承情形？（六）、如何置諸宋代詞臣文學的脈絡下分析孫覿創作？凡此皆值得進一步探究。

參考文獻

一、傳統典籍

1. 【先秦】《晏子春秋》：（南京：鳳凰出版社，2017 年）。

2. 【先秦】孫武撰，【三國】曹操等注：《十一家注孫子校理》（北京：中華書局，2012 年）。

3. 【漢】劉安編，何寧整理《淮南子集釋》（北京：中華書局，1998 年）。

4. 【漢】司馬遷撰，【南朝宋】裴駰集解，【唐】司馬貞索隱，【唐】張守節正義：《史記》（北京：中華書局，1982 年）。

5. 【漢】揚雄著，汪榮寶注疏：《法言義疏》（北京：中華書局，1987 年）。

6. 【漢】劉向著，【清】王照圓補注：《列女傳》（上海：華東師範大學出版社，2012 年）。

7. 【漢】班固：《漢書》（北京：中華書局，1962 年）。

8. 【漢】迦葉摩騰，竺法蘭同譯，宣化上人講述，佛經翻譯委員會英譯：《四十二章經》（Burlingame, CA：法界佛教總會、佛經翻譯委員會、法界佛教大學，1995 年）。

9. 【漢】荀悅：《漢紀·孝武皇帝紀五卷第十四》（北京：中華書局，2002 年）。

10. 【晉】陳壽撰，【南朝宋】裴松之注：《三國志》（北京：中華書局，1982 年）。

11. 【晉】嵇含：《南方草木狀》（北京：商務印書館，1955 年）。

12. 【晉】干寶：《（新輯）搜神記》（北京：中華書局，2007 年）。

13. 【南朝宋】范曄撰，【唐】李賢等注：《後漢書》（北京：中華書局，1965 年）。

14. 【南朝宋】劉義慶撰，【南朝梁】劉校標注，余嘉錫箋疏：《世說新語箋疏》（北京：中華書局，2007 年）。

15. 【南朝梁】劉勰著，黃叔琳注、李詳補注、楊明照校注拾遺：《增訂文心雕龍校注》（北京：中華書局，2005 年）。

16. 【北魏】魏收：《魏書》（北京：中華書局，1974 年）。

17. 【唐】房玄齡等撰：《晉書》（北京：中華書局，1974 年）。

18. 【唐】李延壽：《南史》（北京：中華書局，1975 年）。

19. 【唐】慧能撰，丁福保箋注：《六祖壇經箋注》（濟南：齊魯書社，2012 年）。

20. 【唐】般剌密諦譯，【明】真鑑：《大佛頂首楞嚴經正脈疏》（上海：商務印書館，1936 年）。

21. 【唐】韓愈著，閻琦校注：《韓昌黎文集注釋》（西安：三秦出版社，2004 年）。

22. 【唐】韓愈撰，劉真倫、岳珍校注：《韓愈文集彙校箋注》（北京：中華書局，2010 年）。

23. 【唐】韓愈著，【清】方世舉箋注：《韓昌黎詩集編年箋注》（北京：中華書局，2012 年）。

24. 【唐】白居易著，謝思煒校注：《白居易詩集校注》（北京：中華書局，2006 年）。

25. 【唐】李商隱著，劉學鍇、余恕誠整理：《李商隱詩歌集解》（北京：中華書局，2004 年）。

26. 【唐】范攄：《雲溪友議》（上海：古典文學出版社，1957 年）。

27. 【後晉】劉昫等撰：《舊唐書》（北京：中華書局，1975 年）。

28. 【宋】贊寧：《宋高僧傳》（北京：中華書局，1987 年）。

29. 【宋】李昉等編：《太平御覽》（北京：中華書局，1960 年）。

30. 【宋】李昉等編：《太平廣記》（北京：中華書局，1961 年）。

31. 【宋】韓琦著，李之亮、徐正英箋注：《安陽集編年箋注》（成都：巴蜀書社，2000 年）。

32. 【宋】蘇軾著，【清】王文誥輯注：《蘇軾詩集》（北京：中華書局，1982 年）。

33. 【宋】蘇軾著，鄒同慶、王宗堂校注：《蘇軾詞編年校注》（北京：中華書局，2007 年）。

34. 【宋】陳師道：《後山詩話》（北京：中華書局，1985 年）。

35. 【宋】孫覿：《鴻慶居士集》，【清】紀昀等：《文瀾閣欽定四庫全書》第 1166 冊（杭州：杭州出版社，2015 年）。

36. 【宋】孫覿：《孫尚書大全文集》，宋刻本，四川大學古籍整理研究所編：《宋集珍本叢刊》第 35 冊（北京：線裝書局，2004 年）。

37. 【宋】孫覿：《南蘭陵孫尚書大全文集》，明鈔本，四川大學古籍整理研究所編：《宋集珍本叢刊》第 35 冊（北京：線裝書局，2004 年）。

38. 【宋】孫覿著，李祖堯注：《新刊李學士新注孫尚書內簡尺牘》，宋刻本，四川大學古籍整理研究所編：《宋集珍本叢刊》第 36 冊（北京：線裝書局，2004 年）。

39. 【宋】呂本中：《童蒙詩訓》，《宋詩話輯佚》（北京：中華書局，1980 年）。

40. 【宋】洪興祖：《楚辭補注》（北京：中華書局，1983 年）。

41. 【宋】陳與義：《陳與義集》（北京：中華書局，2007 年）。

42. 【宋】龔明之：《中吳紀聞》（上海：上海古籍出版社，1986 年）。

43. 【宋】吳炯：《五總志》（北京：中華書局，1985 年）。

44. 【宋】陳巖肖：《庚溪詩話》，卷下，丁福保輯：《歷代詩話續編》（北京：中華書局，2006 年）。

45. 【宋】胡仔：《苕溪漁隱叢話前集》（北京：人民文學出版社，1962 年）。

46. 【宋】謝伋：《四六談麈》（北京：中華書局，1985 年）。

47. 【宋】王銍：《四六話》（北京：中華書局，1985 年）。

48. 【宋】蒲大受：《漫齋語錄》，收入【宋】魏慶之：《詩人玉屑》（北京：中華書局，2007 年）。

49. 【宋】張邦基：《墨莊漫錄》（北京：中華書局，2002 年）。

50. 【宋】洪邁：《容齋隨筆》（北京：中華書局，2005 年）。

51. 【宋】徐夢莘：《三朝北盟會編》（臺北：大化書局，1979 年）。

52. 【宋】陸游著，錢仲聯、馬亞中主編：《陸游全集校注》（杭州：浙江教育出版社，2011 年）。

53. 【宋】范成大：《吳郡志》（上海：商務印書館，1960 年）。

54. 【宋】楊萬里撰、辛更儒箋校：《楊萬里集箋校》（北京：中華書局，2007 年）。

55. 【宋】王明清：《揮麈錄》（上海：上海古籍出版社，2012 年）。

56.【宋】楊囷道：《雲莊四六餘話》（北京：中華書局，1985 年）。

57.【宋】葉適：《習學記言序目》（北京：中華書局，1977 年）。

58.【宋】李心傳：《建炎以來繫年要錄》（北京：中華書局，1988 年）。

59.【宋】陳振孫：《直齋書錄解題》（上海：上海古籍出版社，1987 年）。

60.【宋】岳珂：《桯史》（北京：中華書局，1981 年）。

61.【宋】岳珂著，王曾瑜校注：《鄂國金佗稡編續編校注》（北京：中華書局，1989 年）。

62.【宋】劉克莊著，辛更儒箋校：《劉克莊集箋校·詩話》（北京：中華書局，2011 年）。

63.【宋】羅大經：《鶴林玉露》（北京：中華書局，1983 年）。

64.【宋】黃震：《黃氏日抄》（臺北：大化書局，1984 年）。

65.【宋】祝穆著，【元】富大用、祝淵：《新編古今事文類聚》（京都：中文出版社，1982 年）。

66.【宋】祝穆：《新編四六寶苑群公妙語》，收入蔡鎮楚：《中國詩話珍本叢書》（北京：北京圖書館出版社，2004 年）。

67.【宋】王應麟：《詞學指南》（北京：中華書局，2010 年）。

68.【宋】佚名：《翰苑新書集》（北京：書目文獻出版社，1988 年）。

69.【金】王若虛著，胡傳志、李定乾校注：《滹南遺老集校注》（瀋陽：遼海出版社，2006 年）。

70.【金】劉祁：《歸潛志》（北京：中華書局，1983 年）。

71.【元】方回：《瀛奎律髓》（上海：上海古籍出版社，1993 年）。

72.【元】胡三省音注：《資治通鑑》（北京：中華書局，1956 年）。

73.【元】陳繹曾：《文筌》，收入《陳繹曾集輯校》（北京：人民文學出版社，2017 年）。

74.【元】脫脫等：《宋史》（北京：中華書局，1985 年）。

75.【明】蔣一葵：《八朝偶雋》，卷 6，收入《續修四庫全書》1714 冊（上海：上海古籍出版社，2002 年）。

76.【明】吳訥等：《文體序說三種》（臺北：臺大出版中心，2016 年）。

77.【明】柯維騏：《宋史新編》（臺北：新文豐出版公司，1974 年）。

78.【明】茅坤著，高海夫主編：《唐宋八大家文鈔校注集評》（西安：三秦出版社，1998 年）。

79.【明】王志堅編：《四六法海》（瀋陽：遼海出版社，2010 年）。

80.【清】范大士：《歷代詩發》，收入故宮博物館編：《故宮珍本叢刊》第 644 冊（海口：海南出版社，2000 年）。

81.【清】賀裳：《載酒園詩話》，收入郭紹虞編：《清詩話續編》（上海：上海古籍出版社，1983 年）。

82.【清】吳之振、呂留良、吳自牧選，【清】管庭芬、蔣光煦補：《宋詩鈔》（北京：中華書局，1986 年）。

83.【清】彭定求編：《全唐詩》（北京：中華書局，1960 年）。

84.【清】趙翼：《甌北詩話》，卷 11，收入郭紹虞編：《清詩話續編》（上海：上海古籍出版社，1983 年）。

85.【清】翁方綱：《石洲詩話》（北京：中華書局，1985 年）。

86.【清】吳騫：《桃溪客語》，收入《吳騫集》（杭州：浙江古籍出版社，2016 年）。

87.【清】孫希旦：《禮記集解》（北京：中華書局，1989 年）。

88.【清】董誥：《全唐文》（北京：中華書局，1983 年）。

89.【清】永瑢等：《四庫全書總目》（北京：中華書局，1965 年）。

90.【清】洪亮吉：《春秋左傳詁》（北京：中華書局，1987 年）。

91.【清】劉開：《劉孟塗集》，收入《續修四庫全書》集部別集類 1510 冊（上海：上海古籍出版社，2002 年）。

92.【清】孫梅輯：《四六叢話》（上海：蔡青閣，1922 年）。

93.【清】孫梅輯：《四六叢話》，收入王水照編：《歷代文話》第 5 冊（上海：復旦大學出版社）。

94.【清】嚴可均編：《全上古三代秦漢三國六朝文》（北京：中華書局，1958 年）。

95.【清】焦循著，沈文倬點校：《孟子正義》（南京：鳳凰出版社，2015 年），卷 17，頁 1456。

96.【清】陳用光：《太乙舟文集》（臺北：新文豐出版公司，1989 年）。

97.【清】方東樹：《昭昧詹言》（北京：人民文學出版社，2006 年）。

98.【清】包世臣：《藝舟雙楫‧論文‧文譜》（北京：中國書店，1983 年）。

99.【清】王先謙：《莊子集解》（北京：中華書局，1987 年）。

100.【清】王先謙：《尚書孔傳參正》（北京：中華書局，2011 年）。

101.【清】王先慎集解:《韓非子集解》(北京:中華書局,1998 年)。

102.【清】孫詒讓:《周禮正義》(北京:中華書局,2015 年)。

103.【清】陳田輯:《明詩紀事》(上海:上海古籍出版社,1993 年)。

104.【清】吳曾祺:《涵芬樓文談》(上海:商務印書館,1933 年)。

105.【清】易順鼎:《琴志樓詩集》(上海:上海古籍出版社,2012 年)。

106.【清】孫德謙:《六朝麗指》,收入《歷代文話》第 9 冊(上海:復旦大學出版社,2007 年)。

107.【清】章太炎:《國學概論·國學略說》(成都:四川人民出版社,2018 年)。

108.【清】程樹德撰,程俊英、蔣見元點校:《論語集釋》(北京:中華書局,1990 年)。

109.【清】吳闓生:《漢碑文範》(北京:中國書店,1993 年)。

110. 四川大學古籍整理研究所編:《宋集珍本叢刊》(北京:線裝書局,2004 年)。

111. 北京大學古籍所編:《全宋詩》(北京:北京大學出版社,1998 年)。

112. 朱謙之:《老子校釋》(北京:中華書局,1984 年)。

113. 何建章注釋:《戰國策》(北京:中華書局,1990 年)。

114. 李修生編:《全元文》(南京:鳳凰出版社,1998 年)。

115. 祝尚書編:《宋集序跋彙編》(北京:中華書局,2010 年)。

116. 徐元誥集解,王樹民、沈長雲點校:《國語集解》(北京:中華書局,2002 年)。

117. 梁啟雄:《荀子簡釋》(北京:中華書局,1983 年)。

118. 程俊英、蔣見元:《詩經注析》(北京:中華書局,1991 年)。

119. 曾棗莊、劉琳主編:《全宋文》(上海:上海辭書出版社、合肥:安徽教育出版社,2006 年)。

120. 黃懷信:《老子彙校新解》(南京:鳳凰出版社,2016 年)。

121. 楊伯峻:《列子集釋》(上海:龍門聯合書局,1958 年)。

122. 楊朝明、宋立林主編:《孔子家語通解》(濟南:齊魯書社,2013 年)。

二、今人論著

(一)專書

1.【日】遍照金剛:《文鏡秘府論彙校彙考》(北京:中華書局,2006 年)。

2. 于景祥、李貴銀：《中國歷代碑誌文話》（瀋陽：遼海出版社，2009 年）。

3. 方孝岳、瞿兌之：《中國散騈文概論》（台北：莊嚴出版社，1981 年）。

4. 方誠峰：《北宋晚期的政治體制與政治文化（第二版）》（北京：北京大學出版社，2023 年）。

5. 白政民：《黃庭堅詩歌研究》（銀川：寧夏人民出版社，2000 年）。

6. 成偉鈞、唐仲揚、向宏業：《修辭通鑑》（台北：建宏出版社，1996 年）。

7. 朱承平：《對偶辭格》（長沙：岳麓書社，2003 年）。

8. 朱迎平：《宋文論稿》（上海：上海財經大學出版社，2003 年）。

9. 伍曉蔓：《江西宗派研究》（成都：巴蜀書社，2005 年）。

10. 何寄澎：《唐宋古文新探》（台北：大安出版社，1990 年）。

11. 杜若鴻：《北宋詩歌與政治關係研究》（北京：北京大學出版社，2015 年）。

12. 吳淑鈿：《陳與義詩歌研究》（臺北：文津出版社，1993 年）。

13. 吳禮權：《修辭心理學》（昆明：雲南人民出版社出版，2002 年）。

14. 洪本健編：《歐陽修資料彙編》（北京：中華書局，1995 年）。

15. 張仁青：《騈文學》（臺北：文史哲出版社，1984 年）。

16. 張仁青：《中國騈文發展史》（杭州：浙江大學出版社，2009 年）。

17. 張健：《知識與抒情——宋代詩學研究》（北京：北京大學出版社，2015 年）。

18. 張毅：《宋代文學思想史》（北京：中華書局，2006 年）。

19. 孫覿紀年館編：《孫覿研究文集》（上海：上海古籍出版社，2006 年）。

20. 馬積高：《宋明理學與文學》（長沙：湖南師範大學出版社，1989 年）。

21. 莫山洪：《騈散的對立與互融》（濟南：齊魯書社，2010 年）。

22. 莫道才：《騈文通論》（濟南：齊魯書社，2010 年）。

23. 莫礪鋒：《江西詩派研究》（山東：齊魯書社，1986 年）。

24. 莫礪鋒《唐宋詩論稿》（南京：鳳凰出版社，2007 年）。

25. 梁昆：《宋詩派別論》（臺北：東昇出版事業有限公司，1980 年）。

26. 許浩然：《紫庭文思：詞垣、詞臣與宋代士大夫文化史》（上海：復旦大學出版社，2023 年）。

27. 許總：《唐宋詩體派論》（南昌：江西人民出版社，2008 年）。

28. 程千帆、吳新雷：《兩宋文學史》（上海：上海古籍出版社，1991 年）。

29. 程杰：《宋詩學導論》（天津：天津人民出版社，1999 年）。

30. 程杰：《中國梅花審美文化研究》（成都：巴蜀書社，2008 年）。

31. 傅璇琮編：《黃庭堅和江西詩派資料彙編》（北京：中華書局，1978 年）。

32. 傅璇琮、張劍等編：《宋才子傳箋證・北宋後期卷》（瀋陽：遼海出版社，2011 年）。

33. 黃慶萱：《修辭學》（臺北：三民書局，2011 年）。

34. 葛兆光：《漢字的魔方：中國古典詩歌語言學札記》（上海：復旦大學出版社，2017 年）。

35. 管琴：《詞科與南宋文學》（北京：北京大學出版社，2018 年）。

36. 劉麟生：《中國駢文史》（臺北：臺灣商務印書館，1976 年）。

37. 蔣凡：〈南宋詩文批評〉，收於《中國文學批評通史》（上海：上海古籍出版社，1996 年）。

38. 魯迅：《中國小說的歷史的變遷》，《魯迅全集》（北京：人民文學出版社，2005 年）。

39. 蔡涵墨：《歷史的嚴妝：解讀道學陰影下的南宋史學》（北京：中華書局，2016 年）。

40. 韓經太：《宋代詩歌史論》（長春：吉林教育出版社，1995 年）。

41. 錢基博：《中國文學史》（北京：中華書局，1996 年）。

42. 錢鍾書：《宋詩選註》（台北：書林出版有限公司，1990 年）。

43. 錢鍾書：《錢鍾書手稿集・容安館札記》（北京：商務印書館，2003 年）。

44. 錢鍾書：《錢鍾書手稿集・中文筆記》第 2 冊（北京：商務印書館，2011 年）。

（二）學位論文

1. 王慧：《南宋初期駢文研究——以汪藻、孫覿、胡寅為中心》（臨汾：山西師範大學中國古代文學碩士論文，2018 年）。

2. 王曉慶：《孫覿年譜》（南寧：廣西民族大學，中國古典文獻學碩士論文，2018 年）。

3. 王懿：《孫覿表啟文研究》（長沙：湖南師範大學中國古代文學碩士論文，2016 年）。

4. 宋志紅：《南宋名將韓世忠研究》（廣州：暨南大學歷史學博士論文，2006 年）。

5. 吳迪：《孫覿及其詩歌研究》（濟南：山東師範大學中國古代文學碩士論

文，2014 年）。

6. 李海潔：《北宋四六藝術的傳承與創變》，（杭州：浙江大學中國古代文學博士學位論文，2016 年）。

7. 周子翼：《論汪藻的駢文創作》（南昌：江西師範大學中國古代文學碩士論文，2003 年）。

8. 周玉：《周紫芝詩歌研究》（合肥：安徽大學中國古代文學碩士論文，2014 年）。

9. 姜曉潔：《李綱詩歌研究》（桃園：中央大學中國文學研究所碩士論文，2012 年）。

10. 徐力恆（Lik-hang Tsui），Writing Letters in Song China（960～1279）: A Study of its Political, Social, and Cultural Uses,（PhD Dissertation, unpublished, University of Oxford, 2015）.

11. 徐曉慧：《程俱及其詩歌研究》（濟南：山東師範大學中國古代文學碩士學位論文，2015 年）。

12. 陳琳《孫覿《鴻慶居士集》研究》（杭州：杭州師範大學中國古典文獻學碩士論文，2020 年）。

13. 連國義：《王庭珪研究》（南京：南京師範大學中國古代文學碩士論文，2007 年）。

14. 張歡：《宋代佛教靈驗類故事及其世俗化》（成都：西南交通大學中國語言文學碩士論文，2017 年）。

15. 劉義：《李綱詩歌研究》（南京：南京師範大學中國古代文學碩士論文，2007 年）。

16. 劉敏：《綦崇禮駢文研究》（長沙：湖南師範大學中國古代文學碩士論文，2016 年）。

（三）單篇論文

1. 戈春源：〈孫覿與南宋初年的蘇州佛教〉，第七屆寒山寺文化論壇——名人名寺·和合緣融，2013 年 9 月。

2. 王基倫〈韓愈記體文章的抒情性書寫〉，《成大中文學報》第 34 期（2011 年 9 月），頁 63～90。

3. 方震華：〈和戰與道德——北宋元祐年間棄地論的分析〉，《漢學研究》第 33 卷第一期（2015 年 3 月），頁 67～91。

4. 朱銘堅（Ming-Kin Chu）, "Life of an Exile: Sun Di's（1081～1169）Letters Pertaining to His Banishment to Xiangzhou", Journal of the American Oriental Society, Vol.141 No.3（Sep. 2021）, pp.521～538.

5. 朱銘堅（Ming-Kin Chu）, Realizing the "Outwardly Regal" Vision in the Midst of Political Inactivity: A Study of the Epistolary Networks of Li Gang 李綱（1083～1140）and Sun Di 孫覿（1081～1169）, Religions 2023, 14(3), 389, pp. 1～22.

6. 成惕軒：〈中國文學裏的用典問題〉，《東方雜誌》復刊一卷十一期（1968年5月），頁92～95。

7. 仕群：〈論周紫芝的樂府詩〉，《南京師範大學文學院學報》第3期（2007年9月），頁26～34。

8. 吳在慶：〈再談《楓橋再泊》的作者為孫覿〉，《廣東技術師範學院學報》第1期（2010年2月），頁82～83。

9. 何寄澎：〈唐文新變論稿（一）——記體的成立與開展〉，《臺大中文學報》第28期（2008年6月），頁69～92。

10. 祝平一：〈宋、明之際的醫史與「儒醫」〉，《中央研究院歷史語言研究所集刊》第77本（2006年9月），頁401～449。

11. 涂宗呈：〈唐代士人的臨終場景初探——以兩京地區的墓誌書寫為中心〉，《興大歷史學報》第27期（2013年12月），頁29～52。

12. 張遠林、王兆鵬：〈宋詩分期問題研究述評〉，《陰山學刊》第15卷第4期（2002年8月）頁9～14。

13. 郭慶財：〈論宋高宗朝謫宦的北歸心態——以李綱、孫覿為中心〉，《貴州師範大學學報（社會科學版）》（2013年12月），頁105～110。

14. 陳元鋒：〈南宋翰林制詔「平易」文風探析——以炎、紹、乾、淳為中心〉，《斯文》第七輯（2021年6月），頁31～45。

15. 陳植鍔：〈宋詩的分期及其標準〉，張高評編著，《宋詩綜論叢稿》（高雄：麗文文化事業股份有限公司，1995年），頁149～170。

16. 陳曉蘭：〈孫覿生平及文集詳考〉，收入孫覿紀年館編：《孫覿研究文集》（上海：上海古籍出版社，2006年），頁52～91。

17. 蔣寅：〈清：詩美學的核心範疇——詩美學的一個考察〉，收入氏著：《古典詩學的現代詮釋》（北京：中華書局，2003年），頁32～58。

18. 劉麗：〈論歷史與自我書寫中孫覿形象的矛盾性〉，《現代語文（學術綜合版）》第 10 期（2016 年 10 月），頁 34～36。

19. 錢穆：〈雜論唐代古文運動〉，《中國學術思想史論叢（四）》（臺北：東大圖書公司，1983 年），頁 28～34。

（四）網路資源

1. 桑麗影：〈宋代墓誌文獻的撰者與文體研究〉，2014 年，收於中華石刻數據庫宋代墓誌銘數據庫，瀏覽日期 2020 年 6 月 29 日。

2. http://inscription.ancientbooks.cn/docShike/shikeRead.jspx?id=1441236&searchValue=%E6%A1%91%E9%BA%97%E5%BD%B1&libId=1